Le dilemme du duc

Collection Incontournables

LES MÉSAVENTURES NUPTIALES · TOME 2

Le dilemme du duc

CALLIE HUTTON

Traduit de l'anglais par Lynda Leith

ADA ÉDITIONS

Éditeur : François Doucet
Directeur éditorial : Matthieu Fortin
Traduction : Lynda Leith
Révision linguistique : Féminin pluriel
Correction d'épreuves : Nancy Coulombe, Catherine Vallée-Dumas, Matthieu Fortin
Conception de la couverture : Matthieu Fortin
Photo de la couverture : © Gettyimages
Mise en pages : Matthieu Fortin

ISBN livre : 978-2-89808-735-6
ISBN PDF : 978-2-89808-736-3
ISBN ePub : 978-2-89808-737-0

Première impression : 2021
Dépôt légal : 2021
Bibliothèque et Archives nationales du Québec
Bibliothèque et Archives Canada

Éditions AdA Inc.
www.ada-inc.com
info@ada-inc.com

Imprimé au Canada

Participation de la SODEC.
Nous reconnaissons l'aide financière du gouvernement du Canada par l'entremise du Fonds du livre du Canada (FLC) pour nos activités d'édition.
Gouvernement du Québec — Programme de crédit d'impôt pour l'édition de livres — Gestion SODEC.

À Dawne Dionisio,
qui a organisé la folie dans ma vie pendant que je me débattais pour terminer *Le dilemme du duc*. En plus d'être ma nièce, elle est également une excellente professeure d'anglais, une épouse, une maman et une assistante personnelle pendant l'été.

CHAPITRE 1

Février 1814,
Devonshire, Angleterre

Le cœur battant d'excitation, Penelope Clayton regarda à travers ses lunettes pendant qu'elle posait le doigt en douceur sur les trois minuscules feuilles devant elle. Petites, vert tendre et délicates. Ses lèvres tressaillirent sous un léger sourire alors qu'elle se penchait plus près. Un nouveau spécimen – elle en était convaincue. D'une main tremblante, elle creusa autour de la plante à l'aide d'une des cuillères à thé en argent du manoir et libéra le menu bouton. Elle le leva sous la maigre lumière du soleil et soupira.

– Oui.

Impatiente de promener son crayon sur le papier pour dessiner la bouture dans son journal, elle rassembla son matériel et le fourra dans les poches de la vieille houppelande en lambeaux de son père. Le pas pressé par l'enthousiasme, elle sortit de l'aire boisée et entreprit la randonnée de trois kilomètres vers la maison. Elle prit la petite plante en coupe dans ses deux mains, prenant soin de ne pas la balloter tandis qu'elle avançait rapidement.

À peine le seuil de la porte arrière du manoir passé, elle s'arrêta brusquement et cria.

— Madame Potter ! Regardez ce que j'ai trouvé.

Elle leva son trophée pour un examen.

La femme plus âgée, cuisinière et gouvernante des Clayton depuis des années, secoua sa tête coiffée d'une charlotte.

— Voyez là la saleté qu'vous apportez dans ma cuisine.

Elle grimaça en apercevant les bottes crottées laissant des traînées de boue séchée sur le plancher autrement immaculé.

— Je suis désolée, madame Potter, mais regardez.

Penelope releva ses lunettes sur son nez avec un doigt sale et sourit largement.

— Un nouveau spécimen.

— Oh, jeune fille, y est temps d'cesser d'jouer dans la boue et d'vous trouver un bel homme pour vous donner une maison remplie d'petiots.

Penelope secoua la tête, faisant chuter ses boucles autour de ses épaules.

— Ce n'est pas pour moi, madame Potter. Je suis très heureuse de ma vie telle qu'elle est.

Après avoir déposé son trésor sur la table en donnant l'ordre à madame Potter de « la protéger de sa vie », elle quitta vite la cuisine. En tournant brusquement le coin, elle faillit percuter de plein fouet le majordome, Malcolm, qui surveillait la porte comme s'il s'attendait à ce qu'une horde de visiteurs fonde sur eux. Même s'il n'avait jamais eu un seul signe à cet effet depuis les trois ans qu'elle résidait dans la maison pleine de coins et de recoins.

— Malcolm, j'ai trouvé un nouveau spécimen !

Les yeux bruns et doux de l'homme plus âgé la contemplèrent avec affection.

— Très bien, mademoiselle. Je suis certain qu'il s'agit d'une découverte excitante pour vous.

— Oui, en effet.

Elle enferma ses jupes dans son poing pour les relever et courut en haut des marches, et elle trébucha quand son pied vêtu d'un bas piétina l'ourlet de sa robe.

— Attention, mademoiselle.

La voix paniquée de Malcolm atteignit ses oreilles tandis qu'elle se redressait avant de tomber sur le nez.

Elle agita la main en guise de réponse et continua au fond du couloir vers sa chambre à coucher.

La pièce jaune vif la mit de bonne humeur. Un papier peint rayé à motif floral recouvrait les murs, bannissant la journée sombre à l'extérieur. Elle traversa la chambre, ses orteils s'enfonçant dans le tapis fleuri de Bruxelles tandis qu'elle avançait à pas feutrés plus près du foyer, cherchant sa chaleur. En frissonnant, elle déboutonna le devant de sa robe et fit glisser le vêtement sur ses épaules, puis le long de son corps avant de le laisser tomber en flaque à ses pieds.

— Mademoiselle, vous auriez dû me sonner.

Daisy, la jeune femme de chambre, qu'elle oubliait la plupart du temps, entra dans la pièce, ses sourcils rapprochés plissant son front.

— Tenez, laissez-moi vous aider.

— Daisy, j'ai découvert un nouveau spécimen !

— Comme c'est merveilleux, mademoiselle.

Daisy s'agenouilla pour retirer les bas de sa maîtresse.

— Et qu'est-ce que cela signifie ?

– Cela signifie que je vais l'étudier pour le dessiner, puis j'enverrai l'information à la Linnean Society of London pour confirmation. Une fois qu'ils seront d'accord, le spécimen sera classifié, et je serai reconnue comme la femme qui l'a découvert.

Libérée de ses bas humides, elle examina ses mains et se dirigea vers le pichet d'eau et le bol sur sa commode.

– Évidemment, je ne peux pas utiliser mon véritable nom, car les femmes ne sont pas admises au sein de la Linnean. Donc, une fois de plus, L. D. Farnsworth aura une découverte intéressante à rapporter.

– Bien, c'est dommage, mademoiselle, puisque vous accomplissez tout le travail.

Haussant les épaules devant l'injustice de la vie, Penelope fit de son mieux pour frotter la saleté sous ses ongles. Elle devait réellement essayer de se souvenir de porter ses gants de jardinage, comme l'avait prévenue sa tante, qui l'avait réprimandée de nombreuses fois.

– Cependant, c'est tout de même impressionnant de savoir que je suis une découvreuse même si personne d'autre n'est au courant.

Une heure plus tard, Penelope était assise dans le vieux fauteuil en cuir de son père, à côté du foyer confortable. La pluie bombardait les fenêtres de la bibliothèque, les bourrasques la poussant sur le verre comme autant d'aiguilles. Elle remonta ses lunettes sur son nez et gribouilla, le journal en équilibre sur ses cuisses.

Se mordillant la lèvre dans sa concentration, elle avait replié un pied sous elle, l'autre tapant le tapis en cadence. Elle remua ses doigts contractés, tendit la main vers sa tasse de thé, frappa le côté de l'objet et le fit tomber sur le plancher, renversant le liquide.

– Oh, zut.

Elle se leva d'un bond, juste au moment où le b[illegible]bituel du marteau de la porte d'entrée résonnait dans la pièce. Un regard rapide à la vieille horloge grand-père en chêne dans un coin révéla qu'il était vingt et une heures quinze. Ils ne recevaient jamais de visiteurs au manoir Gromley, à l'exception de tante Phoebe, qui s'annonçait toujours des semaines à l'avance. Qui diable pouvait bien être à leur porte d'entrée ?

Elle s'agenouilla pour éponger le thé avant que madame Potter le voie, chassant l'événement bizarre en le mettant sur le compte d'un voyageur fort probablement perdu. Quelques minutes plus tard, Malcolm entra dans la bibliothèque, tenant une feuille de papier pliée.

– Mademoiselle, il y a une mademoiselle Bloom à la porte, qui arrive avec un message de la part de lady Bellinghan.

Elle tendit la main vers le mot.

– Tante Phoebe ? Comme c'est étrange. Envoyez chercher du thé, je vous prie, Malcolm. Je semble avoir renversé le mien et je suis convaincue que notre invitée aura bien besoin d'une tasse.

La porte s'ouvrit, et une femme d'âge moyen, qui à l'évidence avait parcouru une certaine distance, entra dans la pièce. Mademoiselle Bloom était potelée, ses boucles brunes mouillées lui collaient au front, et ses joues étaient rosies naturellement ou à cause du froid.

Penelope désigna d'un geste le fauteuil à côté du feu.

– Je vous en prie, assoyez-vous afin de vous réchauffer, mademoiselle Bloom. C'est une affreuse soirée pour voyager.

– Merci beaucoup, mademoiselle. Vous êtes vraiment gentille.

La femme soupira de soulagement tandis qu'elle s'installait et tendait les mains vers les flammes.

– J'ai envoyé chercher du thé. Il devrait arriver bientôt. Pendant que nous attendons, je vais prendre un moment pour lire le mot de ma tante.

Elle se cala dans son fauteuil, elle déplia la feuille et lut, son horreur grandissant à mesure qu'elle parcourait les lignes.

Ma très chère nièce,

Une fois encore, je dois vous exprimer ma détresse de vous savoir enterrée si loin de la Cité à un aussi jeune âge. Je sais que par le passé, vous avez ignoré mes suggestions de venir à Londres pour une saison mondaine, mais aujourd'hui, je dois insister. Je pense que ce ne serait pas faire honneur à la mémoire de ma sœur que de permettre à son enfant unique de vivre à la campagne, avec pour seul avenir la vie d'une vieille fille.

Votre tuteur, lord Monroe, est d'accord avec moi, alors je vous envoie mademoiselle Harriet Bloom. C'est une sœur de ma dame de compagnie, et puisque Nanny ne peut pas voyager très loin de votre demeure, mademoiselle Bloom vous servira de compagne et vous aidera à vous préparer pour votre voyage.

Penelope avala plusieurs fois, un nœud se formant dans son estomac. Londres ? Une saison mondaine ? Non, c'était impossible. En essayant de se calmer, elle ordonna au valet de pied de poser le thé sur la table basse devant elle. Une variété de sandwichs et de pâtisseries raffinés remplissait le plateau, ainsi qu'une théière en porcelaine et des tasses et des soucoupes. Penelope tendit la main vers la théière, l'esprit en ébullition. Comment diable pouvait-elle se sortir de ce guêpier ?

Après avoir versé le thé, elle tenta d'étouffer son angoisse et elle poursuivit sa lecture, la feuille dans sa main tremblant maintenant.

Comme ma santé n'est plus ce qu'elle était, j'ai demandé l'assistance d'une amie de longue date, Sa Seigneurie la duchesse de Manchester, qui doit vous aider pour vos débuts dans la société. Sa fille, lady Mary, sera aussi lancée dans le monde au cours de cette saison-ci.

Je vous prie de ne pas vous encombrer en voyageant avec beaucoup de vêtements, car votre tuteur a autorisé l'achat d'une nouvelle garde-robe complète.

Je m'attends à ce que vous vous présentiez à la duchesse d'ici la fin de la semaine. Mademoiselle Bloom connaît la direction à suivre. Organisez, je vous prie, une visite chez moi une fois que vous serez installée. C'est une excellente occasion pour vous, Penelope ; assurez-vous de vous montrer sous votre meilleur jour à la duchesse et à sa famille.

Avec toute mon affection,

Lady Bellinghan

La feuille voleta doucement jusqu'au tapis tandis que Penelope s'affaissait dans son fauteuil. C'était impensable. Quand elle vivait en Amérique, ses quelques tentatives, à l'époque, pour s'introduire dans la haute société, alors qu'elle était poussée par son père à participer à la vie sociale à Boston, avaient été désastreuses.

Membre éminent de la Boston Botanical Society, son père l'avait traînée dans de nombreuses danses, soirées musicales et autres événements sociaux organisés par des confrères du groupe et leurs familles. Elle avait passé ses soirées le cœur gros, mourant d'envie de retrouver la sécurité de sa chambre à coucher, avec ses livres et ses papiers éparpillés partout.

Après quelques mois à le supplier de la laisser à la maison, son père avait cédé et ils avaient avec bonheur repris leurs soirées tranquilles ensemble, occupées par des discussions scientifiques et des parties d'échec dans sa bibliothèque. C'étaient là les moments les plus heureux de la vie de Penelope, mais tout cela s'était terminé brusquement quand il était décédé dans un accident de calèche.

Son tuteur désigné, le frère le plus âgé de son père, le comte de Monroe, avait insisté pour qu'elle quitte Boston et vive en Angleterre. Veuf et avec ses filles mariées, il avait été plus qu'heureux de l'abandonner à ses propres moyens au manoir Gromley, avec une Nanny vieillissante à demeure ainsi qu'un personnel complet. Aujourd'hui, ce confort et cette sécurité lui étaient arrachés. Une fois encore, on la ferait parader devant la haute société, et elle ferait une folle d'elle.

Elle remonta ses lunettes sur son nez, se rappelant le nombre de fois où sa tante avait insisté auprès d'elle pour dire que les gentlemen n'aimaient pas les dames qui portaient des lunettes et paraissaient intelligentes. Elle l'avait maintes fois avertie d'abandonner ses lunettes en présence de prétendants potentiels.

Apparemment, il valait mieux faire croire aux hommes qu'ils étaient plus forts, plus intelligents et plus sages qu'ils ne l'étaient véritablement. Tout ce simulacre semblait stupide, et elle n'avait aucun désir d'en faire partie. Ce dont elle n'avait vraiment pas envie, par-dessus tout, c'était d'un mari.

La seule pensée d'un homme lui disant où elle pouvait ou ne pouvait pas aller, avec qui elle devait s'associer, mais encore plus, comment elle devait occuper ses journées, la terrifiait.

Elle traversa la pièce et fixa la nuit noire comme de l'encre. La pluie s'était transformée en brume légère, presque comme si le ciel avait épuisé ses larmes. Elle fit courir sa paume sur la vitre pour essuyer l'humidité. Demain, elle quitterait la maison qu'elle avait appris à aimer pour passer du temps avec des étrangers et être projetée dans une vie qui la rendait nauséeuse.

• • •

Après le petit déjeuner le lendemain matin, Penelope jeta sa pelisse sur ses épaules et sortit de la maison, perdue dans ses pensées. Elle donna un coup de pied sur quelques cailloux sur son chemin, vagabondant, plongée dans ses réflexions sur l'injustice du monde. Une fois encore, elle serait arrachée à son foyer et poussée dans un univers non désiré et inhospitalier. Au lieu de ressentir de l'excitation devant ce qu'une autre jeune femme apprécierait pleinement, elle n'éprouvait que de la crainte.

Si son père n'avait pas rédigé son testament de manière à inclure un tuteur jusqu'à ce qu'elle se marie ou atteigne l'âge de vingt-cinq ans, elle aurait géré ses fonds, sa vie et agi selon ses désirs. Au lieu de cela, elle devait s'incliner devant les ordres de lord Monroe et de sa tante.

Elle s'arrêta brusquement, la bouche grande ouverte d'une manière très peu digne d'une dame. Dans toute sa consternation devant sa future vie sociale forcée, elle avait complètement oublié sa nouvelle découverte. Elle ne pouvait pas la laisser ici. Il serait nécessaire d'emballer la plante délicate avec beaucoup de soins et d'apporter le trésor avec elle à Londres. Tout comme ses journaux et ses volumes sur la botanique. Elle ne devait pas les omettre, eux non plus.

« Mon doux. »

Elle tourna les talons et se hâta vers la maison. À quoi pensait-elle ? Au lieu de s'apitoyer sur son sort à cause de sa présence obligatoire dans la Cité, elle devrait se préparer pour son voyage comme une véritable scientifique. Il faudrait envelopper son spécimen dans des serviettes humides pour le transport. Et elle aurait besoin de temps pour emballer tous ses livres et ses papiers. Elle devait se dépêcher.

— Mademoiselle, vos malles ont été remplies et rangées dans le carrosse nous emmenant à Londres.

Mademoiselle Bloom se tenait dans l'entrée à l'arrière du manoir, sa pelisse boutonnée et son bonnet bien attaché sous son menton ample.

— Pas tout de suite. Je dois m'occuper de certaines choses.

Penelope frôla sa compagne en passant devant elle, la faisant presque tomber au sol.

— Oh, je suis désolée. Je reviens immédiatement.

Elle parla par-dessus son épaule, ne remarquant pas de suite la domestique debout devant elle, plumeau en main. La jeune fille, habituée au comportement de sa maîtresse, s'écarta précipitamment de sa route pour éviter une collision.

— Bonjour, mademoiselle.

La domestique exécuta une révérence rapide.

Penelope hocha la tête en entrant en hâte dans la cuisine.

— Je vous l'ai dit, Madeline, il n'est pas nécessaire de me faire la révérence.

— Oui, mademoiselle.

La fille plia encore légèrement les genoux.

— Madame Potter, j'ai besoin de plusieurs chiffons mouillés. Je vous prie de me les apporter dans la bibliothèque.

Elle prit une pâtisserie sur la table et reprit la direction de la sortie, des miettes tombant derrière elle tandis qu'elle marchait.

— Où vous allez comme ça, jeune fille ? Le carrosse vous attend.

— Il devra patienter, cria Penelope en réponse, claquant la porte de la bibliothèque.

Quand elle repéra la petite plante à sa place d'honneur sur son bonheur-du-jour, elle fut à nouveau remplie de joie. Elle serait peut-être considérée comme un désastre social, mais elle pourrait revenir à sa science lorsque la saison mondaine serait terminée.

CHAPITRE 2

Un coup léger à la porte de la bibliothèque détourna l'attention de Drake, duc de Manchester, de sa pile de factures.

– Entrez.

Sa mère passa la tête par l'entrebâillement.

– Bonjour, chéri. Est-ce que j'interromps quelque chose ?

– Non, mère ; pas du tout.

Il désigna l'assortiment de papiers devant lui.

– Ce ne sont que des tas de factures pour les garde-robes de mes sœurs.

Il s'appuya contre le dossier du fauteuil en cuir souple tandis que sa mère s'installait sur le bord du siège devant sa table de travail.

– Redites-moi pourquoi notre père a permis à Abigail, Sybil et Sarah de profiter de saisons mondaines intéressantes financièrement sans pour autant prendre mari.

Il tapota la pile de factures avec sa plume.

– Vous savez pourquoi. Nous avons toujours pensé que les meilleurs mariages sont ceux du cœur. Votre père et moi avions une union d'amour et nous ne voulions rien de moins pour vous tous.

– Sottises. Trois sœurs snobant le marché du mariage et une autre lancée cette saison-ci.

Il contempla le fouillis de notes de frais.

— Et les factures.

— Sommes-nous à court d'argent, donc ?

— Bien sûr que non.

Il se leva et croisa les mains derrière le dos, marchant jusqu'à la fenêtre pour fixer le matin morne à l'extérieur.

— Je suis désolé si je parais en colère, mais je ne suis pas encore à l'aise avec cette responsabilité. Père était beaucoup trop jeune pour…

— Je sais, chéri. Je ressens la même chose. Je m'attendais à profiter de nombreuses années supplémentaires avec votre père.

La duchesse tâtonna dans la poche de sa robe et en extirpa un mouchoir bordé de dentelle, puis le posa doucement au coin de son œil.

— Cependant, nous devons continuer. Cela fait un an, et Mary doit faire ses débuts dans le monde.

Il croisa les bras et s'appuya contre les étagères de livres, ses pensées cheminant ensuite vers la plus âgée de ses sœurs.

— Et comment se porte Marion aujourd'hui ?

Elle était repliée sur elle-même et inatteignable depuis la mort de son mari.

— Je m'inquiète tant pour elle. Elle est comme toujours. Silencieuse, calme, pas tout à fait présente. Je comprends sa mélancolie, mais il s'est écoulé presque deux ans. Elle doit se reprendre.

Il grogna.

— Voilà le résultat d'un mariage d'amour. Tristan tué en mer au cours d'une bataille contre des pirates et ma sœur, enfermée dans sa chambre depuis… en deuil.

La duchesse l'étudia pendant une minute, le chagrin voilant toujours son visage encore beau.

— Vous avez tellement tort, mon fils. Une union d'amour vaut toute la peine et la souffrance que l'on doit supporter. Un jour, vous le constaterez par vous-même.

Il s'agenouilla devant elle et prit sa main dans la sienne, ne voulant pas la blesser avec ses remarques.

— Peut-être pour vous et père. Ce n'est pas ainsi pour moi. Je vais choisir au cours de la saison une jeune femme convenable sur le marché du mariage pour devenir ma duchesse, en me basant sur son élégance, son charme et sa capacité à accomplir ses devoirs. L'amour ne sera pas un facteur.

— Malgré toute mon envie d'accueillir des petits-enfants, ne vous pressez pas de choisir, chéri. Le mariage dure longtemps, et très peu de choses dans la vie peuvent vous rendre plus misérable qu'une union malheureuse. Dieu sait que vous en avez vu suffisamment au sein dee la haute société.

Elle lui tapota la joue.

— En tout cas, je suis venue vous demander un service.

— Si cela implique une nouvelle garde-robe, dites simplement qu'on m'expédie les factures.

Il se releva et retourna à son fauteuil, la contemplant avec une affection accentuée par les années de soins maternels inquiets. Elle agissait toujours comme il fallait — du moins en public —, mais elle avait le cœur bien trop tendre et, à son avis, vacillait sur sa position ducale beaucoup trop souvent.

Il voulait une femme qui tiendrait son rang en tout temps. Même dans la chambre à coucher. La passion était pour les maîtresses et non pour les épouses. Il s'attendait à ce que sa duchesse se comporte d'une manière qui lui offrirait la liberté d'accomplir ses devoirs et ses responsabilités sans se soucier de la gestion de la maison, de l'éducation des enfants et de l'organisation de leurs événements. Oui, il commencerait bientôt ses recherches.

Se secouant pour sortir de ses réflexions, il s'enquit :

– Quel est ce service ?

Sa mère sortit un bout de papier de sa poche.

– Mon amie de longue date, lady Bellinghan, nous a demandé de prendre sa nièce sous notre aile au cours de cette saison-ci afin de la présenter. Une mademoiselle Penelope Clayton.

Drake haussa les sourcils.

– La jeune femme est l'enfant unique de la sœur de Phoebe, décédée quelques heures après la naissance de mademoiselle Clayton. Ils résidaient en Amérique, Boston, je crois, jusqu'à la mort accidentelle du père de la fille. À cette époque, avec la guerre qui était imminente, son tuteur a insisté pour qu'elle rentre en Angleterre immédiatement. Elle vit dans un domaine du Devonshire depuis presque trois ans.

– Continuez. Je ne saisis pas encore la nature du service. On dirait que Mary ou une des autres filles devrait vous aider, dans ce cas.

– Vrai ; elles seront utiles. Cependant, il y a des problèmes.

– Des problèmes ?

– Lady Bellinghan écrit que sa nièce est un peu différente.

La graine d'un léger malaise s'installa dans le ventre de Drake.

— Vraiment ? Différente de quelle façon ?

— Je ne sais pas exactement. Il semble que la jeune dame n'ait jamais passé beaucoup de temps à l'extérieur de chez elle.

— Est-elle…

— Une candidate pour Bedlam ? Non. La fille est botaniste.

— L'étude des plantes ?

Sa mère lui offrit un demi-sourire.

— Oui, apparemment.

— Un bas-bleu en somme, hein ? En tout cas, j'attends encore de connaître ce service.

— Je vais commanditer ses débuts dans la société, évidemment, et les filles m'aideront. Cependant, c'est votre assistance qui aidera le plus cette fille.

— La mienne ?

La graine de malaise enfla. Sa mère était reconnue pour ses bonnes œuvres et pour prendre les jeunes filles sous son aile. Comme si veiller sur cinq filles jusqu'au seuil de leur vie d'adulte ne suffisait pas.

— Vous avez votre titre et beaucoup d'influence. Vous connaissez également de nombreux jeunes hommes éligibles. Lady Bellinghan écrit qu'en plus de son occupation inhabituelle, mademoiselle Clayton est timide et réservée.

Drake laissa tomber sa tête dans ses mains et gémit.

— Je ne souhaite pas jouer les bonnes d'enfants. Je vous ai dit qu'il est de mon intention de me trouver moi-même une épouse pendant la saison.

Sa mère se leva et s'approcha de lui pour prendre son visage en coupe entre ses mains.

— Vous êtes devenu trop rigide depuis l'accident de votre père. Je sais que tout ceci représente une énorme responsabilité pour vous, et comme le reste d'entre nous, vous ne pensiez pas assumer les devoirs d'un duc avant de nombreuses années encore. Cependant, Drake, ne laissez pas le titre vous définir en tant qu'homme.

— Qu'entendez-vous par là, au juste ?

— Cela signifie, mon cher fils, que je ne souhaite pas voir un étranger assis dans ce fauteuil. Vous avez toujours été attentionné et compatissant. Je pouvais chaque fois compter sur vous pour vous montrer gentil. J'ai besoin que cet homme nous revienne.

— Je n'ai pas changé !

— Tristement, oui. Permettez-moi cette unique faveur.

Elle retourna à sa place et reprit le papier.

— Je doute beaucoup que mademoiselle Clayton occupe une grande partie de votre temps. Soyez seulement doux avec elle et veillez à ce qu'elle aime sa saison mondaine. Sa tante me dit que sa nièce est terrifiée.

— Comme vous le désirez, madame. La fille aura en moi un ami de confiance.

Sa mère se leva et secoua ses jupes.

— Merci. Je savais que je pouvais compter sur vous.

— Vraiment ?

— Oui.

Elle lui décocha un petit clin d'œil et fila vers la porte, la tête haute comme une véritable duchesse.

Une botaniste mésadaptée socialement ? Voudrait-elle passer son temps à ramper dans la saleté, une loupe levée devant son visage ? Drake fit pivoter son fauteuil et contempla le temps gris. La fille était le problème de sa mère. Il ferait son devoir et veillerait à ce que son carnet de bal soit rempli, mais son objectif principal serait de se procurer une épouse – une duchesse parfaite. À présent qu'il était duc, ses responsabilités avaient augmenté, et il lui fallait un héritier.

• • •

Drake avala le reste de son vin et aligna sa coupe à la perfection avec son assiette, et il s'adressa à ses sœurs.

– Mesdames, je pense qu'il est temps que nous discutions de la saison imminente et de votre précédente réticence à accepter les offres de prétendants parfaitement convenables.

– Vous êtes devenu tellement vieux jeu.

Mary plissa le nez vers son frère depuis sa place à l'extrémité de la table à manger.

– Pas du tout. J'aimerais que vous cessiez tous de dire cela.

Il roula les épaules et jeta un regard mauvais à sa jeune sœur.

– Je souhaitais simplement insister auprès de vous et de vos sœurs sur le fait qu'il est temps de prendre en considération certains des gentlemen qui vous courtisent à titre de mari potentiel. Il est de ma responsabilité en tant que chef de famille de voir à ce que vous soyez installées.

– C'est ma première saison, répondit Mary. Je pense que vos commentaires seraient plus judicieux s'ils étaient dirigés vers Abigail.

Drake tourna son attention vers Abigail.

– Elle a raison. Selon mes calculs, il s'agit de votre quatrième saison.

– Pour l'amour du ciel, qui compte ?

– À l'évidence, Drake, ajouta Sarah. Je crois qu'il se sent dépassé avec toutes ces sœurs à marier.

Les entrailles de Drake se nouèrent en entendant cette remarque désinvolte. Tout le monde était-il conscient de son sentiment d'inaptitude ?

– Je vous rappelle que nous n'avons pas participé à la saison mondaine l'an dernier, puisque nous portions le deuil de papa, dit Sybil. Donc, ce n'est que notre deuxième saison à Sarah et moi et la troisième pour Abigail.

– En tout cas, il est temps pour vous toutes de prendre cette affaire au sérieux.

– Papa affirmait que nous devions choisir un mari que nous aimions et pas n'importe qui, simplement pour pouvoir dire que nous étions mariées.

Abigail releva le menton, les yeux brillants de larmes.

Drake se tut. C'était l'une des raisons pour lesquelles il souhaitait les voir toutes mariées et sous la protection de leurs époux. Laisser un autre homme s'occuper des larmes et des récriminations. Tant de fois, il se sentait écrasé sous les émotions féminines.

« Comment père l'a-t-il supporté ? »

Une autre matière où il n'était pas à la hauteur.

– Je suggère qu'à table, nous mettions de côté la discussion sur le mariage et les maris.

Sa mère se tapota la bouche avec sa serviette.

– Je comprends d'après le mot de lady Bellinghan que notre invitée, mademoiselle Clayton, arrivera pendant la soirée.

Mary tapa dans ses mains.

– Oh, je suis si excitée d'avoir une autre fille avec moi pour mes débuts. C'était facile pour Sybil et Sarah, étant des jumelles, d'être là l'une pour l'autre. Je vais prendre plaisir à la compagnie de mademoiselle Clayton, même si elle a des années de plus que moi.

— Pas des années, tant s'en faut, chérie. La fille n'a que vingt ans, et vous dix-huit.

— Pourquoi fait-elle ses débuts aujourd'hui ? demanda Abigail.

— Elle a été élevée en Amérique et, ensuite, elle a vécu trois ans dans la campagne du Devonshire sur le domaine de son père décédé. Jusqu'à maintenant, lady Bellinghan n'avait pas réussi à présenter sa nièce, mais elle a apparemment décidé de prendre les mesures qui s'imposent et a déclaré que la fille devait expérimenter une saison mondaine.

— Pourquoi ne voudrait-elle pas avoir une saison ? demanda Mary, les yeux ronds.

— Mademoiselle Clayton a passé une grande partie de son temps avec son père à étudier la botanique et, selon sa tante, elle n'est pas terriblement sociable. Nous devons tous lui faciliter son parcours. Je vous serais grandement reconnaissante si vous, les filles, la preniez sous votre aile. Et votre frère a accepté de la présenter à des gentlemen convenables pour elle.

— Quand rendrons-nous visite à la couturière ?

Mary se retenait tout juste de sauter sur sa chaise.

— Avec l'arrivée ce soir de mademoiselle Clayton, j'ai déjà envoyé un mot pour lui dire que nous aimerions aller la voir le plus tôt possible.

— Encore des factures, gémit Drake.

— Je reformule. Vous êtes vieux jeu et pas amusant du tout.

Mary choisit un dessert sur le plateau tenu par le valet de pied.

• • •

Le repas terminé, Drake et sa mère s'assirent ensemble dans la bibliothèque, les filles ayant disparu comme elles le faisaient souvent dans la soirée.

— Mère, j'aimerais que vous m'accordiez votre soutien afin que les filles prennent cette histoire de mariage au sérieux.

— Oh, pour l'amour du ciel, chéri. Elles sont jeunes.

— Pas du tout. Abigail sera considérée comme une vieille fille dans un ou deux ans.

Sa mère mit de côté sa broderie.

— Elles prendront le mariage au sérieux quand le bon gentleman présentera une demande. Jusque-là, je suggère que vous ne vous fassiez pas de souci à ce propos.

Elle marqua une pause et tendit l'oreille vers le bruit des roues d'un carrosse devant la maison.

— Il semble que notre invitée soit arrivée.

Drake ferma son livre et se leva, tirant sur les manches de son manteau au moment où le majordome frappait à la porte.

— Mademoiselle Clayton et sa compagne sont arrivées, Votre Seigneurie.

— Merci, Stevens.

Il offrit le bras à sa mère, et ils s'avancèrent lentement jusqu'à l'entrée.

Le vent malmenait les deux femmes pendant qu'elles entraient dans la maison, balayant l'endroit d'air froid et emportant quelques feuilles mortes. La femme plus âgée, à l'évidence la compagne, sourit gaiement, ses joues rougies formant un contraste saisissant avec les joues pâles de sa pupille. La jeune fille donnait l'impression d'être sur le point de se trouver mal.

Il assimila l'apparence de leur invitée avec consternation. Sa chevelure était à moitié remontée et à moitié descendue, des boucles brunes cascadant autour de ses épaules. Des lunettes tombèrent au milieu de son nez, et elle pencha la tête en arrière, apparemment dans une tentative pour les garder sur sa tête. Sa pelisse était boutonnée au petit bonheur la chance, et elle tenait quelque chose enveloppé dans un chiffon collé sur sa poitrine.

Des mottes de terre s'échappaient du tissu, atterrissaient sur sa pelisse et chutaient ensuite sans cérémonie sur le plancher. Elle tenta un sourire, mais ses lèvres tremblantes n'y arrivèrent pas tout à fait.

Mary, Abigail, Sybil et Sarah s'attroupèrent en bas des marches. Mademoiselle Clayton déglutit visiblement et promena un regard paniqué d'un visage à l'autre. Jetant un coup d'œil dans sa direction, la fille émit un petit couinement et retira vivement ses lunettes, puis les laissa immédiatement tomber sur le sol. Elle se retourna vers le majordome et exécuta une révérence, puis elle déplaça son paquet et tendit une main parsemée de saleté à la duchesse.

— Comment allez-vous ?

Après quelques instants d'un silence stupéfait, elle se lécha les lèvres.

— Oh, mon doux, j'ai fait quelque chose de mal, n'est-ce pas ?

Drake grogna, et la fille pivota pour le regarder. Il regretta instantanément sa réaction grossière quand elle pâlit encore plus, mais avant qu'il puisse dire quelque chose, elle éclata en sanglots, puis elle se tourna pour s'enfuir dans la nuit, trébuchant lorsqu'elle fila devant Stevens. En un éclair, elle avait passé la porte et descendu les marches, les laissant tous bouche bée.

— Allez la chercher.

La duchesse lui toucha le bras.

— Doux Jésus, mère. Dans quoi nous avez-vous fourrés ?

Il suivit leur invitée à grandes enjambées, grommelant d'autres mots plus colorés dans sa barbe.

CHAPITRE 3

Drake bondit en bas des marches. Il était dommage que la propension de sa mère à secourir les âmes errantes désespérées s'étendît autant aux femmes qu'aux animaux.

Il balaya les alentours des yeux et, au début, il sembla que mademoiselle Clayton avait disparu comme par magie. Puis, un léger mouvement devant lui attira son regard, et il se hâta dans cette direction.

— Mademoiselle Clayton, arrêtez-vous, je vous en prie.

Elle stoppa et pivota brusquement en prenant de grandes goulées d'air.

— Je vous en prie, Votre Seigneurie, laissez-moi simplement rentrer dans le Devonshire. Je ne veux vraiment pas être ici.

Ses doigts tremblants essuyèrent les larmes sur ses joues, y abandonnant une trace de saleté.

À mesure qu'il se rapprochait, il pouvait la voir plisser les yeux, fort probablement dans une tentative de l'apercevoir puisque ses lunettes étaient sur le plancher du vestibule. Elle serra son paquet près de sa poitrine en claquant des dents, à cause de la soirée humide ou des nerfs, il ne le savait pas. Cependant, la mince lune reflétait sa pâleur, l'amenant à se demander si elle allait s'évanouir d'un moment à l'autre.

— Nous devons retourner à la maison.

Il tendit la main pour lui prendre le coude, mais elle l'éloigna d'un geste brusque.

— Non. Je n'ai pas ma place ici et je veux seulement rentrer chez moi.

Elle hoqueta, ses immenses yeux verts le suppliant. Quelque chose de profond en lui, de féroce, se radoucit. La pauvre fille semblait morte de peur. Et il était convaincu que son impolitesse n'avait pas aidé non plus.

— Je vous en prie, dit-il en lui tendant la main. Je souhaite vous présenter mes excuses pour le malaise que j'ai pu provoquer chez vous. Ne voulez-vous pas rentrer avec moi à la maison ? L'air de la nuit donne des frissons, et je suis sûr qu'une bonne tasse de thé vous réconforterait. Je sais que c'est mon cas.

Elle continua à frissonner tout en le dévisageant. Prenant apparemment une décision, elle raidit l'échine, essuya ses larmes et lui offrit un léger sourire.

— Oui. Une tasse de thé serait extrêmement bienvenue. Merci.

Ébahi par sa transformation rapide, il lui tendit un bras, et elle posa une main délicate, quoique sale, sur sa manche. Il fit un énorme effort pour ne pas grimacer et il la ramena vers la maison. Ses sœurs avaient disparu, fort probablement à la demande de sa mère. Après lui avoir accordé un moment pour faire une toilette sommaire, il la guida dans la bibliothèque où étaient assises toutes les femmes, alignées sur le canapé, les mains serrées sur leurs genoux. Sa mère se reposait dans son fauteuil près du feu, brodant en silence. Elle leva les yeux et offrit à mademoiselle Clayton un sourire éclatant.

– Comme c'est gentil à vous de vous joindre à nous, ma chère. J'ai envoyé chercher du thé et des biscuits, qui seront exactement ce qu'il faut, j'en suis sûre, après votre voyage.

– Merci, Votre Seigneurie.

Mademoiselle Clayton exécuta une petite révérence maladroite.

– Oh ; voici vos lunettes. J'imagine qu'il vous sera plus facile de traiter avec nous tous si vous nous voyez mieux.

La mère de Drake tendait les lunettes de la fille.

Il mena mademoiselle Clayton jusqu'au fauteuil devant le feu, puis il s'installa sur le siège à côté d'elle.

– Bon.

Elle posa son ouvrage dans le panier à ses pieds.

– Commençons par les présentations.

Elle agita la main vers le canapé.

– La jeune dame à l'extrême gauche est ma fille, lady Abigail. À côté d'elle, il y a lady Sybil, sa jumelle, lady Sarah, et lady Mary.

Chaque fille hocha la tête à la mention de son nom, offrant à mademoiselle Clayton des sourires accueillants.

– Mary fera également ses débuts dans le monde cette année. Je suis certaine que vous aurez beaucoup de choses à discuter au cours des semaines à venir. Évidemment, mon fils est le duc de Manchester, mais pour éviter qu'il ne se prenne la tête, nous l'appelons simplement « Drake », ce qui, j'en suis sûr, lui conviendra.

Elle leva les yeux, au moment où un valet de pied entrait dans la pièce.

– Ah, voici maintenant le thé.

Une fois le rituel du service du thé et du plateau de petits gâteaux accompli, la duchesse se tourna vers mademoiselle Clayton.

— Parlez-nous un peu de vous, mademoiselle Clayton.

— Oh, mon doux. Bien, hum, tout d'abord, veuillez m'appeler « Penelope ».

Drake regarda tandis que la soucoupe dans la main de mademoiselle Clayton penchait de manière précaire vers le plancher, une petite vague de liquide se renversant de la tasse sur la soucoupe. Il dut réprimer son envie de tendre la main et la redresser, craignant qu'après son impolitesse initiale, elle puisse s'enfuir une seconde fois.

— J'ai vécu en Amérique, Boston, pour être précise, presque toute ma vie.

— C'est donc là que vous avez acquis cet accent inhabituel, dit Mary.

Penelope rougit joliment, et la soucoupe pencha davantage, renversant encore du liquide. Fasciné par ce que personne d'autre ne semblait remarquer dans la pièce, Drake serra la mâchoire et tenta de fixer son attention sur la conversation.

Un léger sourire embellit ses lèvres charnues.

— J'imagine que j'ai un accent, en effet.

— Vous vivez maintenant dans le Devonshire ?

Abigail la questionna depuis sa place sur le canapé.

— Oui. J'y suis depuis trois ans. C'est charmant, et je suis très heureuse à la campagne.

Des miettes tombèrent sur son corsage quand elle mangea une bouchée de son gâteau, et la soucoupe pencha davantage. Drake déplaça ses épaules, puis il fit courir un doigt à l'intérieur de sa cravate. Il avala son thé et regarda autour de lui, espérant que quelqu'un d'autre avait remarqué l'imminence du désastre. Tous les yeux féminins étaient fixés sur le visage de Penelope.

La jeune femme changea de position dans son siège et regarda la mère de Drake en face. Il poussa un soupir de soulagement quand elle redressa la soucoupe.

– J'ai compris, d'après les dires de lady Bellinghan, que vous avez cinq filles.

Une légère moustache décorait les lèvres de Penelope après sa gorgée de thé. Drake frotta vivement sa propre bouche avec sa serviette.

– Ma fille Marion, lady Tunstall, quitte rarement sa chambre. Elle a perdu son mari en mer et elle a de la difficulté à s'en remettre, je le crains.

– Oh, comme c'est terrible pour elle !

Mademoiselle Clayton semblait émue presque aux larmes. Elle avala plusieurs fois et se pencha en avant pour déposer sa tasse sur une table basse devant elle, mais au lieu de cela, elle la posa sur le bord. Drake la regarda vaciller sur sa position, la sueur se formant sur son front. La fille était un désastre ambulant.

– Qu'avez-vous dans ce paquet, ma chère ?

À l'évidence, la mère de Drake ne supportait plus le mystère.

Le visage de Penelope s'égaya quand elle tendit la main vers le paquet qu'elle avait installé sur le fauteuil à côté d'elle, laissant derrière plusieurs grains de saleté.

– C'est le nouveau spécimen que j'ai découvert juste avant de quitter le Devonshire.

Elle balaya l'assemblée du regard comme si elle annonçait la naissance d'un enfant. Quelques murmures polis suivirent sa déclaration pendant qu'elle déballait le chiffon et exposait une plante flétrie, ses racines pendant dans une motte.

— Voyez-vous, elle n'a jamais été classifiée.

— Mon doux. C'est certainement intéressant.

La mère de Drake sembla trouver des réserves d'enthousiasme.

— Et qu'est-ce que cela signifie, au juste ?

— Bien, pas grand-chose pour moi, j'imagine, car même si je l'ai découverte, je ne peux pas l'enregistrer auprès de la Linnean Society of London parce qu'on n'accepte pas les femmes comme membres.

— C'est certainement injuste, se hérissa Abigail. Vous voyez, mère, je vous ai dit qu'il est grand temps qu'on accorde aux femmes une plus grande place dans la société.

— Ne recommençons pas cela, chérie.

Sa mère but une petite gorgée de thé.

— Mais, mère…

Sa mère reposa sa tasse sur la soucoupe, puis elle tapa dans ses mains.

— Mesdames, je crois que nous devrions nous retirer dans nos chambres, car nous avons des tas de courses à faire demain.

Mademoiselle Clayton sursauta devant ce brusque changement de sujet et sembla déroutée par le débordement d'activités tandis que les sœurs de Drake rapportaient leurs tasses de thé sur la table et bavardaient entre elles. Elle remballa avec soin son trésor et releva ses lunettes sur son nez.

— Ma chère, nous nous sommes organisés pour que vous occupiez la chambre en face de Mary, comme je suis convaincue que vous aurez beaucoup à vous dire à mesure que la saison mondaine progressera.

Penelope se leva, des miettes et des grains de saleté tombant du devant de sa robe. Elle tripota son paquet, l'air encore perplexe. Quand elle s'avança, son genou frappa la soucoupe chancelante, envoyant les deux objets de porcelaine s'écraser au plancher.

— Oh, je suis désolée.

Elle se pencha pour récupérer la vaisselle et éparpilla plus de saleté.

— Arrêtez !

Toutes les femmes dans la pièce cessèrent de bouger et se tournèrent pour dévisager Drake.

— Je vous en prie, mademoiselle Clayton. Une des domestiques nettoiera cela.

Il craignait que son ton ait été un peu élevé, mais il ne pouvait plus supporter cela bien longtemps.

— Je suis désolé si j'ai crié.

Il peigna sa chevelure avec ses doigts.

— Toutefois, avec toute cette conversation, j'ai eu peur que mademoiselle Clayton ne m'entende pas.

— Il a raison. Laissez cela.

La mère de Drake passa un bras sous celui de mademoiselle Clayton et l'entraîna hors de la pièce. Heureux d'avoir quelqu'un d'autre pour surveiller la fille, il se dirigea vers le buffet et se versa un brandy.

La saison serait longue.

• • •

Le lendemain matin, Penelope rêvassait pendant que la femme de chambre qu'on lui avait affectée lui brossait les cheveux. La bavarde Daisy, qui s'occupait d'elle à la maison, lui manquait. Maguire, qui veillait aussi sur les autres filles, était agréable, mais offrait peu en matière de conversation. Et cette distraction était exactement ce qu'il fallait à Penelope. L'idée de faire des courses avec toutes ces femmes faisait battre son cœur en un staccato effréné. N'ayant absolument aucun sens du style, elle craignait terriblement qu'elles se moquent d'elle avant même qu'elle ait l'occasion de mettre un pied dans une salle de bal. Si cette famille chaleureuse et amicale ne l'acceptait pas, elle n'avait absolument aucune chance avec la haute société.

Ses pensées errèrent vers le duc de Manchester. Elle avait failli mourir quand il avait émis ce son après qu'elle avait fait tomber ses lunettes. Elle était tellement nerveuse qu'elle avait oublié comment se comporter avec l'aristocratie pendant un instant. Serrer les mains ne se faisait absolument pas. Même si elle s'était souvenue de s'adresser à lui et à la duchesse en les appelant « Votre Seigneurie », les mots étaient restés pris dans sa gorge et elle avait fait une folle d'elle-même.

Cependant, rien dans sa vie ne l'avait perturbée autant que le regard qu'avait baissé Sa Seigneurie sur elle quand ils avaient été seuls dans l'obscurité et qu'elle avait lâché qu'elle désirait seulement rentrer chez elle. Soudainement, elle avait ressenti le plus étrange des désirs de s'avancer vers lui et qu'il l'enveloppe dans ses bras et la serre tout contre lui. Elle avait eu envie de poser sa tête sur son torse et d'exprimer ses peurs. Elle avait eu chaud, à l'idée de la sensation de son corps dur contre le sien.

« Par le ciel, d'où sortent de telles idées ? »

Elle ne s'était jamais intéressée aux hommes auparavant. Il n'y avait absolument rien qui appelait quoi que ce soit de féminin en elle. Son père l'avait toujours traitée comme un fils, l'avait prise sous son aile pour lui enseigner tout ce qu'il savait sur la botanique. Pour elle, pas de vie comme la plupart des autres jeunes dames. En tout cas, Drake – comme Sa Seigneurie avait dit qu'elle devait l'appeler – n'aurait jamais aucun intérêt pour une fille effacée de la campagne comme elle, sans charme ni sophistication.

– J'ai terminé, mademoiselle. Si vous vous levez, je vais vous aider à mettre votre robe.

Les commentaires de la femme de chambre la ramenèrent dans le présent. La dernière chose dont elle avait besoin était de développer un sentiment tendre pour quelqu'un à ce point hors de sa portée que c'en était risible. Et elle avait déjà planifié les grandes lignes de sa vie de manière à embrasser la science et non un mari.

– Merci, Maguire.

La femme de chambre venait de terminer de boutonner le dos de sa robe, quand un coup sec à la porte annonça l'arrivée de Mary. Elle entra vivement dans la chambre dans un tourbillon d'excitation.

– Vous devez vous hâter, Penelope, afin que nous puissions prendre un petit déjeuner rapide. Je suis tellement excitée. N'est-ce pas merveilleux d'être sur le point d'être présentées à la haute société ? Pensez-y : nous aurons notre bal de débutante, ainsi que tous les autres bals et fêtes, les dîners et le théâtre, les soirées musicales et les pique-niques. Oh ; et les hommes qui nous courtiseront.

Mary tournoya autour de la pièce, exécutant une valse avec un partenaire imaginaire.

Penelope fut obligée de ravaler la bile qui lui remontait au fond de la gorge.

– Oui, merveilleux.

– Venez, c'est l'heure de manger. Les autres attendent.

Mary la tira derrière elle.

– Nous avons tant de décisions à prendre : les couleurs, les styles. Nous devons partir.

Penelope se laissa entraîner vers ce qui lui semblait un destin tragique.

• • •

Une heure plus tard, elles avaient pris d'assaut la couturière. Abigail avait confié qu'avec six femmes – venues en même temps – ayant besoin d'une garde-robe pour la saison mondaine, madame Babineau avait été des plus heureuses de réorganiser son horaire afin que Sa Seigneurie, ses quatre filles et leur invitée puissent être accommodées. Elle envoya au salon toutes ses couturières et les filles en magasin et dans l'arrière-boutique pour mesurer et transporter différentes étoffes à être examinées par ces dames.

Penelope se tenait à l'écart des autres, n'ayant jamais expérimenté quoi que ce soit de semblable dans sa vie. Jusqu'à aujourd'hui, elle s'en était toujours remise à la franchise des couturières pour se faire conseiller sur ce qui lui convenait. Son père n'avait jamais paru remarquer ses toilettes, et comme elle avait passé la majorité de son temps à fourrager dans les forêts, ses vêtements n'avaient jamais eu grande importance. À présent, on s'attendait à ce qu'elle plonge dans cet univers étranger et en ressorte métamorphosée. Vêtue d'une robe de soriée, élégante et tenant un éventail fleuri délicat dans des doigts gantés qu'elle tendrait à un gentleman énamouré pour qu'il l'embrasse. Elle se mit à transpirer.

— Venez, ma chère, et regardez ces illustrations.

Sa Seigneurie pivota dans sa chaise à haut dossier pour émettre ce commentaire en lui faisant signe de la rejoindre.

— Certaines d'entre elles vous iraient merveilleusement bien.

Penelope se traîna les pieds jusqu'à la duchesse, étonnée que ses genoux tremblants puissent même la soutenir.

— Madame Babineau, je vous prie d'apporter des tissus qui conviendraient au joli teint de mademoiselle Clayton.

La duchesse regarda Penelope avec un visage rayonnant.

— Vous avez la plus merveilleuse couleur de cheveux. Ces mèches cuivrées d'un brun chaud sont si belles.

Elle tendit la main pour lui saisir le menton et elle déplaça sa tête d'un côté et de l'autre.

— Et ces yeux verts. Je suis tellement jalouse.

— Je sais, mère, elle est belle, n'est-ce pas ?

Abigail les rejoignit et enroula un bras autour de la taille de Penelope comme si elles étaient les meilleures amies du monde depuis toujours. Non accoutumée à une acceptation féminine de cette sorte, elle rougit, mais le nœud dans son estomac se desserra légèrement.

— Mère, regardez cette soie. Ne ferait-elle pas une robe superbe pour Penelope ?

Mary leva une pièce de tissu d'une riche couleur émeraude. Elles reculèrent toutes ensemble pour admirer comment la richesse du tissu faisait ressortir sa coloration.

Penelope se tourna vers la glace, stupéfiée par son reflet. Derrière ses lunettes ses yeux brillaient, et la légère rougeur sur ses joues la rendait belle même à ses propres yeux.

– Oui, je crois que c'en est assurément une pour vous, Penelope. Comme vous êtes plus âgée que les autres filles faisant leurs débuts, vous n'êtes pas restreintes aux teintes pastel.

La duchesse se tourna vers madame Babineau.

– Je pense que cela va très bien à mademoiselle Clayton. Nous allons devoir trouver un patron seyant. Même si elle n'est pas limitée aux couleurs pâles, la robe doit tout de même être modeste.

– Comme vous désirez, Votre Seigneurie.

La femme se hâta vers une pile de gravures et les feuilleta pendant que les filles reprenaient leur examen des étoffes.

– *Voilà*[1] ! La robe parfaite pour la jeune dame.

Madame Babineau levait une illustration d'une robe en soie bleue avec de la dentelle à motif superposée, coupée en ligne droite au corsage pour assurer sa modestie, avec des mancherons et un ruban de satin blanc sous la poitrine. Le visage de la couturière rayonnait.

– Avec la belle silhouette et la coloration de mademoiselle, la soie verte avec ce patron sera *magnifique*[2].

Penelope s'avança vers la couturière et regarda la robe avec émerveillement. Elle n'avait jamais possédé quoi que ce soit de semblable auparavant. Une robe aussi superbe lui donnerait-elle l'assurance dont elle avait besoin ? Peut-être.

Une petite lueur d'espoir s'alluma dans son cœur.

1. N.d.T.: En français, dans le texte original anglais.

2. N.d.T.: En français, dans le texte original anglais.

Madame Babineau l'attira immédiatement jusqu'à un petit piédestal dans le coin de la pièce et elle l'aida à retirer sa robe. Elle claqua les doigts pour appeler une de ses employées et elle s'adressa à la jeune fille dans un français rapide. La couturière arriva en vitesse et commença à prendre des mesures, notant ses découvertes sur une feuille de vélin.

Penelope se contempla dans la glace, essayant d'imaginer la fille ordinaire qui se tenait devant elle en chemise et corset, transformée en une jolie demoiselle vêtue d'une belle robe verte et blanche. Bien qu'elle tentât de chasser son excitation, un minuscule mouvement aux coins de ses lèvres se transforma en un sourire franc tandis qu'elle levait les bras afin que la couturière puisse prendre ses mensurations.

On aurait dit qu'il s'était écoulé des heures avec toutes les filles et Sa Seigneurie choisissant des tissus et des patrons et, ensuite, chacune d'elles montant à leur tour sur le piédestal. Elles optèrent pour un si grand nombre d'échantillons de tissus qu'elle perdit le compte des robes commandées par Sa Seigneurie. Elle se mordilla la lèvre, se demandant quelle somme précisément son tuteur avait accordée pour sa garde-robe. Quand Sa Seigneurie déclara qu'une fois qu'elles en auraient fini ici, elles iraient chez le cordonnier, le gantier et la chapelière pour compléter leurs tenues, elle décida de cesser d'essayer de tenir le compte. Quoique savoir qu'elle ne se servirait plus jamais par la suite de toutes ses belles choses titilla sa conscience, comme un caillou dans sa chaussure.

— Lady Mary, comme c'est agréable de vous voir !

Une jeune femme entra dans le salon pendant que les filles rassemblaient leurs effets.

Mary sourit à la fille et elle lui rendit son étreinte.

– Tout comme vous, lady Daphne.

Penelope fit de son mieux pour ne pas la dévisager, mais lady Daphne lui coupait le souffle. Ajustant ses lunettes, elle contempla la jeune femme avec fascination. Grande, élancée et majestueuse, la fille se démarquait des autres. Ses yeux bleu glacé les évaluèrent toutes à tour de rôle. Ses boucles blondes étaient souples comme si elle les avait mouillées avec de l'eau sucrée. Quoiqu'elle soit à la même hauteur que les autres, elle semblait les considérer du haut du piédestal de madame Babineau.

– Et qui avons-nous ici ? ronronna lady Daphne.

– Lady Daphne, puis-je vous présenter mademoiselle Penelope Clayton, qui se joint à nous pour sa première saison mondaine.

Le sourire d'Abigail était un peu étiré.

– Vraiment ?

Penelope attendit que lady Daphne sorte vivement une loupe et l'examine. Au lieu de cela, la fille l'observa depuis ce qui lui parut une hauteur démesurée.

– C'est charmant de vous rencontrer, mademoiselle Clayton.

Cela la stupéfia de constater que des paroles puissent être prononcées de telle façon à transmettre la signification opposée à leur sens. Elle exécuta une petite révérence, ne sachant pas trop si c'était approprié. La fille lui donnait l'impression qu'elle devrait tomber à genoux et l'adorer.

– Mesdames, nous devons partir.

Sa Seigneurie les rassembla et hocha la tête en direction de lady Daphne.

— Cela a été un plaisir de vous voir, ma chère. Veuillez transmettre mes hommages à votre mère.

— Oh, elle viendra me rejoindre. Je crois qu'elle donne des instructions à notre cocher sur le moment où nous rentrerons.

Lady Daphne passa le bras sous celui de Mary.

— Je suis si heureuse pour vous que vous fassiez votre entrée dans le monde cette année. Père se montre très insistant pour que je choisisse un mari cette saison-ci. Il était fâché contre moi l'an dernier, mais mère pensait qu'aucun des hommes qui avaient demandé ma main n'était convenable pour moi. Voyez-vous, elle croit que je devrais miser plus haut.

Lady Daphne jeta un sourire pincé en direction de Sa Seigneurie, mais les yeux de la fille se voilèrent sous une émotion que Penelope fut incapable d'identifier.

— Et elle est convaincue que cela se produira cette année.

La duchesse lui rendit son sourire, absent de chaleur.

— Il est temps de partir, les filles. Penelope, voudriez-vous aller chercher mon réticule sur la chaise ?

Toujours sous le charme de lady Daphne, elle ramassa le réticule et se tourna pour suivre Sa Seigneurie. Avant d'avoir avancé de plus de quelques pas, elle trébucha sur la petite table près de la porte. Sarah lui attrapa le bras pour l'empêcher de tomber sur le nez.

Le tintement du rire de lady Daphne les suivit à l'extérieur de la porte.

CHAPITRE 4

— Mais je suis beaucoup trop maladroite pour danser.

Penelope s'écarta d'Abigail alors qu'elle tentait de la traîner vers Drake, qui semblait s'ennuyer ferme.

Les quatre filles et elle révisaient des pas de danse. Sa Seigneurie avait embauché un professeur, mais comme il devait s'occuper de si nombreuses jeunes demoiselles, elle avait contraint Drake à abandonner ses tâches pour l'assister. Cependant, si l'on devait se fier à l'expression de son visage, il aurait préféré récurer les écuries plutôt que de danser avec elle.

— Sottises. N'importe qui peut apprendre à danser. Je suis effarée de constater que vous ne savez pas.

Penelope retira ses lunettes et les rangea dans la poche de sa robe.

— Je sais bien comment, mais cela fait un bon moment, et je n'étais pas très douée à l'époque.

Elle esquissa un mouvement de recul tandis qu'elles se rapprochaient de Drake; il sortit vivement une montre en fronçant les sourcils.

— Vous voyez, Sa Seigneurie n'a pas le temps pour cela.

— Oh, pour l'amour du ciel, Penelope. Mère vous a dit de l'appeler « Drake ». Il a déjà suffisamment la grosse tête.

Il jeta un regard noir à sa sœur et rangea d'un geste brusque sa montre dans la poche de son gilet. Il s'inclina devant Penelope.

– Pas du tout, mademoiselle Clayton : j'aimerais passer ce temps à danser avec vous.

« Ha ! Une autre personne qui peut dire quelque chose et penser exactement le contraire. »

Selon Mary, Drake comptait se marier cette année. Il devrait peut-être considérer lady Daphne. Ils semblaient certainement bien assortis.

– Merci, Votre Seigneurie.

Elle grimaça quand Abigail lui donna un coup de coude.

– Euh, Drake.

– Oui, je vous en prie, appelez-moi « Drake ».

Incapable de discuter avec lui tout en étant si proche, Penelope se contenta de hocher la tête. Elle leva les yeux et se lécha les lèvres. Il était tellement imposant. Grand, large d'épaules et musclé. Il semblait s'emparer de tout l'air autour de lui. Malgré sa vision légèrement embrouillée, elle se délecta de ses yeux noisette pailletés d'or. Des mèches de ses cheveux brun pâle, entremêlés de fils dorés, tombaient sur son large front.

Quand elle baissa le regard, elle nota son nez aristocratique au-dessus de larges lèvres sensuelles. L'odeur des chevaux et de quelque chose de musqué qu'elle se rappelait avoir senti le soir de son arrivée le définissait comme le mâle qu'il était. Elle étouffa son désir de s'en remplir les poumons.

– Penelope ?

Il pencha la tête d'un côté et il l'observa, un léger sourire ornant ses lèvres.

Ainsi rappelée à leur objectif, elle lutta pour reprendre la maîtrise d'elle-même. Un picotement remonta le long de son cou et sur son visage, vite suivi par la chaleur. Elle tenta un sourire, exécuta une petite révérence, puis elle posa le bout de ses doigts sur sa paume tendue. Comme dans un rêve, il mit la main dans le creux de son dos, l'attirant plus près de lui.

– Non, Drake.

Sarah le réprimanda depuis l'endroit où elle s'exerçait avec le professeur de danse.

– On ne laissera pas Penelope valser jusqu'à ce qu'elle reçoive la permission des patronnesses à Almacks.

– Ce qui se produira sans doute bientôt, alors elle doit l'apprendre.

Il ignora sa sœur et se tourna pour regarder Penelope en face.

– Comptez simplement les temps avec moi.

S'efforçant de maîtriser ses tremblements, elle avança d'un pas, et son pied atterrit sur le cou-de-pied de Drake. Il ferma brièvement les yeux, mais il fit tout de même briller un sourire encourageant.

– Essayez de me suivre.

À présent, ses paumes étaient humides de sueur, et elle était reconnaissante d'avoir porté des gants pour la répétition. Au moins, il ne ressentirait pas le besoin de s'essuyer la main sur le devant de sa culotte une fois la leçon terminée. Se concentrant de toutes ses forces, Penelope exécuta quelques pas sans encombre.

– Vous voyez. Vous êtes capable.

Elle prit une profonde respiration et tourna dans un sens alors qu'il tentait de l'entraîner dans l'autre.

— Désolée, marmonna-t-elle en même temps. Ça va.

Après quelques pas de plus, son nez commença à lui démanger, mais elle ne pensait pas que ce soit très élégant de le frotter, de sorte qu'elle fit de son mieux pour ignorer la sensation. Ils poursuivirent. La démangeaison ne disparut pas. Elle vacilla légèrement quand, une fois de plus, il la déplaça dans une direction qu'elle n'avait pas prévue.

Le soleil de l'après-midi s'infiltra par la fenêtre, éclairant la pièce à l'endroit où se trouvait le professeur de danse, qui comptait les temps au même rythme que les battements de son cœur. Elle plissa le nez en vain, la démangeaison fermement installée. Drake lui sourit d'une manière encourageante, mais après quelques minutes écoulées, le picotement augmenta en proportion de son désir qu'il cesse. Elle eut de la difficulté à se concentrer et son cou-de-pied se retrouva exactement sous le pied botté de Drake.

— Oh, je suis tellement désolé ; vous ai-je fait mal ?

Elle se mordit la lèvre inférieure et secoua la tête, souhaitant de tout son cœur que la danse finisse. Elle trébucha pendant quelques pas encore, l'esprit centré sur la démangeaison et la manière de se soulager sans attirer l'attention sur son problème. Elle plissa de nouveau le nez. Rien. Sa main mourait d'envie de se libérer de la poigne de Drake pour frotter son nez et mettre fin à son tracas.

Plusieurs minutes s'écoulèrent, et avec une horreur grandissante, elle constata que la démangeaison englobait à présent la surface sous son nez. Elle passa la langue sur ses gencives et érafla sa lèvre avec ses dents.

— Dites donc, puis-je vous être utile à quelque chose ?

Drake fit rouler ses épaules, puis il l'entraîna avec lui dans un tournant que Penelope rata, et elle marcha encore une fois sur sa botte.

— Non, non, pas du tout. Tout va bien. Merci de le demander.

La démangeaison s'était propagée jusqu'à son sourcil gauche. Elle remua les sourcils de haut en bas, sa frustration causée par son incapacité à frotter ses paumes sur son visage l'amenant à atterrir une autre fois sur le pied de Drake.

— Vous vous êtes peut-être fatiguée.

Il cessa son mouvement, ce qui lança Penelope contre son torse.

Elle se frotta rapidement le nez contre le tissu rugueux de son manteau, remplie de soulagement.

— Oui, je crois que je suis un peu lasse.

Drake baissa les yeux sur son torse, puis les remonta sur le visage de Penelope, ses sourcils rejoignant presque la naissance de ses cheveux.

— Bien, j'imagine que cela suffit pour aujourd'hui, alors.

Il la libéra, il s'inclina devant elle, puis il tourna les talons et quitta la pièce.

Penelope regarda son dos s'éloigner tandis qu'elle essuyait la sueur sur sa lèvre supérieure. Elle haletait comme si elle avait disputé une course.

— C'était amusant. Nous allons devoir nous exercer davantage demain.

Sybil passa un bras sous le sien.

— C'est l'heure du déjeuner, alors je pense que nous ferions mieux de nous dépêcher, sinon mère viendra à notre recherche.

• • •

Drake poursuivit son chemin vers la bibliothèque, s'éloignant le plus rapidement possible de Penelope. La fille l'angoissait totalement. Quand il la prenait dans ses bras, il devenait très conscient de sa chaleur et de sa douceur. Ses yeux verts et intenses le contemplaient, scrutant son visage avec une telle appréhension qu'il ressentait l'envie écrasante de l'attirer plus près de lui et de lui assurer que tout irait bien. C'était sans aucun doute la raison pour laquelle il avait répondu sèchement à Sarah quand elle avait suggéré qu'il n'était pas nécessaire qu'ils pratiquent la valse.

« Socialement inapte » était un euphémisme. Elle lui avait marché sur les pieds, n'avait cessé de tourner dans la mauvaise direction et avait semblé avoir un malaise quelconque sur le visage qu'elle avait tenté, sans succès, de lui cacher. Il s'installa dans son fauteuil derrière sa table de travail et fixa aveuglément les papiers qui recouvraient le buvard.

Il chassa toute autre pensée sur leur invitée et souleva un rapport. Penelope était le problème de sa mère et non le sien. Il devait s'occuper de sa propre affaire ; choisir une épouse cette année. Rien ne le détournerait de ce but. Il n'avait ni le temps ni l'envie de prendre en main un oisillon et le guider tout au long de sa saison mondaine. Non qu'on s'attende à une telle chose, évidemment. Sa mère était sa marraine, et ses sœurs la soutiendraient. Comme elle le lui avait demandé, il respecterait les souhaits de sa mère et il présenterait la gamine à des gentlemen convenables avant de l'abandonner à ses propres moyens.

Il reposa le rapport, et ses pensées se tournèrent lentement vers lady Daphne, la fille de lord Sirey. Ses muscles contractés se détendirent immédiatement. Elle était l'incarnation de l'élégance et du charme et elle ferait une excellente duchesse de Manchester. Il l'avait observée pendant la soirée de Noël chez les Reynolds à laquelle elle avait assisté avec ses parents en décembre.

Elle avait eu beaucoup de succès pendant la saison l'année précédente, mais d'après ce qu'il avait entendu, elle avait refusé plusieurs offres. Les yeux de lady Daphne l'avaient suivi à cette soirée, l'amenant à croire qu'il y avait un net intérêt de sa part. Si les choses se déroulaient comme il l'avait prévu, il la courtiserait et présenterait sa demande à la fin de la saison, à laquelle succéderait possiblement un mariage à l'automne.

Il n'y aurait aucune surprise avec une personne du genre de lady Daphne. Elle ferait toujours exactement ce qu'il faudrait. Sa vie s'écoulerait sans anicroche. Certains membres de la haute société l'avaient qualifiée de « reine de glace ». Peut-être. Cependant, il n'avait pas besoin de beaucoup de passion chez sa femme. Avec elle comme duchesse, ils auraient la vie parfaite, avec des enfants parfaits. Ensuite, il se sentirait sûr de lui dans son nouveau rôle, capable de voir à ses devoirs et de chausser les très grands souliers que son père avait laissés derrière lui.

« Tu n'y arriveras jamais, tu sais. »

— Allez-vous déjeuner avec nous ?

Sarah frappa légèrement à la porte de la bibliothèque et passa la tête à l'intérieur.

— Ou bien Penelope vous a-t-elle épuisé ?

— Non, elle ne m'a pas du tout épuisé. Et je ne me joindrai pas à vous pour le déjeuner, car j'ai un rendez-vous et je suis déjà en retard.

Il repoussa sa chaise derrière lui et se leva.

– Elle est vraiment très gentille, vous savez.

– Qui ?

Comme s'il l'ignorait. Il brassa des papiers sur sa table de travail, évitant le regard fixe de sa sœur.

– Penelope. Vous auriez dû la voir chez la couturière hier. Je suis certaine qu'elle n'a jamais passé beaucoup de temps à choisir ses vêtements. Elle était complètement perdue. Attendez toutefois de constater à quel point sa robe sera belle.

– Oui, bien, je suis sûr que c'est merveilleux. Maintenant, si vous voulez bien m'excuser...

– Et ensuite, lady Daphne a été très grossière et elle a ri quand Penelope s'est cognée contre une table mal placée dans un coin gênant.

Drake se raidit à la mention de lady Daphne.

– Elle pourrait apprendre une ou deux leçons sur le fait qu'il ne faut pas rire des erreurs des autres.

– Je suis sûr que vous avez mal interprété. Lady Daphne est une dame. Elle ne ferait jamais rien pour rendre quelqu'un mal à l'aise. Allons, elle est l'exemple parfait de la véritable lady, une personne dont vous feriez mieux d'imiter le comportement.

Sarah releva brusquement la tête, sa paume reposant sur sa joue.

– Oh, non.

– Quoi ?

– Je vous en prie : ne me dites pas que vous songez à demander lady Daphne en mariage.

– Je ne sais pas du tout de quoi vous parlez. Et même si je nourrissais de telles intentions, elles ne vous concernent pas.

Il effleura sa sœur au passage en quittant la pièce, refermant la porte avec un peu plus de force que nécessaire.

• • •

Penelope atteignit le haut des marches et prit la direction de sa chambre. L'activité pour le premier bal de la saison avait occupé toute son attention, ne lui laissant pas une seconde pour travailler sur ses notes botaniques. Avec les filles se reposant après le déjeuner, il était grand temps pour elle de commencer à dessiner le spécimen qu'elle avait trouvé avant de quitter son foyer et préservé une fois qu'elle était arrivée ici.

Marchant à pas feutrés dans le couloir, elle arriva devant la porte que Mary avait désignée comme étant celle de la chambre de sa sœur la plus âgée, Marion. Elle était légèrement entrouverte. Elle ralentit le pas et jeta un coup d'œil à l'intérieur, mal à l'aise, comme si elle épiait une invalide.

Marion leva les yeux de sa place près du foyer et ferma le livre dans ses mains.

— Oh, vous devez être mademoiselle Clayton. Je vous en prie : entrez. Je suis Marion, lady Tunstall, la fille aînée de Sa Seigneurie.

Penelope ouvrit plus grand la porte et entra dans la chambre à coucher. La première chose qui attira son attention fut un genre d'autel installé sur une table basse près de la fenêtre. Une bougie brûlait sous le portrait d'un jeune homme, vêtu de l'habit de la marine royale.

— C'est Tristan, lord Tunstall.

Marion mit son livre à côté d'elle, se leva et avança vers le portrait.

— Mon mari.

La douleur et le chagrin dans ces deux mots lacérèrent le cœur de Penelope.

— Je suis désolée. Je comprends qu'il s'est perdu en mer ?

Marion posa le bout de ses doigts sur le visage de l'homme.

— Oui. Son corps n'a jamais été retrouvé. Enterré en mer, m'ont-ils dit.

Elle se tourna vers Penelope, des larmes dans les yeux.

— Je l'aimais tellement.

Penelope souffrait pour elle. Peut-être l'amour n'était-il pas une chose si merveilleuse, si le résultat était cela une fois qu'on l'avait perdu. N'ayant jamais été témoin d'amour elle-même, puisque sa mère était morte bien avant le premier souvenir de Penelope, elle ignorait comment le mariage de ses parents avait fonctionné. Quand son père avait parlé de la femme qu'il avait épousée, c'était toujours avec affection, mais jamais avec la nostalgie et le chagrin d'amour si évidents chez Marion.

La femme sembla se recomposer.

— Alors, parlez-moi de votre superbe robe de bal que m'a décrite Mary hier soir. Elle m'a assuré que vous ressemblerez à une princesse avec elle. Je comprends qu'il s'agira de votre première apparition dans la haute société ?

Elles s'installèrent sur un sofa près du foyer.

— Oui, et franchement, je suis très nerveuse.

— Toutes les filles sont nerveuses à leur premier bal. Je suis certaine que vous vous en tirerez bien. Et ma famille sera présente pour vous soutenir. À présent, promettez-moi de vous arrêter ici lorsque vous serez vêtue de vos beaux atours pour cette soirée.

Penelope ravala son angoisse.

— J'en serais très heureuse.

Elles bavardèrent environ dix minutes encore, puis Marion lui dit :

— Je suis tellement contente que vous soyez venue. Vous savez, ma famille ne me parle plus de Tristan. Ils croient que j'aurais dû laisser cela derrière moi maintenant et poursuivre ma vie, mais ils ne comprennent pas…

— Vous seule saurez quand le moment sera venu.

— Comme vous avez raison. J'aimerais que ma famille reconnaisse cela. Je sais que mère s'inquiète énormément. Elle m'aime et elle veut me voir heureuse, mais je n'arrive pas à la convaincre que je ne serai plus jamais réellement heureuse.

Elle se tourna vers Penelope.

— Pouvez-vous comprendre cela ?

— Je pense que si c'est ce que vous ressentez, votre famille devrait respecter vos désirs.

Le silence tomba sur elles tandis qu'elles observaient le feu. Penelope se leva et lissa ses jupes.

— Cela a été très agréable de vous rendre visite.

— Reviendrez-vous ? Ou bien vous ai-je découragée avec mes propos larmoyants ?

— Pas le moins du monde. Je serai ravie de revenir vous voir.

Sur ce, elle se tourna et quitta la chambre, refermant la porte doucement dans son dos, laissant Marion à son chagrin et à son sanctuaire.

CHAPITRE 5

Drake repoussa les dernières lettres de sa correspondance nécessitant une signature. Se calant dans son fauteuil, il détendit les muscles contractés de sa main, et ses pensées s'égarèrent vers Penelope, comme elles semblaient le faire beaucoup trop souvent dernièrement.

Dans quelques jours, au bal de débutante de lady Millicent, il veillerait à ce que son carnet de bal reste rempli. Il y avait plusieurs jeunes hommes dont il était au fait qui lui montreraient le respect approprié et pouvaient même daigner lui faire la cour. Il était convaincu qu'il y avait de nombreux gentlemen parmi ses connaissances qui contribueraient à rendre la soirée de la fille agréable. Évidemment, il allait devoir insister auprès d'elle, sans provoquer sa détresse, sur le fait que la soirée pouvait mieux se dérouler si elle portait ses lunettes.

Un léger coup frappé le tira de sa rêverie. Penelope poussa sur la porte et s'arrêta sur le seuil.

— Est-ce que je vous dérange ?

Au moins, elle lui demandait si elle le dérangeait, au contraire de ses sœurs qui se contentaient d'entrer vivement chaque fois qu'elles le voulaient.

— Non ; non, pas du tout.

Elle s'approcha de sa table de travail, mais elle ne le regarda pas directement dans les yeux.

– J'ai besoin de papier, et Sa Seigneurie a suggéré que je pouvais en trouver ici.

– Bien sûr.

Il repoussa son fauteuil et ouvrit le tiroir central.

– Combien de feuilles ?

Elle haussa les épaules.

– Quelques-unes.

– Des lettres à écrire ?

Il lui sourit.

Elle leva enfin les yeux, le visage rouge.

– Non. J'aimerais réaliser quelques dessins.

Quand il arqua les sourcils en guise de question, elle continua vite :

– De mes plantes.

– C'est très intéressant. Ensuite, que faites-vous d'eux ?

– Je les conserve dans un journal. Avec les notes sur l'endroit où j'ai découvert les spécimens et la qualité du sol. Des choses semblables.

Drake s'adossa dans son siège, l'index et le pouce enserrant son menton.

– Ma mère me dit que votre père était un botaniste assez reconnu.

– Oh, oui. Il était hautement respecté dans son domaine. En fait, une fois…

Il écouta d'une oreille, bien plus intéressé par la façon dont son visage s'éclairait quand elle parlait de son père. Il imagina qu'elle avait dû simplement adorer cet homme. Cela avait dû être difficile pour elle de s'adapter à la vie toute seule. Une jeune fille, sans parents, soudainement obligée de quitter tout ce qui lui était familier.

Toutefois, la vive intelligence dans ses yeux et l'animation de son corps le fascinaient. Il se sentait attiré dans son univers. Comme cela devait être merveilleux d'aimer autant son travail. Dommage que ce genre de projets soit interdit aux femmes. Cependant, les femmes avaient leur rôle dans la vie, tout comme les hommes avaient le leur.

Penelope présentait une tout autre personne quand elle parlait d'un sujet avec lequel elle était à l'aise. La jeune demoiselle douce et timide devenait une scientifique animée, impatiente de partager ses découvertes.

— Et c'est pour cela qu'il a reçu le prix.

Elle le regarda, l'air d'attendre quelque chose.

Drake fut gêné de constater qu'il avait été trop occupé à l'observer pour entendre la plupart de ses propos.

— Je suis certain que c'était tout à fait mérité, murmura-t-il.

— Oui.

Son sourire le fascina.

La lumière du soleil avait capté les mèches cuivrées entremêlées dans sa chevelure d'un brun riche. Sa main lui démangeait de l'envie de tirer sur les épingles et de passer ses doigts dans cette épaisseur soyeuse. De sa place, il pouvait sentir le parfum des fleurs qu'il se rappelait à cause de leur danse. Peiné d'avoir été surpris à la dévisager, il reprit ses esprits et lui tendit le papier.

— Avez-vous besoin d'une plume ?

— Non, merci.

Elle semblait réticente à partir, mais quand il n'ajouta rien, elle plia légèrement les genoux, se releva et pivota pour s'en aller.

— Si jamais il vous faut plus de papier ou quoi que ce soit…

Penelope hocha la tête et sortit de la pièce. Il fallut du temps à Drake pour reprendre son travail.

• • •

Le lendemain, Penelope prit une pleine cuillérée de la délicieuse glace à la bergamote alors qu'elle était assise avec la duchesse et les autres filles devant chez Gunter's Tea Shop. Le serveur venait tout juste de leur livrer les friandises glacées, une première pour Penelope. L'air du début du printemps soufflait sa douce brise, ajoutant au frisson causé par la glace. Même si le temps était frais à l'extérieur, elles avaient décidé de se gâter en savourant cette spécialité.

— Y a-t-il encore des achats à effectuer ?

Penelope dirigea sa question vers Sa Seigneurie. La duchesse haussa les sourcils.

— Vous n'êtes sûrement pas lasse de courir les boutiques.

Penelope sentit le rouge lui monter au visage.

— Non. Je veux dire, bien, oui, peut-être un peu, termina-t-elle faiblement.

Pour dire la vérité, elle était très lasse des courses. Bonté divine, combien de vêtements fallait-il à une fille pour une saison mondaine ? Il y avait les robes ordinaires, les robes pour les promenades, les robes pour le thé, les robes de bal, les robes pour les dîners, les habits d'équitation — la liste était infinie. Et bien sûr, les bonnets, les gants, les réticules, les éventails, les châles et les chaussons assortis. La tête lui tournait. Tout cet argent gaspillé, puisqu'elle ne remettrait rien de cela une fois de retour à la campagne.

— Penelope a peut-être raison, et nous en avons suffisamment fait pour aujourd'hui.

La duchesse sourit affectueusement en entendant le gémissement d'Abigail.

— Et le professeur de danse est attendu cet après-midi. Je pense qu'il est temps de nous mettre en route pour la maison.

« Le professeur de danse. »

Une autre raison pour Penelope de se tortiller. Au moins, on ne l'avait pas soumise une autre fois à la torture de s'exercer avec Drake. Cependant, même le professeur de danse s'impatientait avec elle même s'il s'efforçait de dissimuler son agacement.

Depuis la débâcle de leur valse, elle faisait de son mieux pour éviter Drake. Au dîner et toutes les fois où ils se croisaient dans la maison, il était courtois, l'incarnation du parfait gentleman, mais il craignait sûrement qu'elle lui écrase le pied, lui renverse quelque chose dessus ou fonce sur lui. Chaque rencontre dans les couloirs l'avait poussée à chercher une plante en pot pour se cacher derrière, de peur de lui infliger de la douleur par inadvertance, d'une manière ou d'une autre.

Si elle n'avait pas eu désespérément besoin de papier pour continuer ses dessins, elle ne l'aurait jamais sollicité dans la bibliothèque. Cependant, la rencontre avait été agréable, et il semblait s'intéresser sincèrement à son travail. Du moins, il lui avait posé quelques questions, ce qui était plus que ne faisaient la plupart des gens. Même cette brève conversation lui avait donné fortement envie de retrouver sa maison et ses travaux.

— Combien de temps la saison dure-t-elle ?

Penelope lâcha sa phrase avant de réfléchir. Cinq têtes couvertes de bonnets aux couleurs vives se tournèrent vers elle.

– Ma chère, elle vient de commencer. Vous vous amuserez énormément, je vous le promets. Tenez, la plupart des jeunes femmes sont nerveuses au début de leur première saison. N'ai-je pas raison, les filles ?

Des hochements de tête très peu convaincants lui répondirent. Mary s'éclaircit la gorge.

– Bien sûr. Je suis moi-même un peu angoissée. Et souvenez-vous ; nous sommes là l'une pour l'autre.

Quelque peu apaisée, Penelope sourit dans sa direction, puis elle admira le paysage qui défilait.

« Mary est peut-être un peu nerveuse, mais moi, je suis terrifiée. »

Les filles se disséminèrent quand elles revinrent de leur sortie. Avec l'aide de leur femme de chambre, les jumelles planifiaient d'essayer de nombreux styles de coiffure. Abigail et Mary étaient prêtes pour la leçon de danse. Penelope s'excusa sous le prétexte d'un mal de tête. Abigail et Mary se montrèrent aussi charmantes que possible et dirent qu'il ne semblait y avoir aucune raison de recevoir les services du professeur.

Toutefois heureuse de sa sortie, Penelope monta les marches en vitesse et s'arrêta brusquement quand elle faillit renverser Drake.

– Oh, pardonnez-moi.

Elle vira de bord. Il tendit la main et l'attrapa par les deux bras avant qu'elle atterrisse sur les fesses.

– Vous cachez-vous de quelqu'un ?

Il sourit largement tandis qu'il regardait derrière elle.

– Ou bien êtes-vous déjà poursuivie par des prétendants ?

Penelope secoua la tête et avala.

– Non. Non ; non, pas du tout.

Il la relâcha, croisa les bras et s'appuya contre le mur.

– J'ai entendu mère dire qu'on attendait le professeur de danse. Vous vous cachez de lui, n'est-ce pas ?

Elle sentit le rouge lui monter au visage. Cependant, il semblait tellement amusé qu'elle gloussa.

– Oui.

– N'ayez aucune inquiétude. Vous réussirez, avec le temps.

Puis, au lieu de s'excuser, il l'étonna en lui demandant :

– Comment était votre sortie de courses ?

Elle ne pensait pas à Drake comme à quelqu'un qui s'intéressait aux sorties d'achats des dames. Elle l'avait entendu grommeler à propos des factures de couturière de ses sœurs et elle avait supposé que ce n'était pas un sujet de conversation agréable.

Pourtant, tandis qu'il l'observait, il semblait y avoir un intérêt sincère dans ses yeux. Possiblement parce que ses factures à elle ne lui étaient pas envoyées. Toutefois, on pouvait imaginer qu'il était reconnaissant d'avoir évité une collision ou soulagé de ne pas être traîné dans le salon pour danser avec elle. Un homme prudent repartirait avant qu'un autre désastre lui tombe dessus.

– Avec de la chance, c'était notre dernière sortie du genre aujourd'hui.

Elle rougit alors qu'il haussait les sourcils.

– Ah. Je ne croyais pas qu'une jeune dame, quelle qu'elle soit, puisse penser posséder suffisamment de robes et de fanfreluches.

Elle était incapable de dire s'il se moquait d'elle ou s'il était sérieux.

– Moi, oui. J'aimerais mieux passer un après-midi à acheter des livres.

– Vraiment ?

Oh, mon doux ; à présent, il allait croire qu'elle était un bas-bleu, et tante Phoebe serait déshonorée.

Mais tante Phoebe n'était pas ici, et Drake ne paraissait pas scandalisé.

– Pour moi, il n'y a pas de meilleure façon de passer un après-midi ennuyeux que de parcourir les étagères d'une librairie. L'odeur, le contact du cuir et du papier. Les journées passées avec mon père à découvrir de nouveaux livres sur la botanique font partie de mes souvenirs les plus agréables.

– Et aujourd'hui, vous voici, sur le point d'être lancée sur le marché du mariage.

Elle fut abasourdie de voir des larmes emplir ses yeux. Des larmes qui, apparemment, n'avaient pas échappé à Drake. Il s'écarta du mur d'une poussée et prit ses deux mains entre les siennes.

– Êtes-vous encore malheureuse ici ?

Penelope essuya ses larmes.

– Mon doux, non. Votre mère et vos sœurs ont été merveilleuses. Je n'ai jamais passé beaucoup de temps en compagnie des femmes, mais votre famille me donne l'impression d'être, bien, normale.

Il rejeta la tête en arrière et éclata de rire.

– Quelle étrange chose à dire.

Elle rougit, prenant encore une fois conscience qu'elle avait très peu d'aptitudes sociales.

— Je veux dire, je n'ai jamais eu d'amie féminine ni même de parente. Pour dire la vérité, je suis un peu dépassée par le nombre de talents féminins que possèdent vos sœurs.

Seigneur, pourquoi avait-elle dit cela ? Elle donnait de plus en plus l'impression d'être une idiote alors qu'ils restaient plantés sur place. Elle devrait simplement s'excuser, courir à sa chambre et se mettre au lit.

— De mon point de vue, elles semblent être très douées pour ajouter des articles à leurs garde-robes, dit-il sèchement.

Penelope accueillit ses mots avec chaleur quand elle prit conscience qu'une fois de plus, ils avaient une véritable conversation. Sans la terreur de lui marcher sur le pied ou de lui causer autrement une blessure physique, elle se sentait détendue, prenant vraiment plaisir à leur échange.

Il pencha la tête d'un côté, ses yeux se plissèrent et il parut prendre une décision.

— Que diriez-vous si nous nous rendions en ville un jour cette semaine et nous aventurions

dans une librairie ?

Elle sourit vivement, un sentiment de bonheur gonflant en elle.

— Cela ne vous dérangerait pas ? Je veux dire, je suis certaine que vous avez autre chose à faire que m'accompagner dans une librairie.

— Pas du tout. On m'a déjà vu moi-même passé un après-midi dans une librairie. Et cela me serait bénéfique de m'éloigner des nombreux registres et de la correspondance qui occupent tant de mon temps.

— Bien, si cela ne vous dérange vraiment pas, j'adorerais aller dans une librairie.

Elle avait l'impression d'être une petite fille à qui l'on venait de promettre une sucrerie.

— C'est donc décidé. Demain après-midi, peut-être?

Devant sa réponse enthousiaste, il ajouta :

— Quatorze heures?

— Oui, merci infiniment.

Drake hocha la tête et se dirigea vers les marches, laissant Penelope heureuse et perplexe en même temps. Qu'est-ce qui pouvait bien l'avoir incité à suggérer qu'ils se rendent quelque part ensemble?

Elle courut vers sa chambre, puis elle marqua une pause à l'extérieur de la chambre à coucher de Marion. Elle frappa doucement et attendit qu'une voix douce dise «entrez».

Marion ferma le livre qu'elle lisait et sourit.

— Merci d'être revenue. Je sentais le besoin de compagnie.

Penelope se mordit la lèvre pour se retenir de lui faire remarquer que toute la compagnie qu'elle pouvait désirer se trouvait derrière sa porte. Elle referma la porte en douceur et rejoignit Marion sur le canapé devant le foyer.

— Je vous ai acheté quelque chose.

Penelope sortit de sa poche un ruban bleu vif pour les cheveux.

Marion tendit automatiquement la main vers lui, faisant glisser le satin entre ses doigts.

— Il est beau. Est-ce pour aller avec votre robe?

Penelope secoua la tête.

— Non, je l'ai acheté pour vous.

La femme sourit tristement et déposa le ruban sur ses cuisses.

— Merci beaucoup. Cette pensée me fait réellement plaisir, mais je suis encore en deuil.

— Un jour, vous ne le serez peut-être plus.

— Je sais ce que vous tentez de faire. Et les membres de ma famille ont essayé aussi, mais je ne veux pas cesser de porter le deuil. Ainsi, Tristan reste dans mon esprit et mon cœur.

Marion se pencha pour étreindre Penelope.

— Toutefois, je vais le conserver, car vous l'avez acheté pour moi. Et je suis si contente que vous soyez mon amie.

Penelope fut étonnée de constater qu'une demi-heure s'était écoulée en conversation agréable, quand un coup à la porte attira leur attention. Mary passa la tête à l'intérieur.

— Vous êtes là. Mère voulait savoir si votre mal de tête avait diminué parce que le professeur de danse en a fini avec Abigail et moi.

Penelope sentit son estomac se nouer. Marion lui jeta un regard compatissant avant de diriger son commentaire vers sa sœur.

— Désolée, Mary. Penelope vient de me demander si j'ai de la poudre contre le mal de tête. J'étais sur le point de lui en donner.

— Oh. D'accord. La prochaine fois, peut-être. Je vais rejoindre Sybil et Sarah.

— Pourquoi avez-vous dit cela ? demanda Penelope une fois la porte refermée.

— Parce que je vais être votre professeure de danse.

— Vous ?

— Oui. Je serai la professeure de danse, vous serez mon élève et vous n'avez aucune raison d'être nerveuse avec moi.

Elle se leva et tira Penelope sur ses pieds.

— Parce que nous sommes amies.

CHAPITRE 6

Penelope s'examina dans la glace, son sourire léger faisant place à un grand sourire. La robe en soie verte, avec la dentelle blanche superposée, faisait ressortir les mèches cuivrées dans sa chevelure brun foncé. Maguire l'avait relevée en chignon sur le dessus de son crâne, laissant de longues mèches sur son front et son cou qu'elle avait frisées avec un fer. Un ruban d'une teinte plus foncée de vert encerclait sa tête.

Avec ses longs gants blancs en cuir de chevreau, ses délicats chaussons verts et son éventail fleuri pendant à son poignet, elle avait l'impression d'être une princesse. Souhaitons qu'elle puisse se conduire comme une princesse ce soir et ne pas faire une folle d'elle devant l'ensemble de la haute société.

– Tenez, Penelope, mère a dit que vous deviez porter ces perles ce soir parce qu'elles vont très bien avec votre robe.

Abigail lui tendait un rang de perles lustrées et une paire de boutons d'oreilles assortis.

– Je crains qu'il ne leur arrive quelque chose.

Des visions du beau collier tombant dans une flûte de champagne et éclaboussant sa superbe robe la terrifiaient.

— Ne soyez pas idiote. Il ne leur arrivera rien. Il y a une attache solide, et mère les porte depuis des années.

Abigail fila derrière elle et attacha le fermoir.

— Voilà, mettez les boucles d'oreilles. Je veux voir de quoi vous avez l'air.

Tâtonnant parce qu'elle était gênée par les gants, il lui fallut quelques minutes pour insérer les boutons de perle.

— Penelope, vous ressemblez à une princesse.

Sybil entra vivement dans la pièce et s'arrêta brusquement.

— Vous êtes belle !

Le rouge monta au visage de Penelope en voyant son admiration franche. Jamais de sa vie elle ne s'était sentie belle. Elle se tourna de nouveau vers la glace et se contempla avec l'ajout de bijoux. En effet, la jeune femme la dévisageant ne ressemblait en rien à la fille qu'elle observait depuis des années.

« En fait, j'ai l'air d'être à ma place. »

— Sa Seigneurie désire que nous la rejoignions tous dans la bibliothèque. Elle est presque prête. Sa Seigneurie son fils vous y attend.

Kingston, la femme de chambre de la duchesse, passa la tête par la porte, puis elle poursuivit vite son chemin, un châle coloré drapé sur un bras.

Sybil et Penelope ramassèrent leurs réticules et se dirigèrent vers la porte.

— Oh, attendez. J'ai promis à Marion d'arrêter chez elle avant notre départ.

Penelope resta en arrière tandis que Sybil continuait d'avancer.

— Je suis déjà passée la voir, alors je vous verrai en bas.

Sybil agita la main avant de serrer la main courante.

Après avoir frappé un petit coup à la porte, Penelope entra au moment où Marion quittait sa place devant le portrait de Tristan.

– Oh, mon doux, Penelope. Entrez. Vous êtes belle.

• • •

Drake alla au buffet de la bibliothèque et il se versa un brandy dans un verre en cristal. Après avoir fait tournoyer le liquide ambré, il but une gorgée et se rendit à la fenêtre pour fixer la nuit obscure. Le bal de débutante de lady Millicent lancerait sa campagne pour trouver une épouse. Pas n'importe laquelle ; mais la parfaite épouse. S'il devait faire honneur à la mémoire de son père, il aurait besoin d'une femme à ses côtés qui ne ferait jamais de gaffes en société, dirait et ferait toujours ce qu'il fallait et prouverait au monde que le nouveau duc de Manchester avait véritablement fait un pas en avant.

Lentement, ses sœurs entrèrent dans la pièce. Sybil et Sarah étaient habillées de robes similaires, mais de couleurs différentes, leur excitation causée par le premier bal de la saison palpable. Elles bavardèrent sans discontinuer jusqu'à ce que Drake se coupe du son. En quelques minutes, Abigail et Mary rejoignirent le groupe, et le bruit des rires féminins devint cacophonique.

– Sommes-nous tous là ?

La duchesse entra, tirant encore sur ses gants. Elle balaya la pièce du regard.

– Où est Penelope ?

– Elle s'est arrêtée voir Marion. Je pensais qu'elle serait descendue maintenant, dit Sybil.

Drake hésita au moment de boire sa dernière gorgée de brandy.

– Marion ? Pourquoi serait-elle avec Marion ?

– Oh, Marion et elle sont devenues de très bonnes amies.

Abigail se leva et réarrangea ses jupes.

– En fait, je crois que Marion a aidé Penelope avec ses pas de danse.

– Vraiment ? Et moi qui m'imaginais être son partenaire de danse préféré.

Abigail pouffa de rire.

Drake fronça les sourcils dans sa direction.

– En tout cas, quelqu'un doit aller la chercher. Il est temps de partir.

Ils se déplacèrent dans le vestibule, le majordome assistant les dames avec leurs châles. Drake tendit la main vers son chapeau, puis il se tourna en apercevant du mouvement en haut des marches.

Deux pieds délicats dans des chaussons blancs commencèrent leur descente. Drake les fixa, ébloui, alors que l'ourlet festonné de dentelle fine sur de la soie vert émeraude entrait dans son champ de vision. Lentement, le corps émergea, le titillant avec un ruban vert pâle sous les seins modestement couverts. L'image présentait une vision d'une telle beauté qu'il inspira l'air pour s'en remplir les poumons, puis il retint son souffle.

Un long cou effilé, orné de mèches folles brun-roux reposant gracieusement sur la peau pâle. Un beau menton arrondi, des joues rougies et des yeux verts avec des cils épais derrière des lunettes complétaient le tableau. Il déglutit. Sa bouche était comme un désert aride.

Penelope était éblouissante, l'image parfaite de la féminité anglaise. Son teint rose et le léger sourire sur ses lèvres charnues lui indiquèrent qu'elle savait qu'elle était belle. Elle lui sourit avec éclat, puis elle hésita avant de retirer vivement ses lunettes.

Terrifié à l'idée qu'elle rate une marche, il s'avança pour lui prendre la main, repoussant Abigail d'un côté et la propulsant en avant, ce qui la fit trébucher. Attrapant l'avant-bras de sa sœur d'une main, Drake saisit le coude de Penelope de l'autre avec une telle force qu'elle manqua les deux dernières marches et tomba directement dans ses bras dans un amas de soie et de dentelle.

• • •

– Mon doux, est-ce que ça va, ma chère?

La main de la duchesse vola à sa bouche.

Penelope leva le regard sur des yeux couleur noisette, se perdant dans leur profondeur. L'odeur de lotion capillaire et de linge amidonné flotta jusqu'à ses narines à partir du point où leurs corps étaient soudés. De la chaleur émanait du torse de Drake et, même à travers sa chemise, son gilet et son manteau, elle lui brûlait la peau. Des mains fortes s'écartèrent sur l'ensemble de son dos, la retenant solidement.

S'il y avait de l'air dans la pièce, elle ignorait complètement comment y accéder. Ses poumons cessèrent de fonctionner, et tout sembla s'immobiliser, comme si Drake et elle se trouvaient dans une peinture, avec sa famille les observant de loin.

– Vous êtes-vous blessée?

Sa voix était devenue rauque et basse.

Sa phrase rompit le charme, et Penelope le dévisagea, horrifiée devant ses mains ancrées sur ses épaules, comme si leurs corps se préparaient à un baiser.

– Non.

Elle baissa les mains et recula.

– Je vais bien. Merci de m'avoir attrapée.

Puis, humiliée d'avoir encore une fois prouvé à cet homme qu'elle avait autant de grâce qu'un poulain nouveau-né, elle ajusta sa robe en ignorant la chaleur qui remontait dans son corps et enflammait son visage. Elle fourra ses lunettes dans son réticule et prit une profonde respiration.

– Pour l'amour du ciel, Drake, que faisiez-vous ? Vous m'avez presque poussée dans le mur.

Abigail tira sur ses gants et lui lança un regard acéré.

– Désolé. Je... euh... bien, ce n'est pas important. Je vous présente mes excuses, vraiment.

Il redressa sa cravate et regarda autour de lui.

– Bien, donc. J'imagine que nous sommes prêts à partir.

La duchesse conduisit les filles vers la porte. Drake tendit le bras à sa mère, où elle posa ses doigts, et ils s'avancèrent.

Heureusement, sans assistance, Penelope se rendit au carrosse sans encombre et s'installa à côté d'Abigail, en face de Sarah et Sybil. La duchesse et Mary voyageaient dans un second véhicule avec Drake. Trop heureuse d'être loin de sa présence perturbante, Penelope s'assit confortablement sur la banquette en cuir et médita sur la soirée à venir.

Si elle ne pouvait pas même descendre l'escalier sans faire un mauvais pas, comment survivrait-elle à toute une soirée où l'on s'attendait à ce qu'elle danse ? Quoique, une fois qu'elle eut rejoué la scène dans sa tête, il lui sembla que Drake était la cause de tout cet incident. Étrange que cela.

Elle n'aurait sûrement pas trébuché s'il ne l'avait pas prise par le coude.

Elle posa son éventail ivoire peint avec finesse sur ses cuisses et elle songea à la soirée devant elle. Le nœud de peur familier s'installa dans son estomac. Oh, si elle pouvait être sur le chemin du retour de ce maudit bal au lieu d'être en direction de celui-ci. Les autres filles étaient bavardes et excitées, et Penelope croyait de son côté avoir de fortes chances de vomir.

– Vous vous en tirerez bien, Penelope. Ne soyez pas inquiète. Détendez-vous et amusez-vous.

Sybil tendit la main depuis sa place et tapota celle de Penelope. Cette dernière tenta un sourire.

– Je vais essayer.

– Bien. Nous savons que vous pouvez y arriver. Vous êtes belle, et les gentlemen seront impatients de faire votre connaissance.

Si cela était censé la calmer, Sybil n'aurait pas pu choisir de pires propos à lui tenir. Des visions d'elle se frayant un chemin en trébuchant dans la salle de bal tandis que tout le monde la regardait de travers augmentèrent sa terreur à un point où elle dut lutter contre son désir de les supplier de la laisser sortir du carrosse.

Une fois qu'elles furent arrivées dans le quartier Mayfair de Londres, il fallut à leur carrosse plus de vingt minutes de progression lente dans la file pour enfin s'arrêter devant la résidence Yardley. Un valet de pied ouvrit la portière et aida les femmes à descendre. Penelope descendit, heureusement sans trébucher, puis elle fixa avec émerveillement la maison vivement illuminée s'élevant devant elle. Des centaines de bougies devaient brûler pour créer une lumière aussi riche d'éclat. Des dames et des gentlemen, habillés de soie, de satin et de la plus belle dentelle, avançaient lentement vers l'entrée, où se tenaient deux valets de pied. Les plumes ornant les coiffures des dames s'agitaient sous la brise légère parmi les turbans décorés de bijoux et les élégants chapeaux hauts de forme des hommes.

« Ce n'est pas ma place ici. Ces gens sont la crème de la société, des pairs du royaume. Seigneur, comment vais-je survivre à cette soirée ? »

— Vous ne songez pas à fuir, n'est-ce pas ?

La voix riche et grave de Drake murmura dans son oreille, la tirant brusquement hors de sa rêverie.

Elle se raidit l'échine.

— Pas du tout. J'ai très hâte de vivre cela.

Avec de la chance, Dieu ne la foudroierait pas pour ce mensonge aussi flagrant.

— Bien.

Il se tourna vers sa mère et lui tendit le bras.

— Il semble que nous soyons tous prêts.

Après deux longues heures à préférer se fondre dans le mur, Penelope repéra Drake tandis qu'il traînait encore un autre gentleman vers elle. Il lui avait présenté des hommes toute la soirée. Celui-ci ne paraissait même pas assez vieux pour se raser. Il se léchait sans cesse les lèvres et prenait de grandes respirations, apparemment aussi nerveux qu'elle.

Après s'être fait marcher sur les pieds un certain nombre de fois, elle ne craignait plus le plancher de danse. Ce qu'elle voulait par-dessus tout était une promenade dehors pour se prévaloir d'air frais. L'odeur de la cire de bougie, des parfums des femmes et de tant de corps trop habillés pressés ensemble lui avait donné mal à la tête.

— Mademoiselle Clayton, puis-je vous présenter Ellis, le vicomte Dunbar ?

Penelope exécuta une petite révérence et sourit au jeune homme.

— Dunbar, voici mademoiselle Penelope Clayton. Elle demeure avec ma famille, pour la saison.

Drake assena une claque sur l'épaule du vicomte, ce qui faillit le faire tomber.

— Comment allez-vous, mademoiselle Clayton ?

Dunbar s'inclina devant elle et la regarda dans les yeux d'une manière assez déconcertante.

— Puis-je espérer qu'il reste une place pour moi dans votre carnet de bal ?

Ses mains tâtèrent le petit bout de papier dansant à son poignet.

— Je le crois.

Continuant à la dévisager, il attendit patiemment jusqu'à ce qu'elle tourne le carnet de bal du bon côté. Puis, il écrivit son nom et s'inclina à nouveau devant elle.

— Je vous verrai après les quatre prochaines pièces. Maintenant, je dois chercher mademoiselle Pendelton pour notre danse.

• • •

Drake regarda le vicomte se frayer un chemin à travers les couples revenant de la danse précédente. Il se frotta mentalement les mains ensemble ; il en avait maintenant terminé avec mademoiselle Clayton. Au cours de la dernière heure, il avait présenté tant de prétendants potentiels à la gamine qu'il en avait perdu le compte. Avec chaque nouvel homme qu'il lui présentait, elle devenait plus pâle.

Les quelques fois où il l'avait observée sur le plancher de danse, elle semblait bien s'acquitter de sa tâche. Elle avait fait quelques faux pas et trébuché ici et là, mais rien de trop terrible. Au moment où il lui amenait le dernier homme, il avait remarqué l'arrivée de lady Daphne avec ses parents. Avec un retard de bon ton, comme toujours.

— Vous amusez-vous ?

Peut-être qu'un peu de conversation calmerait Penelope afin qu'il puisse ensuite la quitter.

— Oui. C'est charmant.

— Vous semblez populaire auprès des gentlemen.

— Se peut-il que le fait que vous les traîniez ici par la peau du cou ait quelque chose à voir avec cela, Votre Seigneurie ?

Ses yeux brillaient d'humour.

Drake rougit. Malgré ses défauts, la fille avait bien un sens de l'humour et aucun problème à se moquer d'elle-même.

— Oui, bien, si vous voulez bien m'excuser, il semble que lord Grave arrive pour réclamer sa danse.

Après avoir salué Grave d'un signe de tête et l'avoir vu guider Penelope sur le plancher de danse, il reporta son attention sur l'endroit où lady Daphne se tenait avec sa mère. Il n'avait jamais aimé lady Sirey. La femme l'avait toujours frappé comme une personne très snob, même pour un membre de la haute société. C'était comme si elle n'approuvait personne d'un rang inférieur à un duc. Comme Drake avait l'œil sur sa fille, c'était une bonne chose qu'il tombe dans le cercle des personnages qu'elle acceptait. Il se demandait souvent pourquoi elle avait consenti à épouser Sirey. En tant que vicomte, il se qualifiait certainement comme pair, mais il ne semblait pas assez haut placé pour sa femme.

Il n'y avait pas de meilleur moment que maintenant pour mettre son plan en action. Tirant sur les manches de son manteau, il se dirigea vers lady Daphne et les gentlemen qui l'entouraient, et sollicita une danse.

– Dites, Votre Seigneurie, comme c'est gentil à vous de vous joindre à nous.

La voix fraîche et maîtrisée de lady Daphne s'éleva par-dessus le bavardage des gentlemen se disputant son attention.

– Milady. Vous êtes splendide ce soir, comme toujours.

Drake s'inclina et embrassa ses doigts tendus couverts par un gant.

– Puis-je avoir la hardiesse de vous demander une danse ? Une valse, peut-être ?

– Il semble que la valse du dîner soit disponible, Votre Seigneurie.

Elle le contempla sous ses cils épais, un sourire engageant taquinant ses lèvres rubis.

Plusieurs hommes gémirent, ayant apparemment prévu de lui demander la valse convoitée du dîner. Drake nota son nom sur le carnet et prit congé. Il ne comptait pas traîner autour d'elle, haletant comme un chiot avec les autres. Inutile de se joindre au groupe agissant comme des écoliers. Il passa les deux heures suivantes à observer ses sœurs et à écrire son nom dans les carnets de quelques autres dames convenables. Pas besoin de se restreindre avant d'avoir pris sa décision finale. Il sourit alors qu'il regardait sa sœur, Mary, entourée d'un troupeau d'hommes, apparemment dans toute sa gloire, son éventail s'agitant furieusement pendant qu'elle riait de quelque chose qu'avait dit un des jeunots. Plus d'une fois, son regard parcourut la salle de bal à la recherche de Penelope. Il avait songé à danser avec elle, mais quelque chose l'avait retenu. Il savait que sa mère s'attendait à ce qu'il en soit ainsi, mais il avait accompli son devoir.

Il se rappelait la sensation qu'il avait ressentie en la tenant entre ses bras lorsqu'elle avait trébuché dans les marches et était tombée sur lui. Le choc de sa chaleur et les courbes invitantes dissimulées sous sa robe l'avaient troublé plus qu'il ne souhaitait y penser. Quand elle avait atterri contre lui, elle avait fermement agrippé ses épaules de ses mains ; quelques centimètres de plus, et leurs lèvres se seraient collées ensemble juste là, dans le vestibule, devant tout le monde.

Sottises. Rien ne ressortirait de bon de ces pensées. C'était une innocente, et elle était tellement éloignée de ce qu'il considérait comme acceptable que c'en était ridicule. Elle allait un jour tomber amoureuse d'un gentil jeune homme de la campagne, et il serait heureux de la prendre pour femme et elle, elle s'amuserait dans le jardin de la maison de campagne de son mari.

Il secoua la tête quand il la vit essayer de se cacher derrière un imposant valet de pied tenant un plateau de verres quand un jeune homme l'aborda. Pourquoi cette fille était timide à ce point, cela le déconcertait. Elle était pourtant certainement assez jolie.

La dernière danse s'acheva, et la suivante sur la liste était la valse du dîner. Drake s'excusa auprès de son cercle d'amis avec qui il était et il se dirigea vers lady Daphne. Elle attira son regard et se tourna immédiatement vers lord Shaffer à côté d'elle ; elle lui dit quelque chose qui l'incita à se baisser. Il émit un commentaire, et elle rejeta la tête en arrière, exposant la belle peau blanche de son cou mince, puis elle rit.

— Milady, je crois avoir réclamé votre valse du dîner ?

Lady Daphne fit tout un plat de vérifier son carnet de bal, puis elle leva un sourire vers lui.

— Bien oui, Votre Seigneurie, je crois bien que c'est vrai.

— Y allons-nous ?

Il lui tendit le bras, laissant derrière eux les grommellements de ses admirateurs et un regard mauvais de Shaffer.

— Oh, mon doux.

Lady Daphne mordilla sa lèvre inférieure, tentant apparemment de réprimer un sourire.

Drake jeta un coup d'œil par-dessus son épaule pour voir Penelope ramassant des morceaux de verre sur le plancher. Un valet de pied l'arrêta, et après une brève conversation, elle s'écarta du dégât et marcha sur le pied d'un gentleman derrière elle. Troublée, elle se tourna pour présenter ses excuses, le visage rouge comme une pivoine.

— Ne s'agit-il pas de l'invitée de votre mère ?

Lady Daphne perdit son combat, ses lèvres relevées en un sourire franc.

— Oui. C'est mademoiselle Penelope Clayton. Elle fait ses débuts avec ma sœur, lady Mary.

— Elle semble très gentille, mais plutôt maladroite.

Quand il plissa le front, elle continua.

— Je l'ai vue au salon de madame Babineau la semaine dernière. Elle s'est cognée contre une table.

Pour une raison inexpliquée, Drake se hérissa devant son commentaire. Évidemment, il avait remarqué la gaucherie de Penelope, mais il se sentait mal à l'aise, comme si l'on avait fait un commentaire à propos de l'une de ses sœurs. C'était probablement pour cette raison. Il pensait à elle comme à une sœur.

— Je crois qu'elle manque un peu d'habitude en société, dit-il.

Heureusement, la musique avait commencé, et toute pensée sur leur invitée disparut alors qu'il prenait lady Daphne dans ses bras et se lançait dans leur valse.

Elle était véritablement parfaite. Elle ne ratait jamais un pas, elle glissait sur le plancher avec lui, un sourire taquin sur ses lèvres pleines.

— J'imagine que lady Mary est très excitée de faire ses débuts.

— Oui. C'est dans une semaine à compter de samedi, mais je suis sûr que vous avez reçu votre invitation.

Lady Daphne releva le menton et lui offrit un hochement de tête imperceptible.

— En effet. Mère a été plutôt expéditive dans son acceptation.

Elle le contempla sous ses cils baissés.

— Nous avons rejeté de nombreuses autres invitations, car mère tenait absolument à ce que nous ne rations pas les débuts de lady Mary.

— Et ceux de mademoiselle Clayton également.

« Pourquoi diable ai-je dit cela ? »

Sa partenaire baissa légèrement la tête avec grâce.

— Bien sûr. Mademoiselle Clayton également. J'ai tellement hâte de mieux connaître votre invitée.

CHAPITRE 7

Au fil de la soirée qui traînait en longueur, Penelope faisait de son mieux pour rester gaie, mais chaque fois qu'un nouveau gentleman lui réclamait une danse, son estomac se contractait, et elle devait lutter pour empêcher la bile de lui remonter dans la gorge. Ce cauchemar ne se terminerait-il donc jamais ?

Alors que des couples se rassemblaient pour la danse suivante, elle jeta un regard sur son carnet de bal et soupira de soulagement d'y voir un espace vide. On lui avait accordé un répit.

Jusqu'à ce que Drake se dirige encore une fois vers elle avec un autre gentleman. Elle tourna et tenta de fuir, mais son pied frappa le bord d'une table et elle trébucha. Les bras battant l'air, elle atterrit sur un homme plus âgé, qui bondit en arrière sous la surprise en l'attrapant par les bras. Ils vacillèrent, mais ensuite, l'homme reprit son équilibre et lui, comme Penelope, se redressa.

— Mademoiselle Clayton, est-ce que ça va ?

Drake l'avait rejointe à la hâte.

Embarrassée une fois de plus, elle chassa son inquiétude.

— Je vais bien.

Elle lissa ses jupes en tentant un sourire.

Drake la regarda avec circonspection. Après s'être éclairci la gorge, il lui dit :

– Mademoiselle Penelope Clayton, puis-je vous présenter Matthew, lord Leighton ?

– Mademoiselle Clayton.

Leighton s'inclina en réponse à la petite révérence de Penelope.

– Tout le plaisir est pour moi, j'en suis sûr. Manchester me dit que vous rendez visite à sa famille pour la saison mondaine.

– Oui, c'est exact. C'est agréable de faire votre connaissance, milord.

– Et est-ce que vous vous amusez ?

– Naturellement.

Elle espérait que ce mensonge flagrant n'était pas évident pour Drake, dont la famille avait été si gentille pour elle. Elle jeta un coup d'œil à son hôte sous des cils baissés pour découvrir ses sourcils haussés et un petit sourire suffisant sur ses lèvres. Elle ne l'avait apparemment pas trompé.

– Lady Mary me dit que vous vous intéressez à la botanique.

Penelope s'égaya.

– Oui, en effet, milord. Mon père était un botaniste reconnu et il a publié de nombreux articles scientifiques tant en Amérique qu'en Angleterre.

– Vraiment ? marmonna-t-il.

– Oui. Peu de temps avant son décès, il a travaillé avec le merveilleux scientifique ouest-africain, Michel Adanson, qui a inventé son propre système de classification, puis a proposé une théorie préliminaire sur la mutabilité des espèces…

— Mademoiselle Clayton, l'interrompit Drake en promenant son regard entre elle et lord Leighton, dont les yeux étaient devenus vitreux. Vous aimeriez peut-être une tasse de limonade ?

Leighton s'inclina devant elle.

— Je serais ravi d'aller vous en chercher.

L'homme tourna les talons et s'éloigna si rapidement que Penelope se demanda si, en fait, il reviendrait.

Drake la prit par le coude et l'écarta du petit groupe de gens debout près d'eux.

— Ma chère, une salle de bal n'est pas l'endroit approprié pour mener une discussion scientifique.

Les larmes maudites mouillèrent ses yeux à la réprimande de Drake. Clignant rapidement des paupières, elle prit une profonde respiration et colla un sourire sur son visage.

— Je suis désolée.

• • •

Tout son agacement à cause du faux pas de Penelope disparut quand Drake remarqua sa posture défaite. À l'évidence, elle luttait contre les larmes, et ses doigts raides déchiquetaient lentement le carnet de bal à son poignet.

Il se maudit pour son insensibilité qui l'avait bouleversée. En fait, il combattit son envie de lui faire passer vivement les portes françaises afin qu'ils se retrouvent seuls dehors et qu'il puisse la réconforter. Que diable y avait-il chez cette femme pour qu'une minute, elle arrive à le provoquer à l'extrême et, dès la minute suivante, lui donne envie de l'envelopper dans ses bras ?

— Je suis désolé, Penelope. Je n'aurais pas dû vous corriger ainsi. Je vous prie d'accepter mes excuses.

— Tout va très bien. Vous avez raison. Je crains de ne pas m'être souvent trouvée en société.

Elle leva les yeux vers lui en tentant un léger sourire.

— Je n'ai réellement pas ma place ici, vous savez.

Les idées de Drake s'embrouillèrent quand il respira le parfum floral qui émanait d'elle. Il examina ses intenses yeux verts lumineux et ses cils épais qui ajoutaient à la beauté de son visage. Ses boucles brunes cuivrées essayaient déjà de s'échapper du chignon sur son crâne. Pour la première fois, il remarqua les taches de rousseur saupoudrées sur l'arête de son nez légèrement retroussée. Il était convaincu que les incursions de Penelope à l'extérieur pour étudier ses plantes l'empêchaient de garder la peau blanche et laiteuse de ses contemporaines anglaises. Une sensibilité à sa présence l'envahit, et un étrange picotement se manifesta dans ses parties inférieures, qu'il étouffa rapidement.

— Sottises. Vous commencez seulement à trouver votre place.

Elle offrit un petit hochement de tête à Leighton quand il lui tendit le verre de limonade, s'inclina devant elle, puis prit congé.

• • •

Après le bal, Drake observa depuis son carrosse la dernière de ses sœurs entrer dans la maison et le majordome refermer la porte. Ses devoirs accomplis pour la soirée, il donna une petite tape sur le toit du véhicule pour signaler au cocher de prendre le chemin de White's.

La soirée avait été un succès. Un bon début pour sa campagne pour trouver l'épouse parfaite. Lady Daphne ressortait du lot parmi les jeunes dames et ferait une excellente duchesse. Son charme, sa grâce et sa beauté contribueraient au déroulement sans heurt de sa vie. Pas de drame ni de crise d'hystérie féminine. Elle était calme et se maîtrisait parfaitement. Et elle ne s'attendrait pas à ce que l'amour soit un facteur dans sa décision de l'épouser.

• • •

Deux heures plus tard, Penelope serrait la ceinture de son peignoir, puis prenait un petit tapis et le collait sur son corps. En retenant son souffle, elle ouvrit lentement la porte de sa chambre à coucher. Tout était silencieux, les femmes de la maison s'étant retirées quelque temps auparavant. Elle referma la porte en douceur et longea le couloir en évitant la partie du plancher qui craquait.

Le bougeoir qu'elle tenait jetait une lumière surnaturelle sur l'escalier et éclairait son chemin pour qu'elle puisse descendre rapidement, ses pantoufles muettes sur les marches de marbre.

Enfin en paix quand elle mit le pied dans le jardin, elle respira profondément et se rendit en hâte à l'endroit qu'elle avait fouillé la nuit précédente, la maigre lueur de la lune l'aidant à se guider. Elle était convaincue que les plantes dans l'aire boisée derrière le jardin abritaient des spécimens qu'elle avait vus dans des livres, mais jamais de près. Cette région du pays devait les accueillir en abondance, et elle voulait ressentir la joie de les observer de près. Elle étendit le tapis sur le sol et s'agenouilla dans le terreau humide, puis posa le bougeoir à côté d'elle. Ajustant ses lunettes, elle se pencha davantage et se servit d'une loupe pour examiner les plantes.

Après un certain temps, elle prit conscience de l'humidité sur ses genoux, là où elle avait imprudemment rampé à l'extérieur du tapis. Elle baissa les yeux sur les deux taches brunes mouillées sur sa chemise de nuit, comme de grands cercles de chocolat.

« Comment vais-je bien pouvoir expliquer cela à Maguire demain matin ? »

Peut-être qu'un lavage rapide dans le bol sur sa commode ferait l'affaire.

Elle se leva, posant les mains dans le creux de son dos pour étirer ses muscles tendus. Cela avait été une bonne nuit de travail. Elle avait vu plusieurs plantes qu'elle pouvait enregistrer dans son journal pendant que les autres femmes cousaient. Ces incursions dans les bois la nuit avaient rendu plus tolérable son temps passé dans la Cité.

Immédiatement, elle se morigéna pour cette pensée. Son hôtesse était merveilleuse et ses filles, un délice. Cependant, cela ne changeait rien à son impression d'être une étrangère. Se frottant les paumes de haut en bas de ses bras pour chasser le froid, elle repensa au bal de ce même soir.

Cela avait déjà été assez gênant de voir Drake traîner presque tous les gentlemen qui pouvaient traverser la salle de bal pour venir la rejoindre. Mais en plus, savoir qu'il avait vu le verre de limonade qu'elle avait échappé et la perturbation qui s'en était suivie, cela rendait son humiliation complète.

Elle avait vu comment la mère de lady Daphne regardait Drake. Malgré toute son ignorance des choses de la haute société, Penelope connaissait la signification de ce regard. Lady Sirey comptait s'emparer du duc de Manchester pour sa fille. Lady Daphne serait parfaitement assortie à lui. Elle était gracieuse, belle et charmante.

Penelope ne pourrait jamais imaginer lady Daphne s'écrasant contre ses partenaires de danse ni trébuchant dans les marches. Pour quelqu'un d'aussi merveilleux que Drake, lady Daphne serait la femme idéale. Pourquoi cela lui faisait-il aussi mal ?

Penelope entendit un bruissement et scruta la région sombre où se trouvaient les arbres touffus. Un petit animal, sans aucun doute. Toutefois, elle se rappela brutalement qu'elle était dans le jardin en chemise de nuit, avec le froid humide s'infiltrant en elle. Elle se pencha pour ramasser son tapis quand quelque chose vola vers elle, la renversant au sol et la faisant rouler plusieurs tours sur elle-même.

CHAPITRE 8

En quelques secondes, elle identifia son agresseur comme étant Drake, qui continuait de la faire rouler d'un côté et de l'autre jusqu'à ce qu'elle doive fermer les yeux parce qu'elle était étourdie. Puis, il commença à la frapper autour des chevilles. Qu'est-ce qui lui prenait ? Avait-il trop bu ? Souffrait-il d'une fièvre cérébrale ?

— Femme, vous êtes un danger pour vous-même et pour le monde en général.

Il avait finalement mis fin à son attaque et l'avait fait rouler sur le dos. Se penchant au-dessus d'elle, il posa les mains de chaque côté de sa tête, beaucoup trop près d'elle pour qu'elle soit à l'aise. Il la fusilla du regard, la mâchoire contractée, un muscle tressaillant dans sa joue.

Incapable de trouver un mot cohérent à lâcher, Penelope se contenta de le dévisager jusqu'à ce qu'il se lève, époussette son pantalon et tende une main pour l'aider à se relever. Une fois debout, elle s'éloigna de lui en reculant, inquiète de son comportement bizarre.

— Pourquoi m'avez-vous jetée au sol ?

Bien que sa voix lui soit revenue, ses mots furent prononcés comme si elle était à bout de souffle.

— Vous avez mis le feu à votre chemise de nuit !

Son cri allait certainement réveiller toute la maisonnée.

Elle tira sur le bas de sa chemise de nuit pour voir l'ourlet noirci et brûlé là où, en effet, elle y avait mis le feu. À côté d'elle, le bougeoir était allongé sur son flanc, la flamme à présent éteinte.

— Oh, mon doux.

— « Oh, mon doux ! » C'est tout ce que vous pouvez dire ?

Il se pencha en avant, le visage rouge, les mains serrées.

— Madame, il faut que quelqu'un vous suive toute la journée pour vous empêcher de vous tuer... ou de tuer une autre âme malchanceuse.

Penelope se redressa et serra le col de sa chemise de nuit.

— Voilà, en fait, une remarque désobligeante.

Toute raideur en lui sembla se dégonfler. Il recula en se pinçant l'arête du nez avec le pouce et l'index.

— Je vous présente mes excuses. Vous avez raison, c'était méchant.

Ses lèvres se relevèrent en un léger sourire.

— Mais pas très loin de la vérité.

— J'aimerais pouvoir réfuter cela, renifla-t-elle, mais je crains que vous ayez raison.

Elle se pencha pour récupérer le tapis, le serrant contre elle, soudainement consciente de sa tenue légère.

— Pourquoi êtes-vous ici ?

— J'imagine que je pourrais vous poser la même question.

— J'aime venir dans le jardin la nuit et examiner les plantes.

— Pourquoi à la noirceur ?

Pourquoi, en effet ? Comment lui expliquer l'importance de son travail pour elle, et à quel point cela semblait futile aux autres qui la voyaient s'enraciner autour des buissons. Elle pouvait imaginer la réaction de Sa Seigneurie en voyant son invitée se précipiter dans la maison avec une robe éclaboussée de boue, laissant une traînée d'amas de terre derrière elle.

— Je suis botaniste, et c'est ce que je fais. La plupart des gens ne comprennent pas et considèrent que mes activités sont étranges. D'où le couvert de la nuit.

• • •

Son pouls revenu à la normale, Drake fut enfin capable d'entendre les propos de la fille. « Étrange ». Le mot était loin de couvrir le sujet.

Il avait presque eu une attaque quand il avait vu l'ourlet de sa chemise en flammes. Peu de temps après être descendu du carrosse qui l'avait ramené, il avait remarqué une lueur dans le jardin. Curieux, il avait suivi le sentier depuis l'allée jusqu'à l'endroit où la lumière dansante brillait sur une parcelle de bois. Il ne lui avait pas fallu longtemps pour identifier l'intruse, mais avant qu'il puisse l'approcher, elle s'était penchée près du bougeoir qu'elle avait déposé au sol, et sa chemise de nuit s'était enflammée.

— Puis-je insister auprès de vous pour que vous effectuiez vos recherches scientifiques à la lumière du jour ?

— Que penseront votre mère et vos sœurs ?

Il repoussa les pans ouverts de son manteau et il posa les mains sur ses hanches.

— Et que penseraient-elles si je portais votre corps brûlé dans la maison ?

— Je comprends votre point de vue.

Elle releva ses lunettes sur son nez et lui offrit un adorable sourire. Et les muscles de l'estomac de Drake, ainsi que la région en dessous, se contractèrent. À présent que ses yeux s'étaient adaptés à la pénombre, et qu'il ne la faisait pas rouler sur le sol, il remarqua son apparence. Le bas brûlé et en lambeaux de sa chemise de nuit attirait l'attention sur des chevilles bien tournées pointant dessous.

Bien qu'elle serrât le tapis contre sa poitrine, la pression entraînait le haut de ses seins à s'élever au-dessus du bord du tapis. Il saliva à l'idée de poser ses lèvres sur les rondeurs séduisantes et s'en repaître. Pendant qu'elle le regardait, le verre de ses lunettes agrandissait ses yeux vert jade et ses cils foncés. Un nez légèrement retroussé et des lèvres pleines et charnues formaient des traits qui rendaient son visage beau et désirable.

Presque de leur propre chef, ses pieds déplacèrent son corps sans résistance jusqu'à ce qu'il se tienne directement devant elle. Le parfum des fleurs du jardin à proximité — ou celui émanant peut-être de Penelope — s'éleva jusqu'à ses narines, poussant ses poumons à inspirer profondément. La rougeur sur les joues lisses de Penelope augmenta quand il leva la main pour prendre sa mâchoire en coupe. Sa tête plongea.

Ses lèvres effleurèrent les siennes, douces comme un murmure. Elle goûtait les confiseries qu'il avait l'habitude de dérober à la cuisinière lorsqu'il était enfant. Riches, foncées et mielleuses. Si elle avait été étonnée de son geste, elle n'en montra rien. Son corps ne se raidit pas, ne s'écarta pas. En fait, elle se pencha plus près et sembla se fondre en lui. Elle était une femme chaude aux courbes douces. Doux Jésus, elle avait bon goût. L'odeur de terre du jardin lui convenait bien.

Drake recula lentement, observant ses yeux pendant qu'ils se rouvraient paresseusement. Pendant un moment, ils furent flous, puis elle se raidit et recula.

– Je ne pense pas que vous auriez dû faire cela, murmura-t-elle.

– Je *sais* que je ne l'aurais pas dû. Mais je ne trouve pas en moi la force de m'en excuser.

Qu'est-ce qui pouvait bien clocher chez lui ? Évidemment qu'il devait présenter ses excuses, et elle devrait le gifler. Elle était l'invitée de sa mère et une innocente. Et alors qu'il comptait absolument se trouver une épouse au cours de la saison, ce ne serait jamais mademoiselle Penelope Clayton.

Cependant, il se mentirait à lui-même s'il prétendait que le baiser ne l'avait pas ému. En fait, il augmentait son désir. Il voulait plus de sa douceur, de son parfum, de la sensation de ses lèvres sur les siennes. Il se peigna les cheveux avec les doigts.

– Je pense que vous devriez rentrer dans la maison.

La perplexité peinte sur le visage, Penelope s'éloigna en hâte, puis elle se retourna quand il l'appela.

– Si vous souhaitez mener vos travaux scientifiques dans le jardin, je vous prie de le faire le jour. Je vais donner des ordres aux jardiniers pour qu'ils vous laissent le champ libre.

Elle hocha rapidement la tête et disparut derrière les buissons, le laissant intrigué et plus qu'un peu apeuré.

• • •

Le lendemain matin, après le petit déjeuner, Penelope monta les marches en vitesse pour rassembler son journal, son crayon et sa loupe pour effectuer ses recherches. Ce serait un tel plaisir de pouvoir voir les plantes clairement sous la lumière du soleil.

Le soir précédent, quand elle était revenue dans sa chambre, elle tremblait encore à cause du baiser. Son premier. Et fort probablement le seul qu'elle aurait. Aucun homme n'avait jamais montré de l'intérêt pour elle, quoique, pour dire la vérité, elle n'avait jamais montré d'intérêt pour un homme elle non plus. Jusqu'à aujourd'hui.

Pourquoi diable se sentait-elle attirée par le seul homme qu'elle ne pourrait jamais avoir – qui ne voudrait jamais d'elle ? Un homme contre qui elle trébuchait, sur qui elle laissait échapper des choses et qui lui avait fait remarquer, avec pas mal d'insistance, qu'elle représentait un danger pour la société en général. Mais alors, pourquoi l'avait-il embrassée ?

Sûrement pas parce qu'il la trouvait attirante. C'était risible. Aucun homme ne serait attiré par une femme ordinaire, maladroite et affublée de lunettes. Particulièrement quelqu'un comme le duc de Manchester, sur qui la magnifique lady Daphne mettait le cap. Il valait mieux chasser cela de son esprit. Fort probablement, c'était une simple réaction pour lui avoir sauvé la vie. Elle avait déjà entendu dire que cela arrivait à des sauveurs.

Elle gémit intérieurement. Un autre incident dont il avait été témoin. Elle devait se concentrer sur son travail et oublier Drake, la saison et Londres. Dans quelques mois, elle serait libérée de ses devoirs et pourrait rentrer à la campagne. Elle mettrait tout cela derrière elle.

– Penelope, je vous en prie, venez me rendre visite, l'appela Marion depuis sa chambre.

Penelope stoppa brusquement et ouvrit partiellement la porte.

— Bonjour, Marion. Comment allez-vous aujourd'hui ?

— Je me sens bien à présent que vous êtes là. J'aime votre compagnie.

Elle agita la main vers la place inoccupée à côté d'elle sur le canapé.

— Je vous en prie, assoyez-vous. J'espère que je ne vous empêche pas de vaquer à quelque tâche importante. Vous semblez pressée.

— Non. Je comptais aller me promener dans le jardin, mais le temps est si beau, j'aurai toute la journée pour cela.

Penelope disposa ses jupes autour d'elle.

— Je me joindrai peut-être à vous un jour pour une promenade dans le jardin.

Penelope releva brusquement la tête et elle contempla Marion. D'après ce qu'on lui avait dit, la jeune veuve n'avait pas quitté sa chambre depuis qu'on l'avait informée de la mort de Tristan.

— Ce serait agréable.

— Oui.

Marion hocha lentement la tête.

— J'aimerais cela.

Elle se tourna vers Penelope.

— Vous pourriez me montrer les plantes qui vous sont si chères.

Après un certain moment à rassembler son courage, Penelope lâcha de but en blanc :

— Parlez-moi de Drake.

Marion haussa les sourcils.

– Que souhaitez-vous savoir ? J'aurais pensé que maintenant, vous connaîtriez mon frère mieux que moi.

Elle l'étudia minutieusement.

– S'est-il passé quelque chose dont vous souhaiteriez discuter ? Rappelez-vous : je suis votre amie.

Pas tout à fait prête à aborder le sujet du baiser, puisqu'elle-même n'avait pas encore réussi à se faire une idée là-dessus, elle secoua la tête.

– Non, c'est seulement que je n'arrête pas de faire une folle de moi devant lui. Je suis certaine qu'il pense que je suis une idiote finie et lui, il est si parfait.

Marion rit comme une gamine. Encore une fois, Penelope fut frappée de voir comme elle était jeune et belle quand elle n'était pas enveloppée dans son voile de tristesse.

– Parfait ? Mon frère ? Je vous assure, il est tout sauf cela.

Puis, elle reprit son sérieux.

– En fait, d'après ce que me disent mes sœurs, il est très incertain de son rôle depuis la mort de père.

– Pourquoi ? Ne savait-il pas dès la naissance qu'il serait duc un jour ? Je trouve cela très étonnant. Il semble si sûr de lui, imposant, même.

– Non. Laissez-moi vous dire une chose. Bien que Drake ait toujours su ce qui l'attendait, il a supposé, comme le reste de la famille, qu'il aurait des années pour se préparer. À la fin de son université, il a passé beaucoup de temps dans la Cité, à faire ce que la majorité des jeunes hommes titrés font. Jouer, boire, assister à des bals et tout le reste.

Elle sourit tristement.

– Pas comme mon Tristan, qui a décidé de servir son pays. En tout cas, quand notre père nous a été brusquement enlevé, Drake est rentré en ville, mais c'était un homme différent. Je pense que le chagrin et le choc vécus par ma mère et mes sœurs l'ont achevé. Il était un jeune homme qui adorait notre père et, désormais, il devait assumer le rôle pour lequel il ne se sentait pas préparé. En même temps, il devait repousser son chagrin pour nous réconforter. Je suis certaine que cela a été pénible.

— Mais il s'en sort tellement bien. Sa manière de prendre soin de vous tous, de gérer les domaines, je ne comprends pas.

— Ah, c'est parce qu'il nous le cache. Du moins, il essaie. Sybil me dit qu'il cherche l'épouse « parfaite » sur le marché du mariage.

Elle sourit largement à Penelope.

— Une telle personne n'existe pas, vous savez. En fait, ce dont il a besoin, selon moi, est d'une épouse très « imparfaite » pour détendre un peu son esprit, pour lui faire voir les côtés fous de la vie. J'espère seulement qu'avant de commettre une erreur grave et de présenter une demande à cette épouse « parfaite », il trouve « l'imparfaite ».

Marion sourit malicieusement et ajouta :

— Quelqu'un comme vous.

Le rouge surgit sur le visage de Penelope en entendant la suggestion de Marion. Vrai, elle était une femme imparfaite, mais elle ne voulait pas s'attarder sur la possibilité que Drake la considère comme autre chose qu'une invitée agaçante à qui il fallait amener presque de force des prétendants potentiels.

« Mais il y a eu ce baiser. »

• • •

Quelques jours plus tard, Drake entra dans la bibliothèque pour découvrir Penelope blottie dans un fauteuil confortable avec un gros livre sur les cuisses. Son visage était plissé sous la concentration, et elle mordait furieusement sa lèvre inférieure.

— Qu'est-ce que vous trouvez aussi intéressant ?

Penelope sursauta, le livre glissant sur le plancher à ses pieds.

— Oh, mon doux. Vous m'avez surprise.

Elle pressa la main sur sa poitrine, puis elle remonta ses lunettes, le regardant avec des yeux arrondis.

— Je suis désolé.

Drake avança à grands pas jusqu'à son fauteuil et il ramassa le lourd volume. Il jeta un coup d'œil sur la couverture, les sourcils relevés.

— *Observationes in varias Trifoliorum species* ?

— C'est un livre sur la botanique. J'aime tous les livres sur la science.

Il le lui tendit.

— Je dois dire que je ne suis pas étonné que vous ayez trouvé ce livre ici. Mon père était un lecteur vorace et se plongeait dans une variété de sujets. Je suis certain qu'il y a beaucoup de livres de science sur ces étagères.

Il agita le bras en direction des bibliothèques.

— J'aimerais tellement mieux passer du temps ici, dans la bibliothèque, qu'à faire une folle de moi dans une salle de bal.

— Pourquoi dites-vous cela ?

La voix de Drake se radoucit devant son air démuni.

Elle hésita, apparemment par manque de confiance en elle. Puis, prenant une profonde respiration, elle lui dit :

— Parce que je n'ai aucune élégance à proprement parler, et il semble que peu importe où je vais, je finis par trébucher, vaciller ou laisser tomber des choses.

Elle serra ses bras autour d'elle, un sourire ironique sur le visage.

— Mais bien sûr, vous avez été la victime de plusieurs de mes maladresses, de sorte que c'est loin d'être une nouvelle pour vous.

— Penelope…

— Vous souhaitiez me parler ?

Abigail entra en coup de vent dans la pièce, son entrée comme toujours précipitée éloignant les pensées de Drake de Penelope.

— Oui. Je vous en prie, assoyez-vous. J'ai quelque chose d'important à discuter avec vous.

Penelope bondit sur ses pieds et, une fois encore, le livre frappa le sol.

— Oh, je vais donc vous laisser.

Elle récupéra le livre, puis tenta de le replacer sur l'étagère, mais elle fut incapable d'atteindre l'espace plusieurs centimètres au-dessus d'elle.

— Oh, mon doux.

Elle regarda autour d'elle.

— J'ai utilisé une échelle pour le prendre.

Drake arriva derrière elle et prit le livre dans ses mains, puis le glissa sur l'étagère. Il s'immobilisa quand la sensation de la chaleur de Penelope et l'odeur de son savon le ramenèrent au moment où ils s'étaient retrouvés dans le jardin. Une fois encore, il lutta contre son corps. Il combattit l'envie de la faire pivoter, de la presser contre la bibliothèque et de lui voler un baiser. Qu'est-ce qui pouvait bien clocher chez lui ?

– Drake ? intervint Abigail.

Comme s'il était arraché au brouillard, il recula et, en redressant son manteau, il retourna à sa table de travail. Il jeta un rapide regard à Abigail, qui le contemplait avec curiosité.

Penelope lissa sa chevelure en arrière et se précipita vers la porte.

– Vous n'avez vraiment aucune raison de partir, cria Drake dans son dos.

Elle secoua furieusement la tête.

– Non, je ne veux pas déranger. Et d'ailleurs, j'ai des choses à faire.

Avec un rapide sourire en direction d'Abigail, elle s'enfuit.

Abigail s'assit sur le bord du fauteuil devant la table de travail de Drake et joua avec ses jupes.

– J'espère que cela n'a rien à voir avec lord Seabright.

Stupéfait, Drake s'installa dans son fauteuil et il observa sa sœur.

– Qu'est-ce qui vous fait penser cela ?

Soit la fille lisait dans les esprits, soit elle avait vu l'homme quitter la maison peu de temps auparavant.

– Parce qu'au bal de lady Eloise, il a donné tous les signes de vouloir venir me présenter ses hommages.

– Et cela serait-il mal accueilli ?

Elle donna une chiquenaude à une peluche imaginaire sur son corsage.

– C'est le moins que l'on puisse dire.

Drake soupira et se cala dans son fauteuil.

– Bien, il vient de me rendre visite et m'a demandé la permission de vous faire la cour. Et il me semble un type plutôt gentil.

Drake se hâta de poursuivre quand elle lui jeta un regard mauvais.

— Il est agréable à l'œil, il a un titre impressionnant et beaucoup d'argent. D'après ce que j'ai compris, il n'est pas buveur et il ne joue pas trop. Une femme pourrait trouver bien pire.

— Bien pire ? Bien, *cette* femme-ci veut beaucoup mieux.

Elle plissa les yeux.

— Qu'avez-vous dit exactement à Seabright ?

— Si vous pensez que j'ai été assez idiot pour accepter sa demande en votre nom sans vous en parler d'abord, vous pouvez avoir l'esprit tranquille. Si j'ai appris une chose après une année à la tête de cette famille, c'est qu'aucune de mes sœurs n'est docile.

— Très bien, Drake. Il y a peut-être de l'espoir pour vous, après tout.

Elle lui décocha un sourire éclatant.

— D'un autre côté, ma sœur chérie, vous commencez à vous faire un peu vieille.

Abigail haleta et bondit sur ses pieds.

— Je ne suis pas vieille du tout. Ravalez vos paroles !

Drake haussa les sourcils et lui offrit un petit sourire suffisant.

Elle prit une profonde respiration et se rassit dans son fauteuil.

— C'était peut-être un peu juvénile. Cependant, j'ai à peine vingt-deux ans. Je suis loin d'être sénile.

— Tout ce que je souhaite vous faire remarquer est qu'à mesure que les années passent et que chaque nouvelle fournée de jeunes dames apparaît, les offres se font moins fréquentes. Et vous avez trois sœurs cadettes. Il faut que je vous installe toutes dans la vie.

– Nous avons déjà discuté de cela. J'attends l'homme qui est fait pour moi. Quelqu'un qui me donnera l'impression que je suis tout son univers. Quelqu'un qui me tiendra en haute estime, exactement comme père avec mère. Je veux plus qu'un mariage de la haute société. Je veux l'amour… et la passion.

Drake déglutit et fit courir un doigt à l'intérieur de sa cravate.

– Je ne désire pas discuter de ces sujets avec vous. C'est une conversation qu'une femme devrait avoir avec sa mère.

– Mère n'essaie pas de m'imposer un pédant aux idées confuses.

– Très bien. Je vais informer Seabright que vous ne souhaitez pas sa cour. Vous avez bien conscience que c'est le quatrième gentleman que je décourage de votre part depuis le décès de père ?

– Ne craignez rien, mon frère ; il y en aura d'autres, j'en suis sûre.

Abigail sortit vivement de la pièce, la tête haute. Avant qu'elle puisse fermer la porte, un bruit violent résonna dans le couloir.

– Oh, mon doux. Penelope, est-ce que ça va, ma chère ?

La duchesse passa la porte en vitesse.

– Oui, ne vous inquiétez pas, Votre Seigneurie. Je vais bien.

Drake leva les yeux au ciel.

• • •

Le lendemain matin, malgré la bruine légère qui rendait la journée maussade peu propice à la promenade, Drake baissa le rebord de son chapeau de castor très bas sur ses yeux et prit la direction du jardin pour s'éclaircir les idées. Il venait juste de vivre l'un de ces moments où il lui fallait absolument s'éloigner des femmes. Malgré tout son amour pour sa mère et ses sœurs, un homme pouvait devenir complètement toqué à essayer de remettre de l'ordre dans ses idées en même temps que bourdonnaient autour de lui des conversations sur les rubans et les robes neuves. Et remettre de l'ordre dans ses idées était devenu un désir si ardent que même le temps pluvieux et froid ne pouvait le garder à l'intérieur. Le rejet de lord Seabright par Abigail l'agaçait. L'homme était titré, riche, il avait assuré Drake qu'il quitterait sa maîtresse lorsqu'il serait marié, et c'était un gentleman. Qu'est-ce qui pouvait bien pousser sa sœur à lever le nez sur la demande de l'homme ?

Seabright était un homme bon, solide et fiable. Et Drake avait une peur persistante que ces qualités formassent exactement la raison pour laquelle Abigail l'avait repoussé. Pour elle, non à la solidité et la fiabilité ; la fille cherchait l'amour. L'amour ! Regardez ce que l'amour avait fait à Marion. Non seulement il avait quatre sœurs à marier, il en avait aussi une autre qui refusait même de sortir de sa chambre.

Un sentiment écrasant d'échec s'abattit sur lui au moment où il tournait à droite et continuait plus loin. De petits animaux fourrageaient pour un repas avant de retourner précipitamment dans la chaleur de leur foyer douillet. Des fleurs d'été hâtives ployaient sous le poids de la modeste pluie de mère Nature. Drake remarquait à peine ce spectacle tandis qu'il continuait de méditer sur ses responsabilités et son incompétence à chausser les souliers de son père.

Une autre inquiétude était sa quête d'une épouse. Lady Daphne présentait encore la meilleure candidate. En plus de son élégance et de son charme, elle serait un bon modèle d'inspiration pour ses sœurs ; elles verraient comment se comporte une véritable lady. Et elle fournirait également un exemple bien nécessaire de la manière dont une jeune femme accomplissait son devoir en acceptant son rôle dans la vie – en se mariant bien et en produisant des héritiers. Il ne pouvait imaginer lady Daphne attendant quelque chose d'aussi bête qu'une union d'amour.

Il ne voulait pas se compliquer la vie avec une femme qui désirait l'amour. Il avait besoin de quelqu'un pour l'aider à prendre en charge les responsabilités de la maison, de sa vie et par-dessus tout, de ses sœurs.

Mère était beaucoup trop malléable, quand il s'agissait des filles. Elle ne faisait que les encourager dans cette idée idiote d'attendre l'homme fait pour elle. En effet, comme si un imbécile allait arriver sur son cheval et emporter sa dame au loin pour vivre heureux à jamais. Sa mère avait lu beaucoup trop de contes de fées à ses sœurs. Il était temps pour elles de vieillir et d'abandonner ces idées et de faire ce que l'on attendait des femmes de leur rang.

Un mouvement à sa gauche attira son attention. Une silhouette mince se voûta dans le jardin, grattant la terre. Pourquoi diable les jardiniers sortaient-ils par un temps pareil, alors qu'ils pouvaient travailler dans la serre ou l'orangerie ? Il sortit du sentier pour aller réprimander l'homme. Le jardinier était tellement absorbé par son travail qu'il n'entendit pas Drake approcher. Se penchant sur la silhouette voûtée, Drake tapa l'homme sur l'épaule.

– Dites donc, ce serait une meilleure idée de travailler à l'intérieur aujourd'hui.

L'homme sursauta au contact de Drake et tomba la face dans la boue.

– Oh, désolé pour cela, mon vieux, je ne voulais pas vous surprendre.

Drake attrapa le bras de l'homme et le tira sur ses pieds, lui qui postillonnait et crachait la terre et les feuilles dans sa bouche. Le jardinier se tourna vers lui, et les yeux de Drake s'arrondirent.

– Mademoiselle Clayton !

CHAPITRE 9

– Oui, je le crains.

Penelope s'essuya la bouche du revers de la main, ce qui ne fit qu'étaler la boue sur son visage. De l'eau boueuse dégouttait de ses lunettes, de petites gouttes brunes atterrissant sur ses cuisses. Sa chevelure était collée sur sa tête, car le rebord de son bonnet n'avait pas protégé une bonne partie de ses cheveux de la pluie. Elle nettoya ses lunettes, puis elle cligna des paupières en direction de Drake, des gouttelettes d'eau s'accrochant à ses cils.

Il prit sa main pour l'aider à se relever.

– Madame, vous ne devriez pas être ici dehors par ce temps, peu importe ce que vous faites.

Il pointa la parcelle de terre où elle avait creusé.

– La pluie ne me dérange pas. Elle est très apaisante et calme.

Peut-être que la fille avait été poussée hors de la maison pour la même raison qu'il était maintenant en face de son visage boueux. Elle ne paraissait pas du genre à vouloir voleter entre les discussions sur la longueur des manches et les ruches à l'ourlet.

Et c'était la seconde fois qu'il provoquait un accident avec elle. Il n'avait jamais été maladroit dans sa vie jusqu'à ce que Penelope s'y introduise.

— Il semble que la pluie ait augmenté à présent, et puisque j'ai réussi à vous couvrir de boue, je devrais peut-être vous raccompagner à la maison ?

— Je ne pense pas que nous allons y arriver, remarqua Penelope juste au moment où le ciel s'ouvrait et qu'un déluge se déversait sur eux, bloquant toute réponse qu'il aurait pu offrir.

Drake attrapa le bras de Penelope et il l'entraîna avec lui dans l'orangerie. Se dépêchant pour se mettre à l'abri de l'averse, il la tira sur le sentier du jardin, au-delà de la roseraie et, enfin, jusqu'à la structure. Il ouvrit la porte en verre du bâtiment rond en briques et en stuc et il l'aida à passer le seuil.

• • •

L'eau dégouttait du bonnet de Penelope pour se glisser dans son dos en rigoles froides. Drake la quitta immédiatement et marcha à grandes enjambées jusqu'au poêle dans le coin de la pièce. Il fourra de gros morceaux de bois dans le ventre du poêle et prit de l'amadou sur une étagère à côté du réchaud. Il alluma quelques morceaux de petits bois qu'il avait enfoncés sous les bûches.

Penelope resta immobile tout ce temps, frissonnant, trop gelée pour bouger.

— Retirez votre cape et votre bonnet avant d'attraper froid.

— T… trop t… tard, je le… le crains.

Sa bouche étant raidie par le froid, elle réussit tout juste à prononcer ces mots. Qui aurait cru qu'un peu de pluie, pendant l'été, rien de moins, la glacerait à ce point ? Drake la rejoignit et il l'aida à ôter sa légère cape d'été pendant qu'elle délaçait les rubans trempés de son bonnet avec ses doigts ankylosés.

Sa robe était modérément sèche, mais elle sentait tout de même le froid jusque dans ses os. Elle sentait aussi que la boue encore sur son visage séchait maintenant et formait un masque. Elle devait faire peur à voir.

— Y a-t-il de l'eau quelque part ? J'aimerais laver la saleté.

— Oui, bien sûr.

Drake indiqua un seau posé sur une grande table de jardinier contre un mur, sous une immense fenêtre. Des flots d'eau coulaient sur le verre tandis que la pluie continuait de marteler le bâtiment.

Penelope marcha sur des jambes raides, la moitié inférieure de ses jupes mouillées claquant bruyamment contre elle quand elle bougeait. Elle posa des mains tremblantes sur le seau, prit de l'eau dans ses mains en coupe et s'aspergea le visage.

— Tenez, laissez-moi vous aider.

Drake trempa son mouchoir dans l'eau et lui essuya les joues, retrempant l'étoffe quelques fois de plus dans l'eau avant de se pencher en arrière pour l'examiner. Il retint son menton entre ses doigts chauds et forts tout en lavant doucement la saleté. De près comme maintenant, elle n'avait pas besoin de ses lunettes pour confirmer que le duc de Manchester était bien, en effet, un homme extrêmement séduisant. Ses yeux noisette étaient parsemés de petites taches brunes. Sa mâchoire solide était scindée en deux par une profonde fossette ; Penelope se demanda si c'était douloureux de raser cette région. Des mèches humides de cheveux bruns et dorés plongeaient en avant, effleurant son front large. Occupé à sa tâche, il ne remarqua pas qu'elle examinait ses traits. Dieu merci. Elle avait fait une folle d'elle devant cet homme assez souvent sans ajouter « admiration béate » à la liste.

— Tout a disparu. Et je vous présente mes excuses pour vous avoir fait sursauter.

Son sourire lent et nonchalant fit battre son cœur deux fois plus vite avant qu'il adopte un rythme rapide mais régulier.

— Il n'y a pas de m… mal, Votre Seigneurie. Je provoque suffisamment de mes propres accidents pour pouvoir pardonner ceux des au… autres.

— Allons bon, vous frissonnez encore. Venez près du poêle pour vous réchauffer.

Drake la poussa à nouveau vers le poêle, puis il approcha un petit banc.

— Assoyez-vous. Vous aurez chaud en un rien de temps.

Serrant ses lunettes contre son torse, elle s'installa devant le feu et se pencha en avant, soupirant quand la chaleur envahit son corps. L'odeur attirante des oranges emplit l'air, rappelant des lieux lointains. Des destinations exotiques qu'elle espérait visiter un jour.

— Me pardonnerez-vous l'audace de suggérer que vous retiriez vos chaussures et vos bas ? Je suis sûr que vous vous réchaufferiez plus vite sans eux.

— Je ne sais pas. Cela serait-il convenable ?

Elle détestait ne pas savoir exactement ce qu'elle devait et ne devait pas faire. Selon la façon de penser de tante

Phoebe, à peu près tout ce que Penelope avait fait dans sa vie n'était pas respectable.

— Bien, il n'y a personne ici, sauf vous et moi, et si nous n'en parlons pas, personne n'aura à le savoir. Je crains seulement que vous ne vous réchauffiez pas si vous les conservez. J'ai pu entendre le bruit de succion, quand vous avez marché jusqu'ici.

— Très bien.

Elle déposa ses lunettes à côté d'elle sur le banc et elle retira discrètement ses bottes courtes en se servant de ses orteils.

— Vous devez détourner les yeux, s'il vous plaît.

— Oh. Désolé.

Drake regarda dans l'autre direction pendant que Penelope levait rapidement ses jupes et tirait ses bas vers le sol.

— Terminé.

Elle glissa ses bottes plus près du feu et posa ses bas à côté. Drake reporta son attention sur elle.

— Pourquoi ne portez-vous pas vos lunettes en tout temps ? Il me semble que vous éviteriez de nombreux accidents, si vous pouviez voir clairement.

Penelope sentit le rouge lui monter au visage en entendant sa réprimande.

— Lady Bellinghan a souvent insisté pour que je les retire. Elle dit que les gentlemen ne viennent pas rendre leurs hommages à des dames qui ressemblent à un bas-bleu.

Elle regarda ailleurs, gênée par son aveu et par l'intérêt de Drake pour ses maudites lunettes.

— Mon étrange passe-temps n'attire pas non plus la plupart des gentlemen de toute façon, alors je ne vois pas vraiment pourquoi cela importe.

Drake couvrit sa main de la sienne.

— Penelope. Regardez-moi.

Prenant une profonde respiration, elle bougea la tête afin de pouvoir le regarder directement dans les yeux.

— Il se peut que certains gentlemen soient dégoûtés par une jeune femme à lunettes, mais voudriez-vous accorder votre attention à un homme qui préfère qu'une femme se cogne contre des portes plutôt que sur une autre qui porte quelque chose qui l'aide à voir clairement ?

Bien que les paroles de Drake lui remontassent le moral, elles ne changeaient pas le fait que chercher les attentions d'un gentleman n'était pas un facteur dans son plan de vie.

— Cela n'a pas d'importance. Je ne souhaite pas accorder mon attention à un homme. Je n'ai aucun désir de me marier.

Il haussa les sourcils.

— Vraiment ? Alors, pourquoi êtes-vous ici pour la saison mondaine ?

— Une très bonne question. Je suis ici pour une saison sur l'insistance de tante Phoebe. Elle et mon tuteur, lord Monroe, ont conspiré pour m'envoyer à Londres.

— Alors que vous n'avez aucun désir de trouver un mari ?

— Exact. Je ne crois pas que je ferais une épouse convenable.

— Une autre.

Drake pencha la tête en arrière, contemplant le plafond comme s'il invoquait le ciel.

— Je vous demande pardon ?

— Voici comment les choses sont censées fonctionner.

Il se mit à compter sur ses doigts.

— Une jeune dame quitte la salle de classe et elle est présentée à la société. Elle fait ses débuts, et des gentlemen commencent à lui rendre visite. Ils l'emmènent en promenade en carrosse, avec un chaperon, évidemment, ils lui envoient des fleurs, ils lui demandent des danses, mais pas plus de deux fois au même bal, par contre. Puis, après une certaine période de temps, un gentleman se démarquera et recevra plus de faveurs de la jeune dame que les autres. Cet homme choisi se présentera au membre masculin le plus âgé de la famille de la jeune dame et la demandera en mariage. Ledit membre aîné accepte alors la demande au nom de la jeune dame et, ding, dong, les cloches de l'église sonnent.

— Mon doux.

— En effet. Je sais cela depuis l'époque où je portais des culottes courtes. Tout le monde dans la haute société le sait, y compris mes sœurs, quoiqu'elles paraissent avoir oublié la procédure.

Il la contempla avec des yeux plissés.

— Et il semble que vous aussi, vous ayez joint leurs rangs.

Penelope resta assise dans un silence stupéfait. Drake avait l'air sincèrement ébranlé parce qu'elle ne souhaitait pas trouver un mari. Maintenant qu'elle y réfléchissait, c'était la troisième saison d'Abigail, et comme les jumelles avaient fait leurs débuts l'année du décès de leur père, c'était leur deuxième saison sur le marché du mariage. D'après ce qu'elle avait entendu pendant qu'elle faisait des courses et participait aux jours de visite avec ses sœurs, aucune des filles n'était pressée de s'attacher à un seul homme.

Abigail s'était montrée catégorique pendant une conversation avec Penelope, disant qu'elle ne se marierait jamais si elle ne trouvait pas un homme à aimer et qui l'aimait en retour. Un concept intrigant. Penelope avait toujours cru, comme Drake venait de l'énoncer, que c'était le devoir d'une jeune femme de la haute société envers sa famille que de se marier et de faire un beau mariage.

Puisque Penelope avait été élevée en Amérique, loin des règles et des réglementations de la haute société anglaise, et qu'elle n'avait pas de parent attendant le jour de son mariage et l'arrivée de petits-enfants, elle n'avait jamais ressenti la pression pour se marier. Jusqu'à ce que tante Phoebe envoie la lettre à cause de laquelle elle se retrouvait assise ici, avec l'homme le plus séduisant qu'elle avait jamais rencontré, qui se plaignait du fait que les jeunes dames de sa maisonnée ne désiraient pas se marier.

— Ma sœur a refusé une autre offre hier.

Les commentaires de Drake interrompirent la réflexion de Penelope.

— Abigail ?

— Oui. C'était une bonne offre, en plus. Je ne la comprends pas. Il ne lui reste qu'une ou deux années avant qu'on la considère comme une vieille fille.

— Je crois qu'elle cherche l'amour.

Drake grogna.

— L'amour. Vous voyez ce que l'amour a fait à Marion.

Ils demeurèrent assis en silence, le seul bruit provenant du feu qui crépitait dans le poêle. Après quelques minutes, Penelope remarqua le soleil qui se montrait au-dessus des arbres entourant l'orangerie.

— Oh, regardez. La pluie a cessé.

— Eh bien oui.

Penelope prit une profonde respiration et posa la question qui la taraudait depuis qu'ils étaient entrés dans l'orangerie.

– Et vous ?

– Je vous demande pardon ?

– Ne voulez-vous pas épouser quelqu'un que vous aimez et qui vous aime en retour ?

Ses paumes devinrent humides de sueur simplement parce qu'elle avait posé cette question audacieuse, mais il lui semblait très important de connaître ses sentiments. Ses sœurs avaient mentionné que Drake voulait choisir une épouse avec la tête froide, mais elle voulait l'entendre de sa propre bouche.

– Non, pas du tout. Non. Jamais.

Il secoua la tête, et sa mâchoire se contracta. Il garda le silence un moment et, juste au moment où Penelope était sur le point de récupérer ses bas et ses chaussures afin qu'ils puissent rentrer à la maison, il parla.

– Quand je choisirai une femme sur le marché du mariage, ce sera une personne qui fera une duchesse parfaite. Une femme qui connaît toutes les bonnes choses à faire et à dire. Elle dirigera ma maisonnée avec efficacité et s'occupera bien du personnel. Nos enfants apprendront également le bon comportement et, dit-il en la regardant de côté, connaîtront leur rôle dans la société et leur devoir.

Penelope avait l'impression qu'une boule d'acier s'était installée dans son estomac. Ce n'est pas qu'elle ait un jour cru que cet homme admirable pouvait ressentir de l'intérêt pour elle. Cependant, entendre la description de la femme qu'il désirait et savoir à quel point elle était éloignée de cet idéal la déprimait. Pourquoi, elle ne le comprenait pas, car son intention de rentrer à la campagne et de continuer de développer sa science n'avait pas vacillé.

Mais il y avait eu ce baiser.

– On dirait que vous y avez beaucoup réfléchi, et pour cela, je vous salue.

Elle fut étonnée des mots qui sortirent de sa bouche. Il semblait qu'elle avait maintenant sa place parmi ceux qui disaient une chose et en pensaient une autre.

Si la femme qu'il cherchait était si différente d'elle, pourquoi l'avait-il embrassée ? Est-ce que tous les gentlemen ressentaient le besoin d'embrasser n'importe quelle jeune dame qui le permettait ? Imaginait-il qu'elle était une femme de petite vertu ? Certainement pas, sinon il aurait tenté de nouveau sa chance, et il semblait que la pensée de l'embrasser encore était loin de son esprit ce matin. Elle soupira, sans trop savoir pourquoi.

– Oui, bien, c'est le cas.

Il marqua une pause et tira sa montre de sa poche.

– Vous feriez mieux de remettre vos bas et vos chaussures afin que nous puissions retourner à la maison. Je crois que l'heure du déjeuner approche, et les autres vont se demander où nous sommes.

Penelope se pencha et récupéra ses effets pendant que Drake se levait et se dirigeait vers la porte, regardant discrètement par la fenêtre pendant qu'elle redevenait présentable.

• • •

– Puis-je vous dire un mot, chéri ?

La duchesse passa la tête par la porte de la bibliothèque.

– Oui, mère, entrez, je vous en prie.

Drake se leva et désigna le canapé près du foyer, où il la rejoignit.

Sa Seigneurie s'installa et posa les mains sur ses cuisses.

— Je comprends qu'Abigail a reçu une offre qu'elle a refusée.

Elle lui jeta un regard et rit.

— Ne regardez pas votre mère avec cette mine renfrognée.

— Je vous présente mes excuses. Je ne le voulais pas. Bien, en fait, oui.

Il se frotta le visage sous la frustration.

— Ce n'est pas la première offre que je refuse en son nom.

— Je sais, chéri. Et croyez-le ou non, elle est bouleversée de vous voir mécontent d'elle. Elle veut vraiment un mari, même si on peut penser le contraire. Elle a souvent mentionné à quel point cela allait être excitant d'être la maîtresse de son propre foyer et d'avoir un jour des enfants.

— Elle pourrait avoir tout cela en très peu de temps, si elle acceptait la demande de lord Seabright.

— Ne vous rappelez-vous pas le nombre de fois où votre père et moi avons parlé de l'importance de l'amour dans le mariage ? Tout cela a-t-il fui votre esprit depuis que vous êtes devenu duc ?

Drake se pencha en avant, ses avant-bras reposant sur ses cuisses.

— Je m'en souviens bien. Et pendant des années, j'y ai moi-même cru.

— Toutefois…

— Puis, père est mort, et je ne sais pas ; les choses me semblent différentes aujourd'hui.

— La seule chose qui soit différente est que vous êtes à présent duc de Manchester ; vous avez su toute votre vie qu'un jour, ce serait le cas.

Drake bondit et se mit à faire les cent pas.

— Oui. Précisément. Un jour. Des années dans le futur.

Elle l'étudia pendant qu'il marchait de long en large, peignant sa chevelure avec ses doigts pour passer sa frustration.

— Vous savez que la vie est précieuse et fragile. Il n'y a jamais eu de garantie que vous auriez des années pour réfléchir à ce rôle. En fait, plusieurs ne sont même pas arrivés à leur majorité au moment où on leur impose le titre.

— Maintenant, vous donnez l'impression que je suis un enfant effrayé.

— Non, pas effrayé. Bien, peut-être un peu. Mais je crois que vous êtes à la hauteur de la tâche.

— Père incarnait tellement bien le duc. Il faisait tout correctement, il connaissait toutes les réponses.

— Non, mon chéri. Il ne connaissait pas toutes les réponses et il ne faisait pas tout correctement.

Elle tendit la main pour le ramener près d'elle.

— J'ai été témoin de quelques-unes de ses bourdes. Particulièrement au début. Phillip et vous aviez déjà fait votre apparition avant le décès de votre grand-père. Se voir dépassé par ses nouvelles responsabilités et devoir aussi continuer à être un bon parent pour vous deux, cela le gardait éveillé tard la nuit. Souvent.

— Quel genre de bourdes ?

Penser à son père comme à un jeune homme nouvellement titré ne prenant pas les bonnes décisions était nouveau pour lui. À ses yeux, l'homme avait toujours été plus grand que nature, solide comme un port d'attache. Il avait admiré le duc de Manchester toute sa vie.

— Il y eut cette fois, dit sa mère avec les yeux qui pétillaient d'humour, où il avait décidé que l'intendant, celui que votre grand-père employait depuis des années, le volait. Il a donc convoqué l'homme devant lui et exigé de savoir où était l'argent manquant. Il s'est avéré que votre père avait fait un mauvais calcul et qu'aucune somme ne manquait. Le pauvre intendant tremblait dans ses bottes, et il a fallu tout le charme raisonnable de votre père pour le calmer et lui assurer qu'il n'était pas renvoyé.

Drake sourit largement en s'imaginant lui-même agir ainsi, mais pas son redoutable père.

– Vous voyez donc, mon fils, que vous devez vous accorder du temps pour vous adapter, pour apprendre à occuper votre titre.

– Et qu'en est-il de toutes ces sœurs célibataires ?

Elle se leva et se dirigea vers la porte.

– Mon chéri, même votre père n'a pas eu beaucoup de succès pour convaincre Abigail, Sybil et Sarah d'accepter des offres. Donnez-leur simplement du temps. Elles feront de bons mariages, je vous le garantis.

Elle se retourna vers lui avant d'ouvrir la porte.

– Et comment progresse votre quête ?

– J'ai l'œil sur une jeune dame.

Quand sa mère haussa les sourcils, il ajouta rapidement :

– Ou quelques-unes.

Inutile d'attirer son œil maternel sur lui.

– Souvenez-vous seulement de choisir une femme avec qui vous voudrez passer le reste de votre vie. Et n'écartez pas l'amour. Je sais que vous êtes déterminé à avoir l'union parfaite et à ignorer les sentiments. Mais l'amour peut, et il doit aller de pair avec le mariage.

Son dos se raidit.

– Je vais choisir la bonne femme lorsque le moment sera venu.

– Parfois, on ne doit pas regarder loin pour trouver la bonne. Souvent, elle est juste sous notre nez.

Avec un sourire rappelant un chat qui venait de savourer un bol de crème, elle quitta la pièce.

« Que diable cela peut-il bien vouloir dire ? »

CHAPITRE 10

Penelope exécuta une petite révérence gracieuse, sans incident, devant lord et lady Ponsoby, ses hôtes pour la soirée. C'était le bal de débutante de leur plus jeune fille, Cecily. Penelope s'avança dans la file, puis elle entra dans la salle de bal, submergée par la sensation familière de se trouver au mauvais endroit.

Ce n'était pas qu'elle n'avait pas l'allure requise. Ce soir, elle portait encore une robe neuve. Celle-ci était cousue avec la plus belle mousseline blanche incorporant des fils dorés. Des fleurs bleu foncé étaient brodées sur tout le vêtement, et il y avait des rubans assortis sous le corsage, le rebord des mancherons et le long de l'ourlet. Quand elle bougeait, la robe brillait sous l'abondance des bougies brûlant dans la salle de bal.

De délicats chaussons bleus pointaient de sous sa robe, et elle portait un éventail fleuri peint à la main. Tous les signes extérieurs d'une jeune dame ; mais rien ne la convainquait qu'elle avait réellement sa place ici. Elle soupira en se frayant un chemin dans la foule, son bras sous celui de Sybil. La jeune femme fut arrêtée par un certain nombre de personnes, les gentlemen s'inclinant devant elle, les jeunes dames l'étreignant.

À chaque arrêt, Sybil se faisait un devoir de présenter Penelope à ceux qu'elle n'avait pas rencontrés au cours des quelques derniers bals. Plusieurs hommes lui demandèrent des danses, et après avoir manié gauchement le petit carnet pendant à son poignet, elle fut capable d'inscrire les noms sans trop de difficulté.

Elle sentait que le souffle lui manquait déjà à cause de la cohue autour d'elle. Les parfums entêtants des dames et l'eau de Cologne des gentlemen bombardaient ses sens. Le bruit de ceux qui tentaient de converser les uns avec les autres en criant par-dessus le vacarme pour se faire entendre ne faisait qu'ajouter à la confusion. Comment diable ces gens pouvaient-ils faire cela tout le temps ? Et quand pourrait-elle fuir pour retrouver sa vie sûre et calme à la campagne ?

Deux heures plus tard, ses pieds déjà endoloris par la danse, Penelope gémit quand un autre gentleman l'aborda même si elle se cachait derrière une grande urne décorative.

— Mademoiselle Clayton, je crois que c'est notre danse.

Un jeune homme qui portait un manteau noir, une culotte chamois bien ajustée avec des bas blancs et des chaussures habillées noires lui tendait la main. Penelope ne se rappelait pas son nom ; en fait, elle ne se rappelait pas sa demande pour une danse. Elle devait réellement être plus attentive.

Ils prirent leur place avec deux autres couples, formant un carré, attendant qu'un quatrième couple les rejoigne. Le quadrille rendait Penelope nerveuse avec ses pas compliqués et le changement de partenaires. Elle avait aussi remarqué que certaines dames aimaient flirter avec les hommes autres que leurs partenaires quand elles en changeaient. Toute l'affaire ne faisant que la troubler et l'inquiéter davantage.

Horrifiée, elle vit Drake et lady Daphne devenir le quatrième couple de leur quadrille. Drake lui décocha un sourire chaleureux, et lady Daphne se contenta de baisser légèrement la tête dans sa direction, un petit sourire suffisant sur son beau visage. Oh, Seigneur. La chose était passée de mauvaise à pire. Elle regarda autour d'elle en panique, essayant de penser à quelque chose pour se sortir de là, s'éloigner du bal dans son entier.

Les premières notes s'élevèrent, et les couples se tournèrent vers leur partenaire, s'inclinèrent et exécutèrent de petites révérences. Puis, ils se prirent les mains et se déplacèrent en cercle. Drake dansait directement en face d'elle, et sa compagne, aussi gracieuse qu'un oiseau, souriait à chaque gentleman à tour de rôle. Le premier changement de partenaires se déroula bien et, rapidement, elle fut rendue à lord Sans Nom. Ce ne serait peut-être pas si mal.

Les femmes tendirent les mains, puis elles se regroupèrent au centre ; leurs robes colorées et leurs bijoux étincelaient sous la lumière tandis qu'elles tournaient, d'abord d'un côté, puis de l'autre. Elles reculèrent, et les gentlemen tournèrent en cercle ensemble. Penelope prit une profonde respiration. Puis, les chassés-croisés recommencèrent, et elle vira dans le mauvais sens, s'écrasant contre les gentlemen dans son dos.

– Détendez-vous, mademoiselle Clayton.

Drake avait fini à côté d'elle après son faux pas, joignant en douceur leurs mains croisées derrière leurs dos et la faisant tournoyer avant de la libérer afin qu'elle revienne à lord Sans Nom, qui semblait un peu mêlé. Il se tourna vers la dame derrière lui, qui était apparemment censée être sa partenaire pour cette partie de la danse.

— Non, Penelope, monsieur Dane est sur votre gauche, dit Drake de l'endroit où il faisait tourner une autre dame.

— Oh, mon doux.

Penelope pivota pour revenir sur sa position et faillit être frappée dans les côtes par un gentleman dont elle ignorait le nom. En fait, elle ne savait pas du tout qui était monsieur Dane. Pouvait-il s'agir de lord Sans Nom ?

Presque réduite aux larmes par sa confusion, elle tourna brusquement et fut adroitement attrapée par lord Sans Nom, le visage rougi.

— Mademoiselle Clayton, tournez simplement à gauche... euh... c'est-à-dire à droite.

Lady Daphne s'arrêta soudainement et pointa un doigt ganté dans sa direction.

— C'est ridicule. Mademoiselle Clayton, vous nous avez tous mêlés.

— Non, non pas du tout.

Drake repositionna tout le monde jusqu'à ce qu'ils aient repris leur place de départ.

— Maintenant, après les quelques temps suivants, nous allons recommencer, et tout ira bien.

Il sourit à Penelope, qui se demanda quelles étaient les chances que le plancher s'ouvre sous elle afin qu'elle puisse passer au travers.

— En fait, ajouta-t-il, je vais changer de place avec lord Wolverton et vous, monsieur, pouvez être le partenaire de lady Daphne.

— Votre Seigneurie ! s'écria lady Daphne.

— Ça ira. Allons-y.

Il s'inclina devant Penelope, qui exécuta une petite révérence, et ils se lancèrent encore une fois dans la course. Seulement, cette fois-ci, Drake lui murmurait des instructions à l'oreille chaque fois qu'ils se rapprochaient l'un de l'autre. D'une manière tout à fait étonnante, la danse se déroula bien, malgré le fait que Penelope était couverte d'une fine couche de sueur quand ils terminèrent.

• • •

Drake s'inclina devant Penelope au moment où la danse finissait.

— Pardonnez-moi.

Elle releva ses jupes et s'éloigna de lui en hâte.

— Laissez-la partir, Votre Seigneurie.

Lady Daphne jeta un regard en direction de sa mère, les observant à proximité avec les autres matrones. La fille lui décocha un sourire tandis qu'elle glissait un bras sous le sien.

— J'adorerais prendre une bouffée d'air. Voudriez-vous vous promener avec moi sur la terrasse ?

— J'en serais ravi.

Il l'escorta à travers la foule des invités revenant de la danse.

— Vous savez, comme ma mère l'a fait remarquer, cette pauvre fille est réellement très maladroite.

Lady Daphne inspira profondément quand ils franchirent les portes françaises en jetant encore une fois un regard de biais vers sa mère.

— Parlez-vous de mademoiselle Clayton ?

Il ne pouvait pas comprendre pourquoi l'idée de lady Sirey critiquant Penelope l'agaçait. La gamine était maladroite ; en fait, d'après ses observations, elle passait rarement une journée sans provoquer un fiasco quelconque. Toutefois, qu'une autre personne le fasse remarquer le rendait protecteur. Après tout, il était responsable de la fille, au même titre que de sa mère et ses sœurs.

– Oui. Elle ne semble pas à sa place ni en fait vouloir être à sa place. J'ai pitié d'elle.

Et pourquoi cela l'irritait-il que lady Daphne ait pitié de Penelope ? Mademoiselle Clayton était une belle femme intelligente qui avait beaucoup à offrir. Il n'y avait aucune raison de la prendre en pitié.

– Elle n'a pas beaucoup d'expérience en société.

– Que fait-elle donc ici ? Sa Seigneurie votre mère s'imagine-t-elle qu'elle pourra lui trouver un mari ?

Elle flâna jusqu'à la balustrade en marbre et posa ses mains dessus, regardant la roseraie en contrebas.

– J'ai entendu des rumeurs disant qu'elle se plonge dans la science.

– Je ne suis pas certain que mademoiselle Clayton soit vraiment intéressée par un mari.

Il la rejoignit, s'appuyant contre un pilier, et contempla la partie sombre du jardin.

Lady Daphne soupira et ferma les yeux.

– Mère a très hâte de me voir contracter une union cette saison-ci. Père était en colère lorsque j'ai refusé plusieurs offres l'an dernier. Cependant, ma mère sentait que je pouvais faire mieux.

Même si c'était précisément ce qu'il voulait entendre, le sentiment de rater quelque chose le taraudait. Voici une femme qui ferait ce qui convenait, sans s'inquiéter d'amour ou d'âneries romantiques.

– N'avez-vous jamais songé à vous marier par amour ?

Les yeux de lady Daphne s'ouvrirent brusquement, et elle hésita brièvement.

– Je doute que ma mère permette cela.

– Mais qu'en est-il de vous ?

Les mots sortirent avant même qu'il se rende compte de les avoir formulés dans son esprit. Bon sang, il commençait à ressembler à ses sœurs capricieuses.

Elle le regarda avec des yeux tristes.

– Je vais accomplir mon devoir.

Drake tendit la main vers la sienne juste au moment où quelque chose attira son attention derrière l'épaule de lady Daphne. Dans un coin obscur du jardin, un couple conversait, mais ce qui avait capté son regard était l'éclat doré de la robe de la femme. Penelope !

À quoi pensait-elle ? Rencontrer un homme dans le jardin ! Et loin d'où ils pouvaient être observés. Et pourquoi sa mère ne la ramenait-elle pas dans la salle de bal ? Il s'écarta de lady Daphne.

– Si vous voulez bien m'excuser, milady. Je vais vous raccompagner. Il y a quelque chose dont je dois m'occuper.

Elle se tourna vers l'endroit qu'il fixait, mais il posa rapidement son bras sur le sien et l'entraîna à travers les portes françaises.

– Ah, je vois que la prochaine danse commence. Je suis sûr que votre partenaire vous cherchera.

Il lui embrassa la main et il partit.

Les premiers accords d'une valse appelèrent les couples sur la terrasse, compliquant la tâche de Drake de se glisser par la porte pour revenir dans le jardin. Enfin, il y arriva et il se hâta vers l'endroit où il avait vu Penelope. Une fois qu'il repéra les deux silhouettes, il avança à grands pas et traversa le sentier du jardin.

— Je suis très heureuse d'avoir fait votre connaissance, monsieur Smythe, mais comme je vous l'ai dit, je dois retourner dans la salle de bal avant que Sa Seigneurie remarque mon absence.

Penelope tenta de libérer sa main de l'homme qui la serrait.

— Lâchez la dame, gronda Drake.

Les épaules de Penelope s'affaissèrent au moment où Drake ferma la main sur l'épaule de l'homme, et ce dernier céda immédiatement. Il fit pivoter l'homme.

— Smythe ?

David Smythe, le célèbre troisième fils du vicomte Digby, avait la réputation de poursuivre les jeunes dames riches. Il était connu depuis plusieurs années que l'homme croulait sous les dettes et qu'il lui fallait une femme avec une dot substantielle pour effacer son ardoise et conserver son mode de vie confortable.

— Que croyez-vous faire, vieux ?

Drake se tourna vers Penelope.

— Mademoiselle Clayton, je vous prie de retourner dans la salle de bal et de chercher ma mère. J'irai vous parler lorsque j'en aurai fini ici.

Smythe recula, tirant sur les manches de son manteau de soirée.

— J'ignore pourquoi vous faites tout un tapage pour cela. Je me contentais de discuter avec la fille.

Drake se pencha près de l'homme, le poussant à reculer encore.

— Clarifions quelque chose, mon vieux. Mademoiselle Clayton est une invitée de Sa Seigneurie ma mère et est sous ma protection. C'est une dame, et vous savez très bien qu'une dame ne badine pas dehors avec un *gentleman* sans la présence d'un chaperon. Et d'après ce que j'ai pu voir, elle tentait de vous quitter et vous l'en empêchiez.

– La gamine flirtait avec moi.

En pensant à la timide Penelope, si incompétente dans les affaires de la société et si captivée par sa science, le commentaire de l'homme était presque risible. Sauf que voir la main de Smythe sur Penelope ne faisait rien pour injecter de l'humour dans son humeur.

– Si je vous revois près d'elle une autre fois ou si je vous vois même jeter un regard dans sa direction, vous serez un homme plein de regrets. Me suis-je bien fait comprendre ?

Smythe lui répondit d'un bref hochement de tête, et Drake pivota avant de céder à la tentation de mettre son poing dans le visage de l'homme.

« Et maintenant, je vais m'occuper de mon invitée. »

– Mademoiselle Clayton, puis-je m'entretenir avec vous dans la bibliothèque, je vous prie ?

Drake tendit son chapeau et ses gants à Stevens, puis il tourna les talons et s'éloigna à grandes enjambées.

Abigail haussa les sourcils et elle regarda Penelope.

– De quoi s'agit-il ?

Terrifiée à l'idée d'affronter la colère de Drake, Penelope ne put que secouer la tête, sa capacité de parler l'ayant momentanément fuie. Elle aurait aimé pouvoir l'imiter.

– Peu importe la question, elle ne semble pas nous concerner, alors oust !, au lit, les filles.

Malgré ses mots, Sa Seigneurie observa Penelope un moment, visiblement intéressée aussi par le sujet.

Ils venaient à l'instant de rentrer du bal des Ponsoby. Drake était revenu après sa confrontation avec monsieur Smythe, et il avait froidement informé sa mère qu'il était temps de partir. Malgré son étonnement évident en entendant sa déclaration, elle s'était accordée pour dire qu'elle était fatiguée et qu'il vaudrait mieux qu'ils s'en aillent.

Drake avait ignoré Penelope, sauf pour lui offrir sa main pour l'aider à descendre du carrosse. Il lui avait également pris le coude quand elle avait raté la dernière marche. Même alors, il avait évité ses yeux, et sa mâchoire contractée lui avait révélé tout ce qu'elle devait savoir sur son état d'esprit. Elle avait encore une fois gaffé et elle devait maintenant faire face aux conséquences de la colère du duc. Raidissant l'échine, elle essuya ses paumes humides sur le devant de sa robe et le suivit sur des jambes flageolantes.

Il était debout à côté du buffet, se versant un verre de brandy.

— Aimeriez-vous boire un xérès ou peut-être du thé ?

— Non, merci.

Les mots furent prononcés à bout de souffle, mais quand on prenait en considération son cœur battant la chamade et sa difficulté à avaler de l'air, c'était un miracle qu'elle puisse même parler.

— Je vous en prie, assoyez-vous.

Drake désigna un fauteuil près du foyer.

Penelope s'installa tout au bord, le dos droit, les mains fermement serrées sur ses genoux, ses doigts raides agrippant son réticule. Drake posa son verre sur la table à côté d'elle, puis il marcha de long en large. Après quelques instants d'un silence tendu, elle rassembla un peu de son courage et leva les yeux.

– Vous souhaitiez me parler ?

– Oui, en effet.

Il s'arrêta soudainement et la contempla, la veine dans son cou battant visiblement.

– Que diable faisiez-vous dans la partie plus sombre du jardin avec ce séducteur ?

Des larmes envahirent ses yeux quand elle perçut la colère dans sa voix, mais elle cligna furieusement des paupières, refusant d'empirer l'affaire en se laissant aller à une crise d'hystérie féminine. Elle leva le menton et le regarda.

– Je vous assure que je n'ai rien fait de mal.

Il se frotta la nuque.

– J'en suis certain, mais une jeune dame ne passe pas de temps avec un homme sans la supervision de son chaperon ou même d'autres personnes. Vous devriez le savoir.

– Je répète : je n'ai rien fait de mal. Je suis simplement sortie prendre une bouffée d'air après le désastre dans la salle de bal. Monsieur Smythe m'a apparemment repérée depuis la terrasse et, de son propre chef, il m'a rejointe dans le jardin. Je ne l'ai pas invité, je ne l'ai pas encouragé et j'ai essayé de revenir dans la salle de bal, mais il refusait de me lâcher.

Posant ses mains sur les bras du fauteuil de Penelope, il se pencha vers elle, ce qui la poussa à reculer. Ses yeux noisette s'assombrirent de colère. Le peu d'air entre eux était rempli de l'odeur du brandy, d'eau de Cologne et de cette essence unique à Drake.

Les muscles de l'estomac de Penelope se contractèrent à cause de la proximité de Drake tout autant que de la colère qu'il dirigeait sur elle. Malgré sa position précaire en ce moment, elle ressentait l'envie irrésistible de s'avancer de seulement quelques centimètres et le goûter encore une fois. Son second baiser l'émouvrait-il à la mesure du premier ? Voulait-elle même le savoir ?

– Monsieur Smythe est un séducteur à la bourse flétrie qui cherche une femme riche à épouser.

Ses mots prononcés à voix basse se frayèrent lentement un chemin dans sa tête, rendus encore plus menaçants par leur livraison suave.

– Si quelqu'un d'autre que moi vous avait découverte avec lui, il aurait demandé votre main, et vous auriez été obligée d'accepter… ou d'accepter la ruine.

Le sang se retira de son visage. Évidemment, elle savait qu'être seule avec un homme était inacceptable, mais elle ignorait totalement que les conséquences étaient aussi terribles. Mariée à ce freluquet ? Quand elle se rappela à quel point il lui avait déplu, et comment il l'avait retenue lorsqu'elle avait voulu s'enfuir, la pensée qu'il tentait de la compromettre lui passa sa peur de la colère de Drake et alluma sa propre fureur qui la fit grincer des dents.

– Comment a-t-il osé se servir ainsi de moi !

– Exactement.

Il se leva et retourna à sa place, croisant une cheville sur un genou, semblant à présent plus à l'aise.

– Vous ne seriez pas la première femme contrainte de la sorte. Ni le premier homme, quand on y pense.

– Je ne comprendrai jamais ces gens.

Comme la vie avait été simple à la campagne avec ses travaux scientifiques.

C'était cela qu'elle trouvait important et non un panier percé pleurnichard essayant de piéger une femme riche afin de poursuivre son mode de vie de débauché.

La lassitude et la dépression tombèrent sur elle comme un linceul. Il était peut-être temps de rendre visite à tante Phoebe et de la supplier pour qu'elle la renvoie à la maison. Non seulement sa place n'était pas ici et elle n'avait aucun désir de rester, mais en plus, elle pouvait aisément gâcher le reste de son existence à cause d'une petite erreur. Elle frissonna à l'idée d'un mariage avec monsieur Smythe.

– Je suis désolé; avez-vous froid? Je peux facilement sonner pour avoir du thé ou pour qu'un valet de pied allume un feu.

• • •

Drake observa Penelope tandis qu'elle frottait ses paumes le long de ses bras. La pauvre fille avait pâli au point d'afficher la couleur de la neige blanche quand il lui avait dit ce que Smythe avait peut-être projeté. Une chose était évidente. Penelope avait raison. Elle n'appartenait pas à son monde. Elle était bien trop innocente et naïve, plus que la plupart des filles qui faisaient leurs débuts. Ce qui expliquait qu'il devait la tenir à l'œil. Cela dévasterait sa mère si leur invitée se retrouvait au cœur d'un scandale pendant qu'elle était sous la protection de Sa Seigneurie.

Penelope esquissa un mouvement pour se lever.

– Non. Le thé ne sera pas nécessaire. Si vous avez terminé, j'aimerais me retirer.

La fatigue sur son visage le troubla. Entre ses difficultés sur le plancher de danse et sa rencontre avec Smythe, ce n'était pas étonnant qu'elle paraisse épuisée. Il approuva sa requête d'un signe de tête, puis il la rappela alors qu'elle se dirigeait vers la porte.

– Oui ?

– Puis-je vous suggérer de mettre vos lunettes. Je sais que vous les transportez dans votre réticule. Ne trouveriez-vous pas plus facile de voir où vous allez ?

Elle rougit et serra le petit sac contre son cœur, comme s'il comptait le lui arracher. Elle avait peut-être pris cela comme une critique, alors qu'il voulait simplement l'empêcher de trébucher en montant à l'étage.

– N'avons-nous pas déjà eu cette conversation ?

Penelope se mordit la lèvre inférieure. Il fut stupéfait de la réaction immédiate de son corps en voyant ce geste innocent. Sauf qu'il n'y avait rien d'innocent dans ces belles lèvres rouge baie. En fait, il gardait le vif souvenir de les avoir goûtées seulement quelques jours plus tôt. Elles étaient chaudes et douces et l'avaient laissé avec le désir d'en avoir plus.

Il nota aussi comment sa robe brillait sous la lumière des bougies dans la pièce. Chaque fois qu'elle remuait, la robe scintillait, attirant ses yeux sur sa jolie silhouette. Qu'il n'ait pas remarqué le charme de cette robe avant maintenant le stupéfiait. Quoique d'une coupe modeste, le décolleté mettait en valeur sa peau d'albâtre et la rondeur de ses seins rebondis à la perfection. Sa chevelure avait été relevée en un ravissant chignon, les activités de la soirée l'ayant légèrement défait, lui donnant un air doux et féminin. Aucun doute que ce n'était pas uniquement l'argent qui avait encouragé Smythe à tenter son coup.

La colère l'envahit à nouveau à l'idée de Smythe ou, en fait, de n'importe quel homme, posant ses pattes sur son corps. Faisant lentement descendre cette robe pour exposer ses seins parfaits, les prenant en coupe dans ses mains, frottant ses pouces sur les mamelons jusqu'à ce qu'ils pointent pendant qu'il lui volait des baisers et qu'ensuite…

La sueur perla à son front tandis qu'il repoussait vite ces pensées déconcertantes au fond de son esprit. Qui Penelope épousait, et par conséquent qui couchait avec elle, ce n'était pas son affaire.

— J'ai de la difficulté à oublier les remontrances de tante Phoebe à propos de mes lunettes.

Il lui fallut un moment pour se rappeler leur conversation.

— Ah.

Ses lèvres tressaillirent, car il ne voulait pas l'embarrasser encore plus en riant.

— Cependant, je pensais que vous aviez mentionné votre absence d'intérêt à attraper un mari ?

— Vous avez raison.

Avec un léger sourire, elle agrippa gauchement la corde de son réticule et en sortit brusquement les lunettes. Tandis qu'elle les plaçait sur son visage, elle coinça plusieurs mèches de cheveux dans la monture.

— Tenez, laissez-moi faire.

Il marcha jusqu'à elle et il retira les lunettes, lissant ses cheveux en arrière avant de les replacer.

— Vous avez une peau tellement douce.

Il caressa sa joue avec son pouce, passant sur les angles de sa pommette et, ensuite, il prit légèrement son menton en coupe.

Elle le dévisagea, ses cils épais se fermant lentement tandis qu'il continuait sa caresse. Elle se lécha les lèvres avec une ratée audible dans sa respiration. Avant qu'il puisse réfléchir aux conséquences, il baissa la tête et déplaça sa bouche sur la sienne, dévorant sa douceur. L'atmosphère entre eux semblait électrique, et sa réaction innocente à son baiser le poussa plus loin.

L'autre main de Drake remonta jusqu'à ce qu'elle prenne son visage en coupe, ses deux pouces effleurant sa peau de velours tandis qu'il inclinait la tête d'un côté pour mieux goûter sa douceur. Elle fut parcourue d'un frisson et elle se pencha davantage vers lui, posant ses paumes délicates sur son torse.

L'acceptation de son baiser par Penelope attisa un feu brûlant doucement pour en faire un brasier rugissant. Il se sépara de ses lèvres et il embrassa sa mâchoire, son cou et, ensuite, la peau douce à l'arrière de son oreille. Elle tourna la tête d'un côté, lui offrant un meilleur accès à sa peau lisse au parfum de fleur.

— Drake, discutez-vous encore avec Penelope ?

La voix de sa mère s'immisça dans son cerveau engourdi, lui rappelant qu'il était debout au milieu de la bibliothèque, séduisant l'invitée de sa mère.

CHAPITRE 11

Drake et Penelope se séparèrent, tous les deux respirant lourdement au moment où la porte de la bibliothèque s'ouvrit sur la duchesse, qui entra.

– Oh, vous voilà. Je voulais vous demander…

Sa voix s'estompa, quand elle saisit la scène devant elle.

– Oui, mère, qu'y a-t-il?

La brusquerie de sa question et le ton rauque de sa voix le perturbèrent. Il se rendit à sa table de travail et brassa quelques papiers qui s'y trouvaient, cherchant désespérément à reprendre la maîtrise de sa personne. Que penserait sa mère de cela? Elle était certainement assez astucieuse pour deviner ce qui se tramait avant son arrivée.

– Si vous voulez bien m'excuser, Vos Seigneuries, j'aimerais me retirer.

Penelope agrippa les côtés de ses jupes et dépassa la duchesse en hâte, cette dernière promenant son regard entre son fils et elle, un léger sourire taquinant ses lèvres.

– Comment s'est déroulé votre «discussion» avec mademoiselle Clayton? s'enquit la duchesse.

Il remarqua l'hilarité évidente dans ses yeux. Une fois encore, il se sentit comme à l'époque de ses culottes courtes, quand sa mère le surprenait en plein délit. Par exemple, avec des miettes de biscuit tout autour de la bouche juste avant le dîner. Ou cette fois où il avait placé une grenouille dans le lit d'Abigail. Mais au diable tout cela : il était un homme mûr et n'avait pas à se tortiller sous son regard amusé.

— Notre conversation s'est très bien déroulée, merci. Et à quoi dois-je l'honneur de votre visite ?

— Oh, pour l'amour du ciel, Drake, détendez-vous. Si vous pensez que j'ai l'intention de vous réprimander, je le ferai peut-être. Seulement pour vous rappeler que Penelope est notre invitée et une jeune fille innocente. Je ne laisserai personne badiner avec elle, pas même mon propre fils. Particulièrement mon fils, sous la protection duquel elle est placée.

Elle inspira, et Drake saisit cette occasion.

— Assez, madame. Je sais qui est Penelope et je connais son rang dans la vie ainsi que son statut d'invitée. Je ne badinais pas avec elle et je vous assure que j'ai été, et continuerai d'être, un gentleman. Maintenant, pour quelle raison me cherchiez-vous ?

Sa Seigneurie lissa ses jupes et soupira.

— Je voulais seulement vous dire que j'ai besoin de vous pour surveiller Penelope, mais à présent, je n'en suis plus sûre.

Drake ferma les yeux et se pinça l'arête du nez.

— Quel est le problème ?

— J'ai entendu une des maudites matrones faire référence à notre invitée en l'appelant « Maladroite Clayton ». Je sais que Penelope l'a entendue, car elle venait tout juste de me rejoindre et je l'ai entendue également. La pauvre fille a blêmi, et elle paraissait déjà pâle quand elle est revenue du jardin. C'était très cruel, et je crains qu'elle ne commence à se cacher, comme Marion.

• • •

Penelope fila dans le couloir, puis monta les marches en vitesse, les mains sur ses joues rougies. Qu'est-ce qui pouvait bien clocher chez elle ? C'était réellement un désastre total. Être découverte dans le jardin sombre avec monsieur Smythe, et, bonté divine, même se déshonorer sur le plancher de danse n'était rien en comparaison de la duchesse la surprenant de cette façon avec Drake. Avait-elle deviné ce qui se passait ?

« Évidemment que si. La femme est loin d'être stupide. »

Sa décision était prise. Elle irait assurément voir tante Phoebe et la supplier qu'elle la renvoie à la maison. Elle devait s'éloigner autant que possible de Drake. Rien ne résulterait jamais de son attirance pour cet homme. Ses sœurs et lui avaient été très volubiles sur son désir de chercher la femme « parfaite » cette saison-ci pour en faire sa duchesse. Elle était si loin de la femme parfaite que c'en était risible. Et il valait mieux étouffer ses sentiments grandissants avant qu'elle ne soit blessée.

— Penelope, est-ce vous ?

Marion l'appela de sa chambre au moment où Penelope passait rapidement.

Ce n'était pas le meilleur moment pour entreprendre une conversation ; la seule chose que désirait Penelope était d'aller dans sa chambre, enfiler sa chemise de nuit et se mettre au lit. Cependant, la supplique dans la voix de Marion l'arrêta.

— Oui, c'est moi.

Penelope ouvrit la porte d'une poussée pour découvrir Marion debout près du foyer.

— Pouvez-vous rester un peu avec moi ?

La jeune veuve semblait plus animée que jamais aux yeux de Penelope. Marion lui offrit un sourire chaleureux et désigna le canapé d'un geste de la main. En chassant son propre tourment, Penelope la rejoignit, remarquant les accessoires à thé installés sur une petite table. Une théière bleue fleurie, avec les tasses et soucoupes assorties, était joliment disposée avec un plateau de biscuits et de tartelettes au citron.

Elles bavardèrent agréablement pendant un moment, mais Marion semblait distraite, comme si elle avait quelque chose en tête dont elle avait besoin de discuter. Enfin, elle s'essuya les mains sur une serviette et s'éclaircit la gorge.

— Je regarde le jardin depuis un certain temps maintenant et j'ai pensé que je prendrais plaisir à m'y promener. Peut-être demain matin. J'aime vraiment les forsythias qui éclosent à cette époque de l'année.

Elle prit les mains de Penelope.

— Et je voudrais tellement que vous m'accompagniez.

Ébahie par cette requête, alors qu'il y avait tant de membres de sa famille prêts à bondir sur l'occasion de la voir recommencer à sortir et à s'activer, Penelope sourit avec chaleur.

— Certainement. J'en serais honorée.

— Voyez-vous, ma famille m'aime énormément, mais je sais qu'on en fera toute une affaire et qu'on me posera possiblement beaucoup de questions si j'y vais seule ou si je demande à l'un d'eux de m'accompagner. Franchement, je suis un peu nerveuse, n'ayant pas quitté cette chambre depuis deux ans.

Elle jeta un regard circulaire sur ce qui était sûrement devenu une prison. Du moins, selon la manière de penser de Penelope, c'est ainsi qu'elle-même la considérerait. À cause de son travail, le temps passé dehors était sa vie. Se retrouver enfermée dans une chambre — pendant deux ans, rien de moins — serait de la torture pour elle.

Marion poussa un soupir de soulagement.

— Merci infiniment. Disons, neuf heures ? Cela serait-il acceptable pour vous ?

Repoussant ses plans de rendre visite à tante Phoebe dès le matin levé pour la supplier de la libérer de sa propre torture, elle accepta.

— Neuf heures, ce sera merveilleux.

Penelope but sa dernière gorgée de thé et se leva.

— À présent, vous devez m'excuser, car je crains de devoir retrouver mon lit.

• • •

Le lendemain matin, plongé dans ses réflexions, avec les mains serrées derrière le dos et la tête baissée, Drake arriva au bout du sentier du jardin. Son attention fut attirée par des voix féminines. Étonné que ses sœurs se soient levées assez tôt pour se promener, il regarda les deux silhouettes s'approchant de lui et il stoppa brusquement, bouche bée. Marion et Penelope marchaient bras dessus, bras dessous, avançant à un rythme de promenade comme s'il s'agissait là d'un événement banal.

Il secoua la tête pour s'éclaircir les idées et s'assurer qu'il n'avait pas par erreur confondu Marion avec Abigail ou Sarah. Non. C'était clairement sa sœur aînée, et elle bavardait et agitait le bras comme si ses deux dernières années d'emprisonnement volontaire n'avaient jamais existé.

« Que diable ? »

Quelque chose le retint d'en faire tout un plat. Si Marion devait reprendre sa vie à l'extérieur de sa chambre, elle aurait besoin du soutien de sa famille, et non que sa décision suscite l'hystérie.

– Bonjour, mesdames. Un beau jour pour une promenade, n'est-ce pas ?

Il toucha le rebord de son chapeau alors qu'elles s'arrêtaient.

– Oui, c'est en effet un matin agréable.

– Penelope vous donne-t-elle une leçon de botanique, Marion ? la taquina-t-il en souriant en direction de sa sœur.

– Oui. Je suis tellement impressionnée par ses connaissances. Elle a été capable d'identifier chaque plante et chaque fleur du jardin. Et par leur noms latins !

Le plaisir sur le visage de Penelope en entendant le compliment de Marion fut pour lui comme un coup de poing dans le ventre. Il essayait simplement d'être poli, mais sa réaction devant l'éloge de sa sœur lui rappela que la botanique était quelque chose de très sérieux qui signifiait beaucoup pour elle.

– Bien, mesdames, profitez de votre promenade.

Il les dépassa, puis il se retourna.

– Penelope, puis-je vous voir dans la bibliothèque lorsque vous rentrerez ?

Tandis qu'il poursuivait son chemin, il repensa aux commentaires de sa mère le soir précédent et à sa crainte que Penelope se cache. Il semblait qu'au lieu de cela, la fille avait convaincu Marion d'abandonner sa captivité volontaire. Elle avait bien plus d'étoffe qu'il n'y paraissait à première vue. Elle pouvait bien être incompétente socialement et timide, mais il était prêt à parier que sous cette apparence douce elle avait une très forte personnalité.

• • •

Tandis qu'elles reprenaient leur marche, Penelope luttait contre les papillons dans son ventre, repensant à la rencontre de la veille. Cependant, elle devait de toute façon parler à Drake, pour lui demander un carrosse et une domestique pour faire le trajet avec elle jusqu'à la demeure de tante Phoebe. Elle avait expédié un mot à la femme tôt ce même matin, requérant une audience dans l'après-midi. Comme tante Phoebe ne tenait plus de «jour de visite», elles seraient seules quand Penelope l'exhorterait de la renvoyer à la campagne.

La lueur sur les joues de Marion et sa manière de s'exclamer sur tout ce qu'il y avait dans le jardin donna un peu de remords à Penelope pour la poursuite de son plan. Comment pouvait-elle abandonner la jeune veuve qui sortait seulement maintenant de son isolement?

Marion attira Penelope plus près d'elle.

— À présent, vous devez tout me raconter à propos de votre bal d'hier.

Une fois encore, les souvenirs de la danse désastreuse, de monsieur Smythe l'abordant dans le jardin et ensuite du *baiser* envahirent son cerveau, faisant battre son cœur plus vite et rougir ses joues. Puis, un autre incident qu'elle avait relégué au fond de son esprit refit soudainement surface.

Tandis qu'elle se frayait un chemin dans la salle de bal à la recherche de Sa Seigneurie, elle avait surpris lady Sirey qui parlait d'elle en l'appelant «Maladroite Clayton» devant un groupe de matrones. Elle avait « murmuré » bruyamment ce surnom derrière son éventail, avec l'intention évidente qu'elle l'entende. Une tempête de rires féminins l'avait suivie jusqu'à ce qu'elle rejoigne la duchesse. Plus humiliant encore avait été le regard de sympathie que lui avait jeté la duchesse.

Se ramenant dans le présent, elle sentit avec horreur deux larmes glisser sur ses joues.

Marion la contemplait avec les sourcils arqués.

– Oh, mon doux. Que s'est-il passé ?

Penelope secoua la tête.

– Rien, vraiment. Bien, j'ai bien fait une folle de moi pendant un quadrille.

Elle s'essuya les joues et tenta un sourire.

– Votre frère a été assez gentil pour déplacer tout le monde autour de moi afin que je devienne sa partenaire et il m'a guidée à travers les pas.

C'était tout ce qu'elle pouvait admettre à propos de Drake, autant en paroles qu'en pensées. Le reste, elle devait encore le démêler dans sa tête avant de pouvoir le comprendre.

– Cela ressemble beaucoup à Drake. C'est une personne très aimante, pleine de compassion, vous savez. J'entends dire par mes sœurs qu'il est devenu très rigide depuis qu'il est duc, mais ses visites chez moi ne m'ont pas montré ce côté de lui.

– Oui, je suis d'accord. Il est très gentil.

« Et déroutant. »

• • •

Peu de temps après l'échange avec Drake, elles reprirent la direction de la maison. Marion se rendit directement à sa chambre en plaidant la fatigue. Penelope se débarrassait de son bonnet et de ses gants, quand Drake s'avança dans le couloir.

Il regarda sa sœur disparaître en haut des marches, puis il reporta son attention sur Penelope.

— Puis-je vous parler maintenant ?

Il agita la main vers la bibliothèque.

— Certainement.

Penelope se sentait prête à l'affronter et à lui demander ensuite un carrosse et une compagne pour sa visite à tante Phoebe.

Une fois qu'elle fut assise, il s'installa derrière sa table de travail et il sourit. Sans retenue. Elle fondit intérieurement et elle eut soudainement l'envie de s'éventer. Juste ciel, ce sourire pouvait être embouteillé et vendu comme cure pour guérir… eh bien, à peu près n'importe quoi. Elle repoussa ses pensées, quand elle prit conscience qu'il parlait.

— Je suis désolée, je crains d'avoir été dans la lune…

— Peu importe, je commentais seulement le temps. Ce que je voulais réellement vous dire est que j'ai été vraiment très impressionné par ce que je viens de voir. En fait, on pourrait affirmer que je suis sans voix. Comment avez-vous bien pu réussir en si peu temps ce que ma famille tente de faire depuis deux ans ?

Penelope haussa les épaules.

— C'était la décision de Marion. Elle était peut-être prête, et il se trouve que j'étais là lorsqu'elle s'est décidée.

— Vous ne vous accordez pas suffisamment de mérite.

– Bien, merci beaucoup, mais je ne suis pas certaine d'avoir eu grand-chose à y voir.

Mal à l'aise devant son éloge, elle changea de position sur son siège, attendant une ouverture pour demander un carrosse.

– En tout cas, j'ai demandé à vous parler parce que je veux vous présenter mes excuses pour mon comportement d'hier soir. Il était inapproprié vu votre statut dans notre maison.

Drake se passa les doigts dans les cheveux.

– Cela ne se reproduira plus, je peux vous l'assurer.

Malgré un désir écrasant de revenir à sa vie confortable à la campagne, son rejet nonchalant d'un moment qui avait eu une telle importance pour elle la piquait au vif. Partageait-il de si nombreux baisers avec des jeunes dames qu'il pouvait les chasser si facilement du revers de la main ?

Pour elle, cela avait été la chose la plus excitante de sa vie. Le baiser qu'il lui avait donné dans le jardin avait été bref. Trop rapide et surprenant pour qu'elle l'apprécie. Cependant, hier soir, elle avait senti l'éveil de quelque chose de nouveau et d'intéressant. Et là, il s'en excusait comme s'il avait fait quelque chose de mal. Bien, peut-être était-ce mal ; mais cela ne signifiait pas qu'il devait le *dire*.

Elle se redressa et leva le menton.

– Je suis d'accord. C'était inapproprié, et je suis certaine que cela ne se reproduira pas.

Au lieu de le chagriner, la déclaration de Penelope sembla l'amuser, et ses lèvres tressaillirent. Il baissa les yeux et commença à brasser ses papiers.

Très bien, elle agirait elle aussi en adulte.

– Pendant que je suis ici, puis-je solliciter la permission d'utiliser l'un de vos carrosses cet après-midi, ainsi que les services d'une domestique ou d'une compagne ?

Drake se cala dans son fauteuil, le coude posé sur un des bras, le pouce et l'index enserrant sa mâchoire. Ses intenses yeux noisette plongèrent en elle, lui coupant le souffle.

– Bien sûr, vous pouvez avoir ce dont vous avez besoin. Puis-je vous demander où vous allez ?

– J'aimerais rendre visite à ma tante Phoebe. Elle m'a priée de passer la voir pendant mon séjour d'invitée chez vous, et je crains d'avoir jusqu'ici négligé son désir.

Voilà, elle parlait tout à fait comme une adulte et une dame.

Drake sourit lentement, les yeux pétillant d'humour. Ne la croyait-il pas ?

– Si cela ne fait pas de différence pour vous, j'aimerais vous accompagner puisque je viens juste de recevoir ce matin certains documents dont je souhaite discuter avec lady Bellinghan.

Son cœur s'alourdit comme une pierre lorsqu'elle prit conscience qu'il serait présent quand, encore une fois, elle aurait l'air stupide en suppliant d'être renvoyée à la campagne comme une enfant effrayée.

– Seize heures, cela vous convient-il ?

– Oui, c'est parfait. L'une de mes sœurs viendra-t-elle également ?

Pour l'amour du ciel, ce voyage qui était censé être une affaire à peu près privée allait sous peu se transformer et devenir l'événement social de la saison.

– Non. Je crois que Sa Seigneurie et vos sœurs prévoient une expédition dans les boutiques. Comme je me sens plus qu'adéquatement équipée en fait de vêtements, j'ai pensé que le moment serait bien choisi pour voir ma tante.

Il haussa les sourcils.

– Adéquatement équipée? Véritablement un concept unique pour une jeune femme. Dans ce cas, j'ai hâte à notre voyage.

Il hocha la tête, lui signifiant à l'évidence son congé. Apparemment, la seule raison pour laquelle il avait souhaité la voir était pour s'assurer qu'elle comprenait que ses baisers ne voulaient absolument rien dire et qu'elle ne devait pas s'attendre à en recevoir d'autres.

S'enveloppant dans un air de dignité fière, elle se leva pour quitter la pièce. À la porte, un regard rapide en arrière exposa Drake tendant la main vers sa plume, occupé à nouveau avec ses papiers.

• • •

La porte se referma avec un cliquetis clair. Drake remit sa plume sur son socle et s'installa confortablement dans son fauteuil, les doigts tendus reposant sur ses lèvres. Donc, la petite scientifique avait réussi à faire sortir sa sœur de sa chambre et à lui faire mettre le nez dehors. Les efforts combinés de toute sa famille n'avaient pas fait broncher Marion en deux ans. Néanmoins, Penelope avait accompli cela en seulement quelques semaines. Il y avait quelque chose chez elle qui l'émouvait dans un endroit qu'il évitait depuis le décès de son père. Quelque chose de doux et confortable.

«Si c'est le cas, pourquoi deviens-tu dur et mal à l'aise quand elle est à proximité?»

Comme il aurait aimé ne ressentir qu'une attirance physique pour Penelope. Cela, il pouvait le gérer – et le rejeter. Il maîtrisait ses instincts charnels depuis plusieurs années maintenant. Mais quelque chose d'autre chez elle l'avait attiré depuis le tout début.

Il y avait tant de choses à admirer chez la jeune femme. Sa force, sa gentillesse et son amour. Et son intelligence – il se rappelait le livre qu'il l'avait surprise à lire et sa connaissance de la végétation de son propre jardin. Elle ferait vraiment une merveilleuse épouse et mère. Pour quelqu'un d'autre que lui, cela dit. Il avait besoin d'élégance et de sophistication, alors peu importe ce qui l'amenait à s'oublier ainsi quand ils étaient seuls, cela devait cesser.

En tout cas, cela le troublait que quelqu'un se soit amusé à ses dépens la veille. Sa mère avait refusé de dire qui était la coupable, mais il garderait l'œil ouvert au bal de lord et lady Wetherby le lendemain soir.

Il n'acceptait pas qu'une jeune dame sous la protection de sa famille soit ridiculisée. Elle pouvait bien ne pas être sophistiquée ni douée en société, mais elle avait bon cœur et méritait d'être traitée avec respect. Regardez ce qu'elle avait fait pour Marion.

Un coup à la porte attira son attention. Son secrétaire, monsieur Gladstone, entra avec le courrier du matin. Il était temps de mettre de côté ces distractions et d'abattre un peu de travail. Il désigna à l'homme la place que Penelope venait de quitter et tendit la main vers le courrier.

CHAPITRE 12

Drake aida Penelope à monter dans le phaéton, puis il marcha de l'autre côté et grimpa à bord. Ses deux chevaux bais de Cleveland se tenaient prêts, secouant la tête, impatients de partir. Comme la température était agréable, il avait décidé de prendre le plus petit véhicule et de conduire lui-même. Comme il s'agissait d'un carrosse ouvert, une domestique n'était pas nécessaire ; ils s'en allèrent donc tous les deux sous le ciel ensoleillé.

Dans son ensemble, la journée avait été productive jusqu'à maintenant. Gladstone et lui avaient répondu à une bonne partie de la correspondance. Drake tapota sa poche pour s'assurer que les documents dont il devait discuter avec lady Bellinghan s'y trouvaient en sécurité. Il jeta un coup d'œil à Penelope, amusé par la réaction qu'elle afficherait probablement lorsqu'il les présenterait.

Il aurait pu demander à un messager de livrer les papiers, avec une courte note à lire pour la dame, mais il valait mieux échanger sur l'affaire en personne. Quand Penelope avait mentionné qu'elle voulait rendre visite à sa tante, l'idée avait cheminé dans son esprit presque de son propre chef. Ils étaient donc ici, côte à côte, en direction de Mayfair.

La légère rougeur sur le visage de Penelope était très seyante. Sa chevelure avait été remontée en un chignon lâche duquel s'échappaient quelques douces mèches, qui lui chatouillaient les joues lorsque la brise les taquinait.

— J'aime vraiment être dehors. Regardez toute cette verdure et ces belles fleurs.

Elle prit une profonde respiration et lui offrit un grand sourire.

— La journée n'est-elle pas magnifique ?

Il hocha la tête, entraîné par l'enthousiasme presque enfantin de mademoiselle Clayton pour les choses simples de la vie. Cela lui donnait un charme pour lequel la plupart des dames de la haute société paieraient cher pour avoir.

— Je vois que vous avez décidé de porter vos lunettes.

Drake les introduisit lentement dans la foule se dirigeant vers Hyde Park pour une promenade d'après-midi. Ils traverseraient le parc et continueraient du côté est jusqu'à Mayfair.

— Oui ; et je dois vous remercier pour cela. Cela ne m'est jamais venu à l'esprit que cette chose précise contre laquelle tante Phoebe me mettait en garde en affirmant qu'elle découragerait les jeunes hommes était exactement ce que je devais faire. Aujourd'hui, je peux voir clairement, et les gentlemen m'éviteront.

Elle lui jeta un petit sourire satisfait.

— Et qu'en est-il des gentlemen qui ne seraient pas rebutés par vos lunettes ?

Elle rejeta son commentaire en secouant la tête.

— Oh, je doute qu'ils existent.

— Je ne sais pas. J'aime assez vos lunettes. Je pense qu'elles conviennent à votre personnage.

En effet, elles lui allaient bien. Au lieu de lui donner un air sérieux ou de la faire ressembler à un bas-bleu, elle paraissait jeune et rafraîchissante. Ou alors c'était à cause de sa personnalité. Cela le rendait de bonne humeur de voir à quel point elle était détendue avec lui. Elle commençait peut-être à s'habituer à lui. Ou lui, à elle. Une perspective effrayante que celle-là.

Choisissant apparemment d'ignorer son demi-compliment, elle sourit doucement, puis elle baissa vivement la tête et joua avec son réticule.

Drake tira sur les lanières enroulées autour de ses doigts, guidant les chevaux dans le parc. Comme c'était l'heure à la mode pour rouler dans Rotten Row, ils furent vite entourés de carrosses avançant lentement, leurs occupants interpellant les personnes à pied ou à bord d'autres véhicules.

– J'aurais dû contourner le parc au lieu de le traverser. J'avais oublié que c'était l'heure pour Londres de s'admirer.

– Mon doux. Il y a tellement de gens dehors pour admirer les plantes et les fleurs.

Penelope tourna le cou au maximum tandis qu'elle assimilait les hordes de cavaliers et de piétons.

Drake rigola.

– Non. Ces gens sont venus pour voir et être vus. Ils ressentent très peu d'intérêt ou pas du tout pour leur environnement. Le moment est à se pavaner et à entendre les on-dit pour alimenter le moulin à potins.

– Vraiment ?

Penelope semblait avoir le cœur brisé, comme si quelqu'un avait écrasé ses fleurs favorites.

– Comme c'est triste qu'ils préfèrent les potins aux merveilles de la nature.

– Manchester !

Une voix féminine perçante attira son attention avant qu'il puisse répondre au commentaire de Penelope. Il gémit un peu quand un carrosse ouvert transportant lady Sirey et deux de ses compatriotes, lady Nelson et lady Beauchamp, ainsi que leurs filles, se dirigea vers eux, l'obligeant à tirer sur ses rênes de peur que le phaéton les emboutisse.

Au milieu des gloussements et des flagorneries des dames, jeunes et moins jeunes, lady Daphne était assise, sereine et distante, le portrait de la dame tranquille. Sa chevelure blonde avait été ramenée en arrière en chignon ancré sévèrement sur son cou. Sa robe de voyage était bleu pâle, couverte d'une veste courte croisée d'une teinte plus foncée et parsemée de minuscules perles. Elle protégeait sa peau d'albâtre avec une délicate ombrelle blanche qu'elle faisait légèrement tournoyer. Elle lui jeta un sourire étudié.

Mentalement, il compara la femme qui, de son avis, serait sa duchesse parfaite à celle assise à côté de lui. Penelope était tout ce que lady Daphne n'était pas. Exaltée et ingénue, avec un enthousiasme pour les choses simples. Très semblable à sa propre mère. Mais pas, se confirma-t-il à lui-même, quelqu'un à qui il voudrait donner le titre de duchesse.

Il se sentit immédiatement coupable, se souvenant des moments amusants de son enfance à cause de l'enthousiasme de sa mère pour les choses simples. Après tout, combien de duchesses allaient faire de la luge avec ses sept enfants ? Ou rescapaient des chiots errants ? Ou organisaient des jeux pour les enfants du village ? Désorienté par la direction dans laquelle ses pensées l'entraînaient, il faillit ne pas remarquer Penelope qui se glissait hors du carrosse.

— Où allez-vous ?

— Juste là.

Elle pointa vers un groupe de buissons.

— Je veux voir cette plante de plus près.

Elle serra ses jupes dans ses mains et partit en vitesse, son bonnet glissant de sa tête, les rubans le retenant bien et le laissant rebondir sur son dos à chaque pas.

Drake tourna brusquement la tête quand il entendit un gloussement dans le carrosse de lady Sirey. Lady Nelson se couvrait la bouche de la main, prétendant apparemment masquer son rire devant les actions de Penelope. Elle regarda ostensiblement les deux autres mères et ensuite les filles jusqu'à ce que toutes aient la tête baissée, leurs mains cachant leurs sourires. Sauf lady Daphne, qui se contenta de jeter un sourire indulgent comme si elle observait les actions d'une jeune enfant.

L'agacement s'empara de lui. S'agissait-il encore d'un autre groupe de dames qui rendrait insupportable la vie de Penelope pendant qu'elle évoluait au sein de la haute société ? Un soudain malaise s'installa dans son estomac à l'idée que, peut-être, c'était ce groupe qui l'avait surnommée « Maladroite Clayton », comme l'avait mentionné sa mère.

— Votre Seigneurie, pouvons-nous nous attendre à vous voir ce soir à la soirée musicale de lord et lady Hingham ? Ma fille chantera, et je suis certaine que vous serez ravi par sa performance. Elle a une voix si douce. On en a fait souvent la remarque.

Lady Sirey se pencha en avant et tapota la main de lady Daphne.

— Je le pense, milady. Je crois que ma mère a mentionné qu'elle irait et j'escorterai les dames.

– Chantez-vous, mademoiselle Clayton ?

Lady Beauchamp jeta un petit sourire suffisant à Penelope tandis qu'elle tentait de revenir dans le phaéton, serrant une petite plante aux racines pendantes. Drake enroula les rênes autour de la barre devant et il lui prit rapidement le bras pour l'aider à monter.

– Oh, mon doux, je crains que non. Bien que j'aime chanter, père a toujours dit que ma voix sonne comme un chien de chasse blessé.

Elle remonta ses lunettes plus loin sur son nez et s'installa à côté de Drake en déposant avec soin la plante à ses pieds.

Son bonnet pendait encore dans son cou, et une petite traînée de terre souillait son menton. Cependant, son sourire était joyeux et sincère.

– Assisterez-vous au divertissement de ce soir également, mademoiselle Clayton ?

La fille aînée de lady Nelson, lady Matilda, sourit avec suffisance. La fille affrontait sa quatrième saison sans une seule offre.

Bien qu'elle ne soit pas trop moche, sa répartie caustique et sa personnalité susceptible avaient repoussé plus d'un prétendant potentiel.

Après chaque saison infructueuse, son père avait augmenté sa dot. La rumeur circulait que lord Nelson ne permettrait pas à ses filles plus jeunes d'accepter une offre jusqu'à ce qu'il soit débarrassé de lady Matilda.

• • •

Penelope hésita à répondre à la question de la fille. Si tante Phoebe acceptait sa requête, elle espérait être sur le chemin du retour pour la campagne au moment où la soirée musicale se déroulerait. Elle devait juste réussir à y parvenir. Même en ce moment, cette courte promenade en carrosse pour voir sa tante avait démontré, très publiquement, à quel point elle se conduisait mal.

Sans réfléchir aux conséquences, elle était descendue du phaéton pour examiner la plante unique. Elle aurait dû prendre conscience que ses actions ne seraient pas bien reçues par les femmes lui souriant largement depuis leur véhicule. Toutes avaient l'air parfaitement mises. Et fort probablement, elle avait encore une fois embarrassé Drake.

Raidissant l'échine et levant le menton, elle décida de répondre ce qui s'imposait.

– Si Sa Seigneurie et ses filles y assistent, alors j'y serai aussi.

Même si tante Phoebe acceptait de la laisser repartir pour la campagne, elle ne pourrait sûrement pas s'en aller avant le lendemain de toute façon. Elle ne montrerait pas son malaise devant ces femmes. Elles ne signifiaient rien à ses yeux.

Cependant, Drake et son opinion sur elle lui importaient beaucoup. Elle lui jeta un regard furtif. Il l'observait avec un léger tressaillement aux coins des lèvres et une étincelle de respect dans les yeux. Dieu merci, elle avait enfin fait quelque chose qu'il approuvait. À part porter ses lunettes.

– Mesdames, intervint Drake en mettant un doigt sur son chapeau, je crains que mademoiselle Clayton et moi devions poursuivre notre route. Nous sommes en retard pour un rendez-vous avec la tante de mademoiselle Clayton, lady Bellinghan.

– Lady Bellinghan est votre tante, mademoiselle Clayton ?

Lady Beauchamp haussa les sourcils.

– Oui, milady. Elle est la sœur de ma mère décédée.

– Vraiment ? Votre tante et moi avons fait nos débuts la même année. Je ne l'ai pas vue depuis très longtemps. Se porte-t-elle bien ?

– Assez. En raison de problèmes de santé, elle ne fréquente plus la haute société.

– Assurez-vous de lui présenter mes hommages. Tient-elle encore des jours de visite ?

– Je crains que non.

Ses mots se perdirent alors que Drake avançait son véhicule devant l'insistance du cocher derrière lui.

Il lui sourit largement tandis qu'ils progressaient à nouveau dans le parc.

– Qu'y a-t-il sur le plancher ?

Il désigna la plante d'un hochement de tête.

– C'est un spécimen que j'ai vu seulement quelques fois. Je veux l'étudier davantage, et cela me semblait une bonne occasion.

Drake tendit la main et passa son pouce sur son menton. Surprise au début, elle constata qu'il essuyait quelque chose sur son visage. Il fouilla dans sa poche, en sortit un mouchoir et il frotta encore son menton.

– De la terre, grommela-t-il.

Zut, elle détestait sa réaction à son contact. Quoiqu'ils semblassent en être venus à une sorte de compréhension mutuelle – un genre d'amitié –, cela lui servirait bien de se rappeler son désir déclaré d'épouser la femme parfaite. Certainement pas une personne comme elle. Et il aurait fallu qu'elle soit aveugle pour ne pas voir la façon dont les yeux de lady Sirey l'évaluaient quelques instants plus tôt.

La vicomtesse voulait qu'il épouse sa fille, et Penelope devait admettre que lady Daphne était exactement ce que paraissait désirer Drake. Parfaite. Élégante. Charmante. Toutes les choses qu'elle n'était pas – et ne serait jamais. Elle replaça son bonnet sur sa tête et tenta d'épousseter la saleté sur ses gants.

Environ quinze minutes après avoir quitté les dames, Drake stoppa le phaéton, jeta les rênes au palefrenier et sauta en bas du véhicule. Un valet de pied sortit en vitesse par la porte d'entrée de la maison de ville de lady Bellinghan pour aider Penelope à descendre du phaéton.

– Désirez-vous apporter la plante avec vous ? demanda Drake tandis qu'il lui tendait le bras.

– Cela vous dérangerait-il beaucoup ? Je déteste la laisser dehors au gré des éléments.

Ses yeux pétillèrent.

– Oui, en effet. Que lui serait-il arrivé dans le parc, si vous ne l'aviez pas secourue ?

Prenant conscience de la chose idiote qu'elle venait de dire, Penelope lui jeta un regard de biais et, en quelques secondes, ils riaient.

– Bon après-midi, mademoiselle Clayton. Sa Seigneurie vous attend dans le salon.

Mason les accueillit au moment où ils passèrent la porte peinturée d'un bleu éclatant et entourée de sculptures de chérubins. Cela amusait toujours Penelope que tante

Phoebe, avec son respect strict du décorum, ait une entrée si peu traditionnelle.

Drake tendit sa carte de visite au majordome, qui baissa les yeux dessus, puis exécuta une révérence.

— Votre Seigneurie.

Il prit leurs effets, puis il s'adressa au jeune valet de pied.

— Je vous prie d'annoncer Sa Seigneurie, le duc de Manchester, et mademoiselle Clayton.

Le valet de pied les précéda à l'étage. Penelope devança Drake, qui la stabilisa d'une poigne solide sur son coude. Maintenant qu'elle devait affronter l'épreuve de la demande de son retour à la maison, Penelope découvrit que ses paumes étaient en sueur et que son estomac se brouillait. Un autre problème consistait à trouver un moment pour parler à sa tante pendant que Drake l'observait.

Quelque chose en elle se rebella à l'idée qu'il la voie supplier comme une enfant apeurée. Cependant, après le désastre de la veille, et particulièrement après les deux baisers qui la rendaient encore perplexe, le calme et la solitude de la campagne étaient très attrayants. Et elle doutait d'avoir la force de rester là à le regarder courtiser, se fiancer et ensuite épouser quelqu'un de si différent d'elle. Pas alors que son cœur se prenait lentement au piège de l'amour. Le temps était venu de mettre fin à ces sottises.

— Ma chère, c'est si agréable de recevoir votre visite. Et Manchester, je suis honorée.

Tante Phoebe se leva de sa place sur le canapé, l'air de se porter bien mieux que lors de la dernière fois où Penelope lui avait rendu visite lors de son arrivée à Londres. Aujourd'hui, elle portait une robe ample mauve foncé sur sa généreuse silhouette. Un ruban lavande encerclait sa charlotte.

Sa tante les dirigea vers un regroupement de fauteuils à rayures bleues et blanches disposés autour d'une table basse accueillant des tasses, des soucoupes, une théière et un plateau de petits sandwichs et de pâtisseries.

— Je vous en prie, assoyez-vous. Penelope, voulez-vous servir, ma chérie ?

Avec des doigts loin d'être agiles, Penelope tendit la main vers la théière et emplit trois tasses, heureusement sans commettre d'impair. Une fois qu'elle eut ajouté de la crème et du sucre pour chacun dans le thé et offert le plateau de mets délicats, elle posa un biscuit fourré à la framboise pour elle-même sur son assiette. Tante Phoebe et Drake avaient pendant ce temps conversé sur le temps, au grand soulagement de Penelope. Les choses semblaient se dérouler plus facilement pour elle si personne n'examinait chacun de ses gestes.

— Penelope, je vois que vous portez vos lunettes alors que vous êtes en compagnie.

Tante Phoebe pinça les lèvres.

— Oui, tante, je vois beaucoup plus clairement avec elles.

Oh, mon doux, elle ne voulait pas revisiter ce sujet encore une fois. Cependant, l'expression sur le visage de la femme n'augurait rien de bon quant à la possibilité de laisser tomber cette question.

Tante Phoebe rit nerveusement et se tourna vers Drake.

— Penelope ne semble pas comprendre que cette méchante chose n'est pas un accessoire à la mode.

Drake posa sa tasse dans sa soucoupe, le front plissé.

— Vous avez peut-être raison, milady. Mais on se demande si se cogner contre les meubles est à la mode.

Il lui décocha un sourire éclatant qui, à n'en pas douter, avait charmé les femmes alors même qu'il était bambin.

Penelope se sentit réchauffée, même si le sourire n'était pas dirigé vers elle. Le soleil s'infiltrant par les portes françaises se refléta sur les mèches dorées mêlées dans ses cheveux châtains, qui tombaient sur son front large. Son regard glissa sur ses lèvres partiellement ouvertes qui avaient couvert sa bouche avec tant de douceur, faisant naître des papillons dans son ventre. Même maintenant, assise ici dans cette pièce avec tante Phoebe, il lui nouait les entrailles.

– Je ne suis pas convaincue que sa vision soit si défaillante ; je pense plutôt qu'elle choisit de se cacher derrière ses lunettes.

En tentant possiblement de réduire la distance entre leur rang, tante Phoebe se redressa ; son impressionnante poitrine haletant.

– Puisque mademoiselle Clayton est assise juste ici devant nous, milady, posons-lui la question.

Ses yeux rencontrèrent ceux de Penelope avec humour.

– Dites-moi, mademoiselle Clayton. Vous cachez-vous ?

Bonté divine, comment pouvait-elle répondre à cela quand toute son attention était centrée sur sa tâche de demander à sa tante la permission d'aller se cacher à la campagne ? Oh, quel casse-tête ! Si elle déclarait ce que Drake attendait, elle ne pourrait pas plaider sa cause aujourd'hui. Elle promena son regard entre la mine renfrognée de sa tante et l'expression amusée de Drake, et elle soupira.

– Non, je ne souhaite pas me cacher.

– Excellent. Dans ce cas, je ne vois pas de raison pour que mademoiselle Clayton ne profite pas des avantages des lunettes ; et vous, lady Bellinghan ?

Acculée au mur, la femme céda.

— Non, bien sûr que non. Mais d'un autre côté, elle ne peut pas s'attendre à recevoir des offres des gentlemen.

— Ah, c'est faux.

Drake tendit la main dans sa poche et en sortit une pile de papiers.

— La raison pour laquelle je souhaitais vous voir aujourd'hui, milady, était pour vous donner l'occasion de lire ce que lord Monroe m'a fait parvenir.

À la mention de son tuteur, Penelope, intriguée, s'avança sur son siège.

— Vraiment. Et de quoi est-il question ? demanda lady Bellinghan.

En tapotant son menton avec le document, Drake se cala dans son fauteuil en croisant une de ses bottes d'Hesse cirées sur son genou.

— Il semble que lord Monroe ait reçu une demande pour la main de mademoiselle Clayton et qu'il souhaite que je m'en occupe.

— Quoi ?

Penelope bondit sur ses pieds, ratant de peu la tasse et la soucoupe sur la table basse devant elle.

— Calmez-vous.

Drake lui toucha la main, tirant dessus pour qu'elle se rasseye.

— Vous n'avez pas à vous inquiéter.

— Ne pas m'inquiéter ?

Son cœur battait si vite ; il allait sûrement sortir de sa poitrine et courir sur le plancher. À peu près comme elle-même en ressentait l'envie.

Drake déplia les papiers et dirigea ses commentaires vers lady Bellinghan.

– Quand lord Monroe a reçu cette offre, il se préparait à voyager sur le continent. Il m'a expédié les documents accompagnés d'une lettre affirmant qu'il voulait que je traite cette affaire, puisque mademoiselle Clayton réside avec ma famille et qu'il n'a aucun désir de *voir à cette ineptie,* comme il l'a si poliment dit. Il a aussi précisé qu'il souhaitait que vous soyez informée de cette offre.

Lady Bellinghan perdit sa posture raide; son visage brillait.

– Comme c'est merveilleux. Je suis stupéfaite que cela soit arrivé si rapidement. Avez-vous signé le contrat de mariage? Quand le mariage aura-t-il lieu?

Elle se tourna vers Penelope.

– Je suis enchantée pour vous, ma chérie. Nous devons rendre visite à la couturière demain matin et commander votre robe de mariée. Peut-être que ma santé me permettra d'organiser une petite réception…

Elle cessa son bavardage quand Drake leva une main.

– Milady, on n'a pas conseillé à mademoiselle Clayton d'accepter cette offre, et elle n'a pas accepté.

Il se tourna vers Penelope, qui luttait contre les points noirs dansant devant ses yeux, annonçant son effondrement.

– N'ayez crainte, murmura-t-il.

«Quoi? Ne rien craindre?»

Il était assis ici, aussi détendu que s'il discutait d'une future soirée privée ou d'une promenade dans le parc. Elle jeta un coup d'œil aux papiers dans sa main qui allaient changer toute sa vie, et elle sentit une nouvelle vague de panique la submerger.

– Que voulez-vous dire, «elle n'a pas accepté»? Lord Monroe a-t-il signé le contrat de mariage? Vous n'allez pas laisser la décision à la gamine, n'est-ce pas?

Les yeux de tante Phoebe se promenèrent entre Drake et Penelope.

— Lady Bellinghan, cette offre vient d'un homme qui a tenté de compromettre mademoiselle Clayton hier soir seulement. Je lui ai dit de rester loin d'elle, mais apparemment, il avait déjà fait connaître ses intentions la semaine dernière en communiquant avec le tuteur de mademoiselle Clayton, son seul parent masculin.

— La compromettre ? Bien, Manchester, a-t-elle été, oui ou non, compromise ? Je n'accepterai pas de scandale à ma porte.

Penelope gémit, et Drake prit sa nuque en coupe dans sa main solide et chaude.

— Baissez la tête afin de ne pas vous évanouir.

Il poussa doucement sa tête vers le sol jusqu'à ce que son visage touche ses cuisses et que le sang revienne lentement dans sa tête.

— Elle n'a pas été compromise. Et monsieur David Smythe, troisième fils du vicomte Digby, est bien connu par la haute société pour chercher une épouse riche afin d'équilibrer ses dettes et poursuivre sa vie de… plaisirs.

Tante Phoebe chassa ses paroles d'un geste dédaigneux de la main.

— Sottises. De nombreuses jeunes dames épousent des gentlemen en manque de fonds. D'après ce que m'a confié lord Monroe, ma nièce en a tout à fait les moyens.

— Je ne veux pas épouser monsieur Smythe, marmonna Penelope, la tête sur les cuisses.

— Lady Bellinghan, je crains qu'il me faille refuser l'offre de monsieur Smythe si mademoiselle Clayton ne désire pas épouser cet homme.

– La décision ne devrait pas lui revenir. Et si elle rejette cette offre, elle n'attrapera jamais un mari !

– Je ne veux pas de mari.

Encore des mots étouffés. Si Drake ne libérait pas sa tête sous peu, elle suffoquerait juste ici, dans ses jupes, et alors, personne ne se soucierait plus de son statut matrimonial.

– Votre Seigneurie, je ne peux plus respirer.

– Oh, désolé.

Drake déplaça sa main.

– Est-ce que vous allez bien ?

Penelope ajusta ses lunettes et inspira profondément, ce pour quoi ses poumons lui furent reconnaissants.

– Je vais bien. Tant que je ne suis pas obligée d'épouser cet imbécile.

– Jeune dame, je vous conseille de réfléchir à cette offre avant de la rejeter si facilement.

Tante Phoebe se tourna vers Drake.

– Vous devez lui parler, Manchester ; et lui faire comprendre qu'elle n'est pas le genre de fille qui recueillera beaucoup d'intérêt. Celle-ci pourrait très bien être sa seule offre.

– Madame, je suis loin de penser que la situation est aussi désespérée. J'ai passé un peu de temps avec mademoiselle Clayton et je sais qu'elle fait bonne impression, qu'elle est attirante et intelligente. Elle est gentille et charitable, et elle illumine chaque pièce dans laquelle elle entre. N'importe quel gentleman serait honoré d'être son mari.

Sa voix augmentait de volume à mesure que les mots se précipitaient.

Autant lady Bellinghan que Penelope le fixaient avec émerveillement.

Drake passa un doigt à l'intérieur de sa cravate et s'éclaircit la gorge. Il tendit sa tasse.

— Puis-je avoir encore du thé, je vous prie ?

CHAPITRE 13

Vêtue uniquement de sa chemise, Penelope regardait fixement par la fenêtre de sa chambre, et elle frissonna de peur. La présentation à la reine trois jours plus tôt avait été plutôt effrayante, mais leur bal de débutante, à Mary et à elle, allait assurément l'achever.

Qu'elle ait réussi à s'incliner aussi bas, puis à se retirer de la présence de la souveraine en marchant à reculons et habillée de l'encombrante robe démodée exigée pour chaque débutante l'étonnait encore. Et les ridicules plumes d'autruche qui ne cessaient d'osciller devant ses yeux avaient rendu toute cette procédure presque comique.

Mais aujourd'hui, elle n'affrontait pas seulement un monarque terrifiant, mais des centaines de membres de la haute société. Ils allaient l'observer. Pas question de se cacher derrière des plantes ce soir. Elle se retrouverait à l'avant et au centre de la scène avec Mary. Pourquoi, oh, pourquoi n'avait-elle pas respecté son plan de demander à sa tante de la renvoyer à la maison ?

Penelope avait été abasourdie par la demande de mariage que Drake avait mentionnée avec tellement d'insouciance et par la réaction de sa parente ; toutes pensées sur le motif qui l'avait initialement poussée à voir sa tante avaient fui son esprit. Elle se retrouvait donc ici, séparée par seulement quelques heures de l'épreuve la plus terrifiante de sa vie.

– Mademoiselle !

Maguire entra dans la chambre.

– Êtes-vous malade ? Dois-je demander à la duchesse de convoquer un médecin ?

– Non, non.

Penelope se tourna.

– Ce sont les nerfs, c'est tout. Ça va aller.

– Lady Mary est également surexcitée. Elle se démène avec des taches sur ses bras, mais je suis certaine que ses gants les couvriront. Dieu merci, les méchantes choses ne se sont pas manifestées sur son visage.

Penelope ne souhaitait pas corriger la femme ; sa nervosité n'était pas provoquée par l'excitation, mais la terreur. Elle posa la main sur son estomac pour calmer ses spasmes.

– Venez, mademoiselle, je vais vous aider à vous habiller, puis je vous coifferai. Vous voulez vous montrer sous votre meilleur jour. Vous enchanterez les gentlemen ce soir.

Si cette remarque visait à l'apaiser, elle eut l'effet contraire. Penelope ferma les yeux et prit une profonde respiration. Elle pouvait y arriver.

Une heure plus tard, elle était debout devant sa glace de plain-pied et examinait l'étrange jeune femme qui s'y reflétait. Les reflets cuivrés dans sa chevelure brune attiraient la lumière de la lampe sur la commode. Derrière ses lunettes à monture dorée, ses yeux verts paraissaient immenses et terrifiés.

Elle détailla sa robe de débutante blanche avec sa dentelle superposée, fendue au centre pour dévoiler la soie bleue en dessous. Le corsage était modeste, mais plus bas qu'elle n'avait jamais osé porter. Un ruban en gros-grain d'un bleu plus foncé encerclait son corps juste sous ses seins, détournant l'attention sur sa silhouette mince. Le collier de saphirs et de petits diamants de sa mère, avec ses boucles d'oreilles assorties, étincelait quand elle remuait la tête.

Posant ses mains gantées sur son ventre, elle se réprimanda contre ses tentatives vaines pour mettre fin à ses haut-le-cœur. Elle n'oserait pas manger le moindre morceau de nourriture ce soir de peur de se déshonorer.

— Penelope, que vous êtes belle !

Sybil entra dans la pièce presque en dansant. L'air splendide dans sa robe pêche, elle se hâta vers elle et l'étreignit.

— Je sais que cette soirée sera véritablement remarquable pour vous.

— Vous le pensez ?

Ses dents claquaient.

— Marion vous demande, dit Abigail au moment où elle entrait dans la chambre, semblant flotter dans un tourbillon de tulle rose.

Puis, elle s'arrêta et contempla l'allure de Penelope.

— C'est une belle robe. Vous êtes magnifique.

— Merci.

Penelope réussit tout juste à prononcer le mot, sa bouche aussi sèche qu'un os. Comment allait-elle survivre à cette soirée ? Tirant encore une fois sur ses gants, elle jeta un autre regard à l'étrange fille dans la glace et elle partit.

Elle poussa lentement la porte de la chambre de Marion. La jeune veuve regardait pensivement par la fenêtre de sa chambre, l'obscurité voilée pour seul spectacle.

— On me dit que vous vouliez me voir.

Marion pivota, puis elle haleta et elle posa ses mains sur sa bouche.

— Vous êtes éblouissante, Penelope. Si belle.

Elle alla au canapé et s'y installa, tapotant la place à côté d'elle.

— Pouvez-vous vous asseoir un instant ?

— Évidemment. Je crois que nous avons du temps avant que les invités commencent à se présenter pour le dîner.

— Vous voir dans vos beaux atours me rappelle mon propre bal de débutante. C'est le soir où Tristan et moi avons su que nous étions faits l'un pour l'autre. Nous sommes passés de bons amis à des amoureux.

Elle pressa la main de Penelope.

— Il vous arrivera peut-être la même chose. Cela ne serait-il pas incroyable ?

— Je serai follement contente si je réussis simplement à ne pas m'humilier ni déshonorer votre famille.

— Sottises. Vous vous en tirerez bien. Vous avez un peu de pratique avec les bals à présent, alors détendez-vous et profitez de votre soirée. Et de celle de Mary, bien sûr.

— Mère veut nous voir en bas. Les invités vont bientôt commencer à arriver.

Mary entra dans la chambre. Sa robe était spectaculaire. La soie ivoire, superposée de dentelle blanche, lui donnait une présence angélique. Ses boucles châtain foncé cascadaient derrière sa tête, bondissant quand elle marchait. Ses yeux d'un ambre riche brillaient d'excitation.

« Il y en a au moins une de nous deux qui est enchantée du bal de ce soir. »

Marion bondit sur ses pieds et étreignit les deux filles.

— Passez une merveilleuse soirée.

Penelope s'accrocha à la main de Marion.

— J'aimerais que vous reveniez sur votre décision et vous joigniez à nous. Même pour un court moment.

Marion lui offrit un sourire mélancolique.

— Merci. Je ne suis pas encore tout à fait prête pour cela. Une promenade dans le jardin, c'est une chose ; mais me présenter à nouveau devant la société…

Elle secoua la tête.

— Peut-être. Un jour.

• • •

Penelope avait l'impression qu'il s'était écoulé des heures depuis que la file de réception s'était formée. Elle se frotta un pied contre une jambe pour soulager la douleur d'être debout si longtemps. Au moins, il ne pouvait pas lui arriver d'avatar pendant qu'elle était debout avec Drake, Sa Seigneurie et Mary, exécutant des révérences et s'inclinant devant les gens. Sous peu, le petit flot d'invités attendus s'interromprait, et il lui faudrait danser. Ce que Mary avait mentionné plus d'une fois — leur première danse — comme étant un merveilleux moment de la soirée, elle le considérait avec un effroi grandissant.

Le meilleur ami de Drake, le comte de Coventry, serait son partenaire pour la valse, tandis que Drake guiderait sa sœur dans sa première danse. Le comte lui avait décoché un clin d'œil quand il était passé dans la file un peu plus tôt, lui assurant qu'elle était entre bonnes mains. Sa belle femme l'avait saluée chaleureusement et fait écho à l'opinion de son mari. Elle aimait le comte et sa comtesse et les trouvait tous les deux agréables et sans prétention.

Au moins, si elle devait accomplir ce rituel, c'était avec une personne avec qui elle était à l'aise.

— Ma chère, comme vous êtes belle !

La voix de tante Phoebe s'éleva de l'endroit où elle se tenait devant Mary. Une grosse émeraude brillait sur le devant de son turban, un complément à sa robe vert foncé.

Lady Bellinghan quitta la duchesse et exécuta une petite révérence devant Drake. Puis, sans préambule, elle tendit la main et cueillit les lunettes sur le visage de Penelope.

— Vous n'aurez pas besoin d'elles, ma chère.

Trop stupéfaite pour répliquer, elle sentit le rouge lui monter au visage. Elle regarda rapidement autour d'elle pour voir l'attention que tante Phoebe pouvait s'être attirée. D'après sa vision floue, la seule autre personne qui avait remarqué son geste était Drake, qui la contemplait avec un mélange de compassion et d'humour.

Il se pencha pour murmurer à son oreille.

— Ne soyez pas ennuyée. Vous l'avez déjà fait sans vos lunettes.

— C'est vrai, mais je suis certaine que vous vous souvenez des conséquences.

Il se détourna d'elle quand lady Musgrave lui parla.

De sa place de choix et sans l'aide de ses lunettes, il lui sembla que la file de réception arrivait à sa fin. Maintenant, un autre genre de torture allait débuter.

Elle exécuta une dernière révérence pour un lord plus âgé dont elle ne se rappelait pas le nom et qui lui pinça la joue.

— Y allons-nous, mesdames ?

Drake tendit le bras à sa mère, et les quatre personnes se frayèrent un chemin jusque dans la salle de bal.

Elle fut immédiatement frappée par le nombre de gens qui étaient passés dans la file de réception et étaient à présent rassemblés dans la pièce. Dire qu'elle était bondée était loin de la vérité. Elle pouvait à peine respirer tandis qu'elle suivait Drake dans la foule alors qu'il se dirigeait vers l'orchestre pour qu'ils lancent leur première danse.

— Mademoiselle Clayton.

Coventry s'inclina devant elle.

— Je crois que c'est ma danse ?

Elle sourit à cet homme charmant et se détendit un peu. Le sourire malicieux sur son visage la mit encore plus à son aise. Peut-être cela ne serait-il pas si mal, après tout.

Les musiciens commencèrent la pièce, et Coventry la prit dans ses bras. Après quelques pas hésitants, elle adopta le rythme et s'en sortit bien. En fait, l'homme était tellement bon danseur qu'elle se découvrit à aimer l'expérience. Plusieurs fois, elle surprit Drake et Mary tournoyant à côté d'eux, bavardant gaiement.

Mary était splendide, et Drake, comme toujours, était séduisant. Sa queue-de-pie bleu foncé lui allait comme un gant ; on aurait dit qu'elle avait été cousue sur lui. Son gilet blanc, brodé ton sur ton, sa culotte noire et ses chaussures minces lui conféraient une allure élégante qui attirait tous les yeux féminins dans sa direction. La cravate d'un blanc immaculé, au nœud complexe, mettait en valeur sa peau dorée et ses profonds yeux noisette.

— Mademoiselle Clayton, ce n'est pas bien d'admirer un gentleman quand vous êtes dans les bras d'un autre.

Le sourire taquin de Coventry la fit rougir.

Juste ciel, observait-elle Drake avec autant d'attention ? Chaque femme dans la pièce l'avait possiblement noté et gloussait derrière son éventail papillonnant. Elle était réellement honteuse d'avoir été surprise. Vraiment, c'était inacceptable de sa part de même jeter un coup d'œil dans sa direction. Avec un si grand nombre de jeunes femmes gracieuses et élégantes entourant Drake, pourquoi aurait-il le temps ou l'envie de remarquer une souris des champs ?

Coventry pencha la tête et la regarda dans les yeux.

– J'ignore ce que vous vous dites dans votre jolie tête, mademoiselle Clayton, mais si c'est ce que je pense, vous n'avez rien à craindre. Vous êtes une belle jeune femme rafraîchissante. Et vous vous défendez bien contre n'importe quelle débutante cette saison.

Oui, lord Coventry était vraiment un charmeur, même s'il jouait librement avec la vérité. La danse tira à sa fin, et il la ramena à la duchesse.

– Profitez bien du reste de votre soirée.

Il s'inclina devant elle et tourna les talons, se dirigeant directement vers sa belle femme.

– C'est un homme charmant, dit Sa Seigneurie tandis qu'elle le regardait se faufiler dans la foule.

– Oui, son épouse est une femme très chanceuse.

– Je doute que lady Coventry ait été d'accord avec vous, au début.

Elle était au courant du comportement très incorrect qu'avait eu lord Coventry envers lady Olivia au début de leur mariage. Cependant, peu importe la raison à ce moment-là, il la tenait aujourd'hui en haute estime. L'amour sur son visage quand il parlait de sa femme lui réchauffait le cœur. C'était dans des moments semblables qu'elle se demandait si un tel amour pouvait lui arriver.

Elle avait toujours supposé que sa vie suivrait le cours qu'elle lui avait elle-même donné. Elle vivrait seule et travaillerait à sa science, avec possiblement un ou deux chats pour lui tenir compagnie. C'est ce qu'elle devait viser. Elle se réprimanda d'avoir négligé son travail. Il valait mieux qu'elle se sorte la tête des nuages et termine le rapport de sa découverte pour la Linnean Society.

Plongée dans sa réflexion, elle ne remarqua pas le jeune homme debout devant elle avant qu'il parle.

— Mademoiselle Clayton, puis-je avoir le plaisir de cette danse ?

Freddy Grayson, le plus jeune fils du comte de Blackwell, était resté en sa compagnie à d'autres bals auxquels elle avait assisté. En fait, elle pensait qu'il se sentait peut-être aussi étranger dans ces événements qu'elle-même. Il ne parlait jamais quand ils dansaient ; il se contentait de suivre les mouvements, de la ramener à son chaperon, de s'incliner devant elle et de partir. Presque comme s'il accomplissait un devoir.

Cependant, comme elle se sentait à l'aise avec lui, cela rendait la danse agréable, et c'était sa manière à elle de faire cesser les inquiétudes de la duchesse au sujet de ses partenaires potentiels.

Penelope jeta un regard rapide au dos de son éventail, où elle avait écrit les pas du quadrille. Sûre qu'elle pouvait bien s'en acquitter, elle pivota et se plaça en face de Freddy. Avec son comportement amical et ses pas assurés, ils exécutèrent la danse sans difficulté. Ses brefs coups d'œil à l'éventail qu'elle serrait de près — rageant contre tante Phoebe qui lui avait volé ses lunettes — la maintenaient en tout temps dans la bonne direction.

Monsieur Belton et mademoiselle Grainger les dépassèrent en douceur tandis qu'ils exécutaient leurs pas. Les deux autres couples de leur groupe lui étaient inconnus, mais néanmoins familiers. Tandis que le numéro s'achevait, un gentleman derrière elle lui cogna le coude, faisant valser son éventail sur le plancher. Avant qu'elle puisse le récupérer, monsieur Belton se pencha et le ramassa.

— Qu'est-ce que c'est ?

Il levait l'éventail, les mots écrits en face de mademoiselle Grainger et des deux autres dames. Les trois filles relevèrent leurs éventails à l'unisson pour couvrir leurs petits sourires suffisants tout en échangeant des regards.

— Je vais le prendre, merci.

Penelope lui arracha l'éventail de la main et l'agita furieusement devant son visage.

— Pardonnez-moi, monsieur Grayson, je dois m'aérer un peu.

— Attendez, mademoiselle Clayton, je vais vous escorter, appela Freddy dans son dos.

Mais elle secoua la tête et continua son chemin.

La foule était étouffante, et elle avait l'impression de ne plus pouvoir respirer. Toutefois, sans ses lunettes, elle n'était pas sûre de prendre la bonne direction.

— Mademoiselle Clayton.

Un autre homme l'interpella. Elle tourna la tête vers la voix sans cesser d'avancer, fauchant un valet de pied tenant un plateau de boissons.

De la limonade collante éclaboussa sa poitrine et s'écoula en petites rigoles sur son corsage. Le plateau et ses verres s'écrasèrent sur le plancher, et la conversation dans l'entourage immédiat s'interrompit. Humiliée, elle regarda la limonade s'écouler lentement entre ses seins.

— Je suis tellement désolé, mademoiselle ; laissez-moi aller vous chercher quelque chose pour vous nettoyer.

Le valet de pied au visage rougi regarda d'un côté et de l'autre tandis qu'un autre valet de pied arrivait à la hâte avec plusieurs serviettes dans la main.

— Non. Merci quand même, mais ça va.

Penelope recula et repéra enfin les portes françaises et s'avança rapidement dans cette direction.

Elle jaillit par l'ouverture, prenant de grosses bouffées de l'air frais du soir. Tenant ses jupes mouillées loin de son corps, elle courut aussi loin qu'elle le put et finit dans le jardin obscur. Elle cligna furieusement des paupières pour empêcher les larmes de couler et posa ses poings sur la balustrade de marbre au bout de la terrasse. Maintenant, toute la haute société saurait ce qu'elle se disait depuis des semaines. Elle n'avait pas sa place ici.

Elle retira ses gants, un doigt à la fois, et tenta, en vain, de nettoyer un peu du liquide collant sur sa poitrine et son cou. Ses meilleurs efforts n'avaient pas retenu ses larmes, et elle essuya vivement ses joues trempées avec agacement. Une main chaude s'abattit sur son épaule et, avant de se retourner, elle sut que c'était Drake. Elle baissa le menton. Comme c'était triste qu'elle reconnaisse son contact et son odeur si facilement. Une autre raison pour laquelle elle n'avait pas sa place ici. L'homme la transformait lentement, la faisant passer de la scientifique analytique à une jeune femme remplie de désir — qui n'avait aucun droit d'espérer les choses qu'elle voulait.

— Penelope. Regardez-moi.

Sa voix douce relança le vol de papillons dans son estomac.

— S'il vous plaît ?

Pourquoi était-il si merveilleux ? Si aimant, si... lui. Prenant une respiration tremblante, elle raidit le dos et se tourna vers lui.

Il prit ses deux mains dans la sienne.

— Quel désastre imaginaire s'est-il produit cette fois pour vous faire fuir la salle de bal ?

— Qu'est-ce qui vous fait penser que je fuyais ? J'avais peut-être simplement besoin d'air frais.

— Pourquoi est-ce que votre odeur habituelle est florale et que maintenant, je sens seulement le citron ?

L'étincelle dans ses yeux lui apprit qu'il savait exactement ce qu'était son *désastre imaginaire.*

« Mon odeur habituelle est florale ? Il connaît mon odeur ? »

— Je ne suis pas convaincue que je peux être identifiée par mon odeur.

Un long silence pensif suivit pendant qu'il la contemplait.

— Je vous ai vue vous cogner contre le valet de pied. C'était une pièce bondée. Ces choses se produisent tout le temps. Ce n'était pas votre faute.

Sa voix avait le ton d'une douce réprimande.

— Je vous en prie, Votre Seigneurie, ne tentez pas d'excuser ma gaucherie. Je ne regardais pas où j'allais et je me suis écrasée contre le pauvre homme.

Il haussa les sourcils.

— Ah. Nous sommes revenus à « Votre Seigneurie ».

Il lui attrapa le coude.

— Venez.

— Où allons-nous ?

— Il y a une fontaine d'eau à quelques pas en bas à la droite de la maison. Je suis certain que vous aimeriez maintenant vous débarrasser de cette limonade. J'imagine que cela doit être collant.

Le clair de lune pâle fournissait assez de clarté pour qu'ils trouvent leur chemin jusqu'à la fontaine. Drake sortit un mouchoir de la poche de sa veste de soirée et le trempa dans l'eau pleine de bulles.

— Tenez.

C'était bon — apaisant — de faire disparaître le liquide collant. Elle plongea la main aussi loin dans son corsage qu'elle le pouvait, essuyant le dégât. Elle jeta à Drake un regard interrogateur quand il gémit.

— Est-ce que ça va ?

— Je vais bien. Avez-vous fini ?

Son ton sec la déstabilisa.

— Oui, merci. Je me sens mieux, à présent.

• • •

Drake examina Penelope sous le clair de lune. Dès l'instant où il l'avait vue ce soir, il avait été sous son charme. La fille désordonnée et incompétente qui était arrivée à leur porte des semaines plus tôt s'était transformée en belle jeune femme. Sa beauté avait toujours été présente, mais maintenant, il connaissait la belle personne charitable en dessous. Elle était à la fois drôle et sérieuse ; courageuse et craintive ; intelligente et simple. Une énigme, assurément.

Chaque pensée et chaque sentiment étaient écrits visiblement sur son visage. N'ayant pas développé la coquetterie si répandue chez les jeunes dames de la haute société, elle était comme un souffle d'air frais. Elle ferait une épouse précieuse pour un homme un jour.

Alors, pourquoi l'idée d'un autre homme comme mari pour elle le dérangeait-elle autant ? Un homme qui passerait sa vie avec elle ? La tiendrait dans ses bras et l'emmènerait dans son lit ?

Bien que la fille ait dit maintes fois qu'elle ne s'intéressait pas au mariage, il doutait qu'elle finisse la saison sans une offre qui lui plairait. Elle était tout simplement trop chaleureuse et aimante pour passer sa vie seulement avec des plantes à chérir. Elle avait été merveilleuse avec Marion.

Sans pensée consciente, il tendit la main et fit courir le dos de ses doigts sur sa joue douce. Ses beaux yeux verts s'arrondirent, et elle se lécha les lèvres. Ses seins se soulevèrent et s'abaissèrent alors que sa respiration s'accélérait et, sous la faible lumière, il pouvait voir son pouls battre sur son cou.

Malgré ses meilleures intentions, il ne pouvait pas nier l'intense sensibilité physique qu'ils éprouvaient l'un pour l'autre. S'emparant de ses lèvres, il l'écrasa contre lui, toutes pensées sur le caractère inapproprié de son geste le fuyant. Ses seins étaient tellement doux contre son torse, provoquant le raidissement d'une autre partie de son corps. Son pouls battant en rythme avec celui de Penelope, il posa une main dans le creux de son dos et l'attira en avant, l'intimité de leur position lui fouettant davantage les sangs.

— Si douce, marmonna-t-il tandis que ses lèvres la libéraient et se déplaçaient sur son cou, éparpillant de petits baisers sur sa peau chaude.

Serrant les mains sur les manches de sa veste, elle semblait s'accrocher comme si sa vie en dépendait.

— Je ne comprends pas ce que vous me faites.

Il posa les mains sur ses épaules et recula, contemplant ses lèvres gonflées et ses yeux vitreux.

— Peu importe ce que c'est, vous me faites la même chose, murmura-t-elle.

Drake s'éloigna d'elle, les mains sur les hanches, la tête baissée.

— Cela ne peut pas continuer. J'ai besoin d'une femme cette année, mais d'une personne qui connaisse la haute société, qui puisse se glisser dans le rôle d'une duchesse.

Il leva les yeux sur elle, la mâchoire contractée.

— Vous êtes une innocente, et je ne peux pas badiner avec vous.

Un halètement reporta son attention sur le visage dévasté de Penelope. Des larmes brillaient dans ses yeux, et elle enroula ses bras autour de son ventre comme pour se protéger.

— Vous avez tellement raison. C'est une bonne chose que je n'aie pas l'intention de chercher un mari, particulièrement aussi bien né que vous.

Elle s'interrompit pour s'éclaircir la gorge.

— Je vous souhaite bonne chance dans votre quête. Maintenant, si vous voulez bien m'excuser.

Elle passa vivement devant lui, puis elle s'arrêta sans se retourner.

— Et je suis d'accord. Cela ne peut plus se reproduire. Et cela n'arrivera plus.

Elle pivota et le regarda droit dans les yeux.

— Jamais.

CHAPITRE 14

Penelope tira sur les manches de sa robe bleue, coinça une mèche folle derrière une oreille, puis frappa doucement à la porte du boudoir de la duchesse. Sa Seigneurie venait de lui faire savoir qu'elle aimerait s'entretenir avec elle.

C'était deux jours après son bal de débutante, et bien que tout le monde lui eût affirmé que cela avait été un véritable succès, elle tressaillait encore quand elle se rappelait son accident avec le valet de pied. Cependant, rien n'aurait pu être gravé de manière plus permanente dans son esprit que le baiser qu'elle avait partagé avec Drake. Juste avant qu'il lui apprenne à quel point il la trouvait inadéquate. Bien, il n'avait peut-être pas exprimé cela exactement ainsi, mais il l'avait certainement sous-entendu.

Elle avait réussi à l'éviter depuis ce soir fatidique et elle avait commencé à prendre ses repas avec Marion dans la chambre de cette dernière. Elle se disait que cela n'avait rien à voir avec la lâcheté et tout avec son désir d'aider Marion. La jeune veuve progressait très bien et elle avait profité de plusieurs promenades dans le jardin.

– Entrez, cria la duchesse.

Elle obéit et s'arrêta brusquement quand elle aperçut Drake assis à côté de sa mère. Il lui jeta un regard, puis trouva ensuite le vase de fleurs à côté de lui très intéressant.

— Je vous en prie, ma chère, assoyez-vous.

La duchesse croisa ses mains sur ses cuisses et lui sourit.

— J'ai un service à vous demander.

— Tout ce que vous voulez, Votre Seigneurie. Vous avez été si bonne avec moi.

— Excellent. Marion aimerait faire un petit voyage à la campagne. D'après ce qu'elle m'a raconté, elle a tenté de quitter la propriété pendant l'une de vos promenades récemment, et le bruit et le désordre de la ville l'ont fait reculer. Inutile de dire que je suis enchantée qu'elle veuille passer à cette étape.

Sans trop savoir où tout cela les menait, Penelope se contenta de hocher la tête.

— Drake a gentiment offert d'escorter Marion au manoir Manchester pour une courte visite. Ma fille a demandé à ce que vous l'accompagniez pour ce voyage, car elle se sent à l'aise en votre présence.

Se rendre à la campagne avec Drake ? Et y demeurer ? Elle jeta un regard de biais à son ennemi, qui la contemplait avec des sourcils arqués et un petit sourire satisfait. Un défi, peut-être ?

— Évidemment, Votre Seigneurie. J'en serais honorée.

En fait, à l'exception du temps qu'elle devrait passer avec le duc, elle allait prendre plaisir à cette randonnée à la campagne. Du temps à l'extérieur avec de l'air pur et l'agréable parfum des fleurs et de la flore hâtive d'été.

— Quand désiriez-vous partir ? demanda-t-elle à Drake en l'examinant froidement.

— Demain, dès l'aube. Si nous procédons ainsi, il nous suffit de nous arrêter une nuit seulement pour dormir.

Pressée de ne plus se trouver en sa présence, elle se leva.

– Je vais commencer à me préparer pour le voyage, donc. Si vous voulez bien m'excuser, Vos Seigneuries.

Elle tourna les talons et, le menton dans les airs, elle quitta la pièce.

« Flûte ! »

• • •

Le soleil ne s'était pas encore pointé à l'horizon quand Penelope grimpa dans le carrosse qui les emmènerait, Drake, Marion et elle, au manoir Manchester. Drake choisit de monter son cheval, Abaccus, laissant les deux femmes voyager dans le véhicule. C'était tout aussi bien. Les choses manquaient encore de naturel entre eux. Pensez qu'elle avait en fait commencé à admirer cet homme ! Qu'il cherche donc sa duchesse « parfaite » et vive heureux à jamais.

Marion tendit la main et toucha la sienne.

– Merci infiniment de m'accompagner. J'espère que je ne vous prive pas de quelques événements sociaux excitants.

– Pas du tout. Franchement, j'ai bien besoin de m'éloigner un peu. Je ne suis pas habituée à tous ces divertissements. Jusqu'à présent, j'avais mené une existence très calme. À Boston, il n'y avait que mon père et moi, et depuis que j'ai déménagé en Angleterre, je suis seule avec mon personnel.

Marion se cala dans son siège et posa la tête sur le dossier.

– Je veux vraiment retourner au manoir. Je me souviens qu'il était très paisible et beau quand j'étais enfant. De plus, il n'y a aucun souvenir de Tristan là-bas. Après le tourbillon de notre fréquentation pendant la saison, nous avons fait un mariage intime à l'église St. George's dans Bloomsbury, à Londres. Peu de temps après notre retour de lune de miel sur le continent, il a été appelé en mer, et je suis rentrée à la campagne avec ma famille.

Elle sursauta, quand le carrosse se mit en route.

– Cela doit sembler étrange aux yeux de la plupart des gens que je porte son deuil depuis deux ans. Cependant, Tristan était un ami de toujours tout autant qu'un mari. Il me manque encore.

– Non. Pas étrange pour moi. Vous l'aimiez énormément, et je pense que si j'éprouvais des sentiments aussi forts pour quelqu'un, je serais totalement perdue si quelque chose lui arrivait.

Elle se tourna pour jeter un regard par la vitre alors que le soleil disparaissait de sa vue au moment où Drake passa devant le carrosse. Sa résolution raffermie, elle ajouta :

– Bien que je ne compte pas un jour me retrouver dans une telle situation.

– Oh, ne dites pas cela. Vous trouverez l'homme qu'il vous faut un jour. Je le sais.

– Vous ne comprenez pas. Je ne veux pas trouver l'homme qu'il me faut. Je vais retourner à la campagne une fois la saison mondaine terminée et reprendre mon travail scientifique là-bas.

– Mais ne désirez-vous pas d'enfants ?

Penelope haussa les épaules pour chasser la douleur que provoquait cette idée.

– Un chat, peut-être.

• • •

Quelques heures plus tard, le ralentissement du carrosse réveilla Penelope en sursaut. Elle regarda autour d'elle, perplexe au début, ne sachant pas où elle se trouvait.

— Doux Jésus, je n'avais pas pris conscience d'à quel point j'étais fatiguée. J'ai dormi toute la matinée.

— Ça va, dit Marion en enfilant ses gants en cuir de chevreau. Nous l'avons fait toutes les deux. Je viens moi-même de me réveiller. Il semble que nous arrêtions pour déjeuner.

Une fois le carrosse complètement arrêté, un valet de pied sauta en bas du toit du véhicule, abaissa les marches et ouvrit la portière. Drake se tenait là, la main tendue pour l'aider. Comme elle aurait aimé posséder la grâce nécessaire pour l'écarter doucement et descendre sans son assistance. Cependant, cela serait enfantin, et elle courrait au désastre. Elle prit sa main en évitant ses yeux.

— Avez-vous fait un voyage agréable ?

Sa voix grave, jumelée à la chaleur de sa main, la fit frissonner.

— Avez-vous froid, mademoiselle Clayton ?

— Je vais bien, dit-elle sèchement avant de tirer pour libérer sa main.

Les yeux de Marion s'agrandirent quand elle entendit sa remarque. Penelope choisit d'ignorer cela et elle se dirigea vers l'auberge. Elle se montrait revêche, mais ce n'était que si elle continuait de se protéger qu'elle survivrait à ce voyage.

L'auberge semblait faire de bonnes affaires. Dès qu'ils furent entrés, la salle se tut, une chose à laquelle Drake était sans doute habitué. Personne ne pouvait regarder cet homme sans savoir que c'était un gentleman de la haute société. Une fois que tout le monde eut évalué le groupe, on retourna à la nourriture en parlant d'un ton plus bas.

L'aubergiste se hâta vers eux et leur fit une révérence.

– Bon après-midi, Votre Seigneurie, puis-je vous diriger vers une salle à manger privée ?

– Oui, cela serait bien. Les dames aimeraient probablement utiliser les commodités avant notre déjeuner.

Drake retira ses gants et son chapeau et les tendit à la serveuse qui avait suivi l'aubergiste hors de la salle.

– Très bien, Votre Seigneurie. Par ici, si vous le voulez bien, et ma fille, Annabelle, vous indiquera les commodités des dames.

Drake entra dans la salle à manger privée et se dirigea vers la fenêtre. Une bruine avait commencé, ce qui signifiait qu'il devrait voyager avec les dames dans le carrosse lorsqu'ils repartiraient. La pensée du silence tendu qui s'ensuivrait lui fit se demander si un peu d'humidité sur le dos d'Abaccus pouvait ne pas être si mal après tout.

– Manchester !

Une voix forte interrompit ses réflexions.

– Je pensais que c'était vous.

Joseph Fox entra à grands pas dans la pièce, la main tendue.

– Retournez-vous chez vous ?

Drake serra la main de l'homme affable. Joseph et lui avaient partagé de nombreuses aventures lorsqu'ils étaient des garçons, avant de prendre des chemins différents. Bien qu'ils aient fréquenté Oxford en même temps, ils ne s'étaient pas beaucoup vus. Joseph avait rejoint l'école Oxford Divinity, alors que Drake, tout comme Coventry, s'était retrouvé dans le genre de situation qu'un étudiant du divin fuirait.

– C'est très agréable de vous voir, pasteur. Oui, je vais à la maison. Une bonne petite pause des activités de la ville.

– Voyagez-vous seul ?

– Non. Ma sœur Marion est avec moi, tout comme…

Les deux hommes se tournèrent vers la porte, quand Marion et Penelope entrèrent dans la salle à manger.

– Marion. C'est si bon de vous voir. Cela fait longtemps.

Joseph se dirigea vers elle et prit ses deux mains dans les siennes, puis il examina son visage.

De minuscules rides se formèrent aux coins de ses yeux alors qu'elle saluait son ami d'enfance.

– J'étais à Londres depuis deux ans. J'ai si hâte de retourner au manoir Manchester pour une courte visite.

Drake était fier de voir comme elle avait bien accueilli Fox. Peut-être arrivait-elle enfin au bout de son malaise.

« Grâce à Penelope. »

Joseph baissa la voix.

– J'ai été tellement triste d'apprendre la nouvelle pour votre mari. Perdu en mer, si j'ai bien compris.

– Oui.

– Je prie pour lui tous les soirs.

Marion baissa la tête en guise de remerciement.

– Merci.

Fox reporta son attention sur Penelope.

– Et qui peut bien être cette belle dame ?

– Penelope, voici monsieur Joseph Fox, un ami de longue date de notre famille. Il est le pasteur de l'église St. Gertrude's, dans le village à côté du nôtre.

Marion passa un bras sous celui de Penelope et sourit à Joseph.

– Voici mademoiselle Penelope Clayton. Elle nous rend visite à Londres pour la saison. Nous sommes devenues amies, et je lui ai demandé de voyager avec nous.

Joseph exécuta une révérence digne de la plus belle salle de bal de Londres.

– Mademoiselle Clayton. C'est véritablement un plaisir.

Il jeta un coup d'œil à Drake.

– Manchester, comment cela se fait-il que vous ayez toujours l'occasion de passer du temps avec les plus belles femmes d'Angleterre ?

Il reporta son regard sur Penelope.

– Il avait constamment les plus jolies femmes à son bras quand nous étions à Oxford.

Drake grogna. Il s'agissait rarement de *dames*. Et pourquoi diable Fox se montrait-il aussi amical envers Penelope ?

– Avez-vous déjà mangé, Joseph ?

Marion se tourna vers son frère.

– Nous devrions demander à l'aubergiste de préparer une place supplémentaire.

– En fait, je n'ai pas encore déjeuné et je serais ravi de manger avec vous.

Marion rayonna, prenant apparemment plaisir à la compagnie. Fox avait toujours eu le don de mettre les gens à l'aise et de les faire rire.

« Un charmeur-né. »

– Puis-je vous escorter à votre table, mademoiselle Clayton ?

Le pasteur tendit le bras, et Penelope y posa la main, le visage rougi.

Drake aida Marion à prendre place, puis il s'installa lui-même en face de Joseph.

— Alors, dites-moi, Fox, comment se porte votre femme ?

L'homme pencha la tête, le front plissé.

— Ma femme ? Je ne suis pas marié.

— Oh, je croyais avoir entendu cela, marmonna Drake. Fiancé, je suppose ?

— Non. En fait, je cherche la femme parfaite depuis un certain temps maintenant.

Il regarda ostensiblement Penelope, qui rougit encore une fois.

— Chercher la femme « parfaite » semble un passe-temps populaire en ce moment.

Penelope secoua sa serviette et la déposa sur ses genoux.

— Ah ; mais lorsque je la trouverai, je vais la courtiser avec des poèmes, et des fleurs, et des randonnées dans les allées campagnardes. Avec des pique-niques et des promenades le long du lac.

— Cela me paraît charmant.

Penelope sourit d'un air rayonnant, les yeux brillants.

Drake grogna. C'était bien Penelope de tomber sous le charme d'un pasteur flatteur. Malgré sa vocation sainte, Fox avait toujours été doué avec les femmes, et apparemment, rien n'avait changé.

— Mademoiselle Clayton est une scientifique, lâcha Drake tout à trac. Elle aime creuser dans la terre et découvrir des spécimens rares.

— Vraiment ?

Joseph se pencha plus près de Penelope.

— Parlez-moi de cela, mademoiselle Clayton. Je suis un amoureux de la science. Et je trouve qu'une femme qui se sert de l'intelligence que lui a donnée Dieu est une bouffée d'air frais.

– Oui ? Et vous ne croyez pas qu'une femme qui *rampe sur le sol* manque d'élégance ? demanda-t-elle en jetant un regard noir à Drake.

Joseph se cala dans son siège quand la serveuse déposa des bols d'un ragoût odorant, un panier de pains et un beurrier sur la table.

– Pas du tout. J'aime moi-même jouer dans le jardin et j'adorerais que vous vous joigniez à moi au presbytère pour me montrer quelques-unes de ces plantes, mademoiselle Clayton.

– Elle sera trop occupée.

La mâchoire de Drake se contracta tellement que ses gencives le firent souffrir. Que diable se passait-il avec lui ? Il voulait que Penelope trouve un homme gentil à épouser.

« Épouser ? D'où cela sort-il ? Fox ne fait qu'être lui-même. Il est peu probable qu'il ressente un intérêt pour Penelope, sauf pour être poli. »

Sur cette pensée rassurante, Drake détendit ses muscles et plongea dans sa nourriture.

– Puis-je vous rendre visite, mademoiselle Clayton, lorsque vous ne serez pas trop occupée ? demanda Joseph.

– Oui, bien sûr.

Penelope hocha la tête.

– Cela serait merveilleux d'avoir la compagnie d'un gentleman *agréable*.

Drake tourna le cou pour soulager la tension dans ses épaules. Si mademoiselle Clayton voulait faire une folle d'elle en encourageant un homme qui aimait courtiser les dames, sans intention de chercher quelque chose de permanent, ainsi soit-il. Ce n'était pas son souci ni son problème.

Peu de temps après qu'ils eurent terminé leur repas, Joseph s'installa confortablement sur sa chaise.

– Comme il semble pleuvoir un peu plus fortement, puis-je avoir l'audace de vous prier de m'amener à Manchester ?

– Bien, Joseph, nous adorerions profiter de votre compagnie pour le trajet, n'est-ce pas, Penelope ? Continuerez-vous à monter Abaccus ? demanda Marion à Drake.

Monter Abaccus sous la pluie, se faire tremper, pendant que Fox passait doucement les heures à divertir les dames dans un carrosse confortable et sec ?

– Non. Je pense me joindre à vous dans le carrosse.

Il repoussa sa chaise avec une telle force qu'elle frappa contre le mur et il se leva.

– Nous devrions nous mettre en route.

• • •

Penelope rit d'une autre histoire drôle avec laquelle monsieur Fox divertissait le groupe. Les heures de l'après-midi dans le carrosse s'étaient écoulées très rapidement. Le pasteur se révéla un compagnon de voyage charmant, sa jovialité formant un contraste distinct avec l'humeur renfrognée de Drake. L'homme était resté assis droit comme un « i » tout le temps, regardant d'un œil mauvais monsieur Fox chaque fois qu'il ouvrait la bouche.

À présent, Drake était affalé dans un coin, les bras croisés sur le torse, fixant par la vitre le jour triste. Juste ciel, que se passait-il avec lui ? Un grand nombre d'histoires avec lesquelles Joseph les avait régalés incluaient des escapades de Drake et lui lorsqu'ils étaient plus jeunes. Elle avait particulièrement aimé l'histoire sur la manière dont Drake et Joseph avaient une fois attaché Abigail à un arbre pour l'empêcher de les suivre. Au lieu de rire en chœur, Drake avait semblé prendre un malin plaisir à dédaigner les histoires d'un grognement ou d'un reniflement.

Le carrosse ralentit devant une autre auberge. Cela serait leur escale pour la nuit. Penelope était tout à fait prête à sortir du véhicule pour la journée. Ses muscles étaient raides et son derrière, endolori d'être resté assis pendant des heures. Marion avait l'air aussi un peu patraque, ce qui était compréhensible étant donné le temps qui s'était écoulé avant même qu'elle songe à quitter sa chambre, sans parler de voyager pendant des heures.

L'aubergiste se tenait devant la portière du carrosse avec un grand parapluie.

— Méchant temps que nous avons là, Votre Seigneurie. Je vous en prie, entrez dans l'auberge où il y a une belle salle à manger privée prête pour vous avec un bon feu.

L'homme joyeux escorta d'abord les dames, puis revint pour monsieur Fox et Drake.

La femme de l'aubergiste les guida dans une pièce confortable, réchauffée par une bonne flambée qui chassait l'humidité. Penelope sentit tout de même le besoin de frotter ses mains de haut en bas de ses bras. Elle retira son bonnet et ses gants et les tendit à la serveuse, qui ramassa également les chapeaux et les gants des hommes.

— Et ensuite, Votre Seigneurie, vous faudra-t-il des chambres pour la nuit ?

— Oui, dit Drake. Une pour les dames et une autre pour monsieur Fox et moi.

L'aubergiste baissa vivement la tête et se hâta de partir. En quelques minutes, la femme de l'aubergiste et fort probablement sa fille entrèrent dans la salle à manger avec des bols et des assiettes de nourriture. Du turbot, de l'anguille et du saumon nageant dans une appétissante sauce furent placés sur la table avec une soupe épaisse, des légumes et un cuissot de chevreuil. Un panier de pains odorants fit gronder l'estomac de Penelope.

Après avoir profité d'un bol d'eau chaude et d'un linge pour se rafraîchir après la route, les quatre s'installèrent à table et commencèrent leur repas. L'aubergiste versa du vin et les laissa à leur dîner.

— Êtes-vous déjà venu ici ? demanda Joseph à Drake entre deux bouchées de nourriture copieuse.

— Oui ; chaque fois que je voyage entre Manchester et Londres, je demeure ici. Je suis très satisfait de la nourriture et des chambres.

Le reste du repas se passa en silence. Penelope était fatiguée à cause du voyage et heureuse d'être assise sur quelque chose qui ne bougeait pas.

Sitôt sa dernière gorgée de thé avalée, elle sentit le besoin de se retirer pour la nuit.

— Êtes-vous prête à monter, Penelope ?

Marion posa sa serviette sur la table à côté de son assiette.

— Oui. Je l'admets. Je suis très lasse.

Marion se leva et rassembla ses jupes.

— Messieurs, si vous voulez bien nous excuser. À quelle heure devons-nous partir demain matin ?

— Si nous rompons notre jeûne au lever du soleil et partons immédiatement, nous pouvons être à Manchester avant le déjeuner.

Drake se leva, ainsi que monsieur Fox, tandis que les dames se préparaient à s'en aller.

– Nous serons prêtes.

Marion étouffa un bâillement et rejoignit Penelope à la porte de la salle à manger.

Penelope se retourna pour parler à Marion et elle entendit le pasteur demander :

– Avec votre permission, Manchester, j'aimerais présenter mes hommages à mademoiselle Clayton.

CHAPITRE 15

Le lendemain de leur arrivée au manoir, Penelope frappa à la porte de la bibliothèque et attendit d'entendre Drake lui dire :

– Entrez.

– Bon avant-midi, Votre Seigneurie. Je me demandais si vous pouviez affranchir cette lettre pour moi.

Elle tendit le précieux article sur la découverte de son nouveau spécimen. Les heures passées à dessiner la plante et à écrire ses observations seraient bien repayées lorsqu'il paraîtrait dans le Linnean Society Report. Évidemment, l'exposé serait publié sous le nom de « L. D. Farnsworth », son pseudonyme, mais elle connaissait la vérité.

Ensuite, il lui faudrait terminer le rapport sur le travail de croisement qu'elle expérimentait avec la plante avant de quitter le Devonshire. C'était bon de reprendre ses travaux. Les pensées sur les bals, les robes et la haute société avaient fui son esprit dès l'instant où elle était descendue du carrosse la veille et avait respiré l'air frais de la campagne du manoir Manchester.

– Oui, j'affranchirai votre lettre avec plaisir.

Drake se cala confortablement dans son fauteuil et se tapota les lèvres avec sa plume.

— Je suis attristé de vous entendre à nouveau m'appeler « Votre Seigneurie ». Je pensais que nous avions dépassé ce stade.

— Je préfère garder notre relation sur une base plus formelle, Votre Seigneurie. Je ne crois pas qu'il soit sage pour une personne comme moi d'user des prénoms avec un homme comme vous.

Il lâcha sa plume et se leva.

— Penelope, arrêtez cela.

Il contourna la table de travail, puis il appuya une hanche sur le côté du bureau. Elle retint son souffle à cause de cette nouvelle proximité. Il était tellement mâle et troublant. Elle frissonna au souvenir d'elle entre ses bras, de la sensation de ses lèvres sur les siennes. Il l'observa avec une émotion qu'elle ne pouvait pas définir. Elle ne le souhaitait pas non plus.

Il sembla esquisser un geste vers elle, mais il laissa ensuite tomber sa main sur sa cuisse, attirant les yeux de Penelope sur un endroit où ils ne devaient pas s'attarder.

— Je ne sais pas du tout ce que vous voulez dire par « une personne comme moi », et je suis désolé si je vous ai offensée. La dernière chose que je souhaitais était de heurter vos sentiments ou de vous donner l'impression que vous étiez, je ne sais comment, inférieure à moi.

Oh, comme elle aurait aimé avoir la capacité de le détester. Du moins, pouvoir le chasser de ses pensées comme une personne ne méritant pas son respect. Au lieu de cela, elle fondait à l'intérieur, et ses genoux cédaient presque sous elle. Elle se secoua mentalement, ayant besoin de maîtriser ses émotions agaçantes.

— Sottises. Je ne me suis pas sentie du tout ainsi. En fait, je suis contente que vous m'ayez rappelé qu'il n'y aurait jamais rien de plus entre nous qu'une amitié passagère. Sous peu, la saison mondaine prendra fin, et vous trouverez, et épouserez, une femme convenable, et je me remettrai à ma science.

Il croisa les bras sur son torse en serrant les lèvres. Après une minute, elle commença à se tortiller avec l'impression d'être un insecte sous une loupe.

— Monsieur Fox souhaite venir vous présenter ses respects.

— Vraiment.

Elle joua avec l'encrier sur la table de travail.

— Lui avez-vous dit que cela ne m'intéresse pas d'être courtisée ?

— Non ?

— Nous avons déjà parlé de cela. Je suis une scientifique. Je suis socialement incompétente. *Je rampe dans la saleté*, comme vous l'avez si judicieusement exprimé.

Il ferma les yeux et se pinça l'arête du nez.

— Je suis aussi désolé pour cette remarque. J'ignore ce qui m'a pris.

Pouvait-elle oser espérer qu'il soit jaloux ? Elle s'étrangla presque de rire à cette idée.

— Bien. Si monsieur Fox souhaite venir me rendre visite, je n'y vois pas d'objection. C'est un homme agréable, et j'aime sa compagnie.

La veine du pouls sur le cou de Drake tressauta.

— Très bien ; je vais donc lui dire que vous acceptez sa demande.

— Bien.

Menton levé, elle tourna les talons et quitta la pièce, refermant la porte avec un peu plus d'enthousiasme que nécessaire.

• • •

Drake grimaça quand la porte claqua. C'était une chose que lady Daphne ne ferait jamais. Une véritable dame ne montrerait pas sa colère ou sa peine ni toute autre émotion, en fait. Et une duchesse devait être une véritable dame en tout temps.

Il retourna à sa table de travail, il sortit un registre sur l'étagère à côté de lui et il commença à tourner les pages. Des colonnes de chiffres, correspondant aux fournitures et divers achats, étaient soigneusement rédigées de l'écriture serrée de son intendant. De l'autre côté, il y avait des entrées d'argent reçues pour les loyers des locataires et des fermiers locaux qui achetaient la bière populaire brassée au manoir depuis des générations. Cela le satisfaisait de constater les revenus croissants. Au moins, c'était un domaine où il voyait des résultats.

C'était dommage que les femmes ne puissent pas être placées en colonnes nettes dans un registre. Ce côté pour le comportement, ce côté pour les noms. Ce côté pour les qualités attendues, ce côté pour les traits à éviter. On les additionne, et la femme parfaite en émerge.

Environ une heure plus tard, un coup rapide à la porte rompit sa concentration. Il posa sa plume et se leva pour étirer ses muscles contractés.

— Entrez.

Son maître d'écurie, John Westfall, entra en écrasant sa casquette dans ses mains. C'était un employé assez récent du manoir, occupant ce poste depuis moins d'un an. Sa femme avait récemment donné naissance à leur premier enfant. Drake avait parlé à l'homme quelques fois, mais aujourd'hui, il semblait épuisé et tendu.

— Vot' Seigneurie. Puis-je vous dire un mot ?

Il hocha la tête pour signifier à l'homme de poursuivre.

— Je crains d'avoir provoqué un problème aujourd'hui. Voyez-vous, ma femme a de la difficulté avec le petit. Il pleure jour et nuit, et nous ne dormons pas beaucoup. Sa maman devait venir nous aider, mais elle est trop malade et n'a pas pu faire le voyage.

— Je vous en prie, Westfall, assoyez-vous. Vous avez l'air plutôt épuisé.

Drake agita la main vers un fauteuil devant la table de travail. L'homme se percha sur le bord, presque comme s'il avait peur que sa masse imposante le brise.

— Alors, quel est ce problème qui s'est présenté ?

— Je tentais d'offrir un peu de repos à ma femme et j'ai oublié l'arrivée de la nouvelle jument. L'homme de Grossman est arrivé avec elle, et la bête était un peu vive. J'ai dû déplacer les choses autour d'elle rapidement pour l'installer. Ce que j'essaie de vous dire, Vot' Seigneurie, est qu'Abaccus n'est pas dans son box habituel.

Drake agita la main pour indiquer qu'il n'y accordait pas d'importance.

— Aucun problème, tant que je peux le trouver.

— Il est dans l'ancienne écurie, de l'autre côté du manoir. Je sais que vous vous occupez vous-même de l'étriller et de le seller ; alors je ne voulais pas que vous croyiez que vot' cheval s'était enfui. Une fois que tout rentrera dans l'ordre, je pourrai le ramener à sa place.

— Non, ne vous souciez pas de cela. L'endroit où vous l'avez installé est parfait. Mais quel est le problème avec le bébé ?

L'homme changea de position en secouant la tête.

– Je ne sais pas trop, Vot' Seigneurie, il pleure tout le temps et semble avoir mal.

– Oh, désolée de vous interrompre ; mais la porte était ouverte.

Penelope entra dans la bibliothèque, vêtue d'un habit d'équitation rouge foncé, avec une double rangée de boutons en laiton sur le devant de la veste ajustée. Sur sa tête reposait un chapeau assorti ; la plume se courbait avec insolence vers sa bouche.

– Marion et moi allions seulement faire une randonnée, et j'ai laissé mes lunettes ici ce matin.

Elle tira sur ses gants d'équitation en cuir noir tout en balayant la pièce du regard.

– Ah, les voilà.

Westfall se leva, son mouvement attirant l'œil de Penelope.

– Doux Jésus, je ne savais pas qu'il y avait quelqu'un d'autre ici avec vous.

Drake hocha la tête en direction de l'homme.

– Mademoiselle Clayton, puis-je vous présenter John Westfall, notre maître d'écurie. Westfall, voici mademoiselle Penelope Clayton, une invitée de la famille.

Le maître d'écurie tira sur le rebord de sa casquette en laine, l'air vraiment mal à l'aise. Elle sourit, ses joues d'un rouge vif presque assorties à sa tenue.

– Je vous offre encore une fois mes excuses pour vous avoir interrompus.

– Ce n'est rien. Monsieur Westfall me parlait justement de son nouveau fils, qui a apparemment un problème qui prive Westfall et sa femme de sommeil.

– N'est-ce pas toujours ainsi avec les nouveau-nés ?

Elle sourit chaleureusement au nouveau père.

– Non, mademoiselle, je crains qu'il n'y ait plus que cela. Le môme semble souffrir.

– Oh, mon doux. Pleure-t-il beaucoup ?

– Pour ça, oui. Jour et nuit. Cela inquiète un peu ma femme. Elle est convaincue, ça oui, que le garçon va mourir.

Penelope fronça les sourcils.

– Remonte-t-il ses petites jambes vers lui ?

L'homme hocha la tête.

– Je ne peux pas l'affirmer avec certitude, mais on dirait que votre bébé souffre de coliques.

– Quoi ? dirent les deux hommes en même temps.

– C'est un trouble qu'ont certains bébés. Mon père utilisait sa connaissance des plantes pour offrir de l'assistance médicale à nos voisins de temps à autre. Deux des plantes avec lesquelles je suis familière peuvent soulager une partie du problème des coliques.

– Où puis-je me procurer un peu de ces plantes, mademoiselle ?

Les yeux de Westfall s'illuminèrent, sûrement en pensant à une bonne nuit complète de sommeil.

– Je suis certaine qu'il y a de la camomille juste ici, dans les bois derrière la maison. Et sans doute y aura-t-il une petite racine de gingembre dans la cuisine. Je peux préparer une tisane pour votre fils. Comprenez-moi bien, cependant, je ne peux pas garantir que la préparation réussisse à corriger entièrement le problème de votre fils, mais je sais que les propriétés des plantes devraient l'aider.

Un sourire apparut sur le visage large de John.

– Tout ce que vous pouvez faire, mademoiselle, serait grandement apprécié.

Penelope tapota la main du maître d'écurie.

– J'aurai quelque chose pour vous cet après-midi.

Drake était en admiration alors qu'il regardait la femme qu'il savait timide et prompte à se dissimuler derrière les plantes pivoter et quitter la pièce à grandes enjambées, le pas déterminé. Oui, Penelope était plus complexe qu'elle n'y paraissait à première vue.

• • •

Penelope s'installa sur la banquette rayée rose et verte sous la fenêtre du salon. Marion remerciait le valet de pied d'un signe de tête tandis qu'il déposait le service de thé sur la table basse devant elle.

– Merci, Stiles. Veuillez demander à Sa Seigneurie s'il veut bien se joindre à nous pour le thé.

– Certainement, milady.

– Comment était votre randonnée avec Joseph ?

Marion passa une tasse de liquide fumant à Penelope.

– Très agréable. Monsieur Fox est un gentleman charmant.

Cette sortie de l'après-midi avait été sa troisième avec le pasteur. Au cours des derniers jours, ils avaient fait un tour en carrosse, un pique-nique et une promenade à pied dans le village. Même dans sa naïveté, elle était consciente de l'intérêt évident de l'homme. Un peu déconcertant. Elle n'éprouvait rien d'autre pour lui qu'une chaleureuse amitié. Il lui avait tenu la main cet après-midi pendant qu'ils se promenaient, mais elle n'avait rien ressenti.

Certainement rien comme les quelques fois où Drake l'avait embrassée ou même qu'il s'était approché d'elle. Pas de violents battements de cœur ou de papillons dans son ventre. Néanmoins, il était inutile de poursuivre dans cette veine.

Dans les occasions où Drake et elle étaient tombés l'un sur l'autre au manoir, il avait été d'une raideur polie. Il semblait autrement l'éviter, le dîner étant le seul repas qu'ils partageaient. Ces événements étaient de sombres affaires, avec Drake avalant plus que son quota habituel de vin pendant que Marion et elle discutaient de sa plus récente sortie avec Joseph.

Comme elle n'avait pas changé d'avis sur le mariage, cela n'importait pas de toute façon. Monsieur Fox ferait un jour un mari merveilleux, chaleureux et aimant pour une femme. Mais pas pour elle.

— Vous finirez peut-être par épouser le pasteur, la taquina Marion.

Penelope secoua la tête et reposa sa tasse sur sa soucoupe.

— Non. J'ai de l'affection pour lui, mais pas celle que l'on ressentirait pour un mari.

— C'est dommage.

Marion lui jeta un regard interrogateur de biais.

— C'est possiblement parce que quelqu'un d'autre a attiré votre regard ?

— Ah, le thé.

Drake entra dans la pièce, fort probablement après une randonnée à cheval. Sa chevelure habituellement bien coiffée était échevelée, sa cravate desserrée, son visage rougi par le vent.

— Il semble que je sois juste à l'heure.

— En effet, c'est le cas.

Marion lui tendit une tasse et lui passa le plateau de scones.

— Je suis étonnée de vous voir. Vous paraissez nous éviter. Où étiez-vous ?

Il s'installa dans le fauteuil à côté du foyer.

— Sottises. Je ne vous évitais pas, charmantes dames. J'étais occupé. Je viens d'offrir une bonne course à la nouvelle jument. Elle sera un excellent ajout à notre écurie.

Penelope changea de position dans son fauteuil. Maudits soient les papillons qui prenaient leur envol dès l'apparition de cet homme. Son regard glissa à peine vers elle avant qu'il développe un intérêt extrême pour sa tasse de thé.

— Je suis contente d'entendre que ce n'est pas Penelope ni moi qui vous tenons éloigné. Je croyais que, peut-être, vous étiez malheureux de nous avoir emmenées ici.

Drake parut peiné.

— Pas du tout, Marion. Je suis très content de vous avoir emmenée ici. Je pense que les étapes que vous avez franchies dernièrement sont merveilleuses.

Il jeta un bref regard à Penelope, mais garda le silence sur ses réflexions à propos de sa présence à elle.

— Votre Seigneurie, monsieur Joseph Fox demande une audience, si vous le voulez bien.

Stiles se tenait dans le cadre de la porte, une petite carte à la main.

— Proposez-lui de se joindre à nous ici, Stiles. Et veillez à ce que madame Penson envoie quelques scones supplémentaires et du thé chaud.

Stiles avait à peine quitté la pièce quand Joseph entra à grands pas, apportant l'odeur de l'air de la campagne.

— C'est agréable de vous voir, Manchester.

Faisant une révérence en direction de Marion, il lui dit :

— Lady Tunstall, bon après-midi.

Il se tourna vers Penelope et lui prit la main, déposant un baiser sur ses doigts.

— Mademoiselle Clayton.

— Pourquoi ne pas vous asseoir ici, Fox, et boire un peu de thé ?

Drake pointa le fauteuil en face de lui, même si la place à côté de Penelope était inoccupée.

— Ah, oui. Merci.

Il s'installa et s'adressa à Penelope.

— Vous êtes-vous remise de votre randonnée, mademoiselle Clayton ?

— Pourquoi ? S'est-il passé quelque chose ?

Drake promena son regard entre Penelope et Joseph.

— Un petit incident, c'est tout. Mademoiselle Clayton a trébuché sur une racine pendant que nous nous arrêtions pour admirer le paysage.

— Vraiment ? Et de quel paysage s'agissait-il ?

Il décocha un regard noir au pasteur, comme s'il soupçonnait l'homme de buts infâmes.

— La vue depuis l'étang, sur la petite colline. J'ai pensé que mademoiselle Clayton aimerait voir le village étalé devant elle.

— Pour l'amour du ciel. C'était un incident mineur. Certainement pas plus grave que tout autre faux pas que j'ai déjà pu faire.

Drake jeta un regard furieux dans sa direction.

— Je n'arrive pas à comprendre pourquoi vous vagabondiez ici et là, trébuchant sur des racines, alors que vous étiez censée vous promener en carrosse.

Marion et elle échangèrent des regards tandis que le silence s'abattait sur le groupe. Drake roula les épaules.

— Pourquoi vouliez-vous me voir, Fox ?

— Je préférerais que nous discutions seul à seul, Manchester.

Mal à l'aise avec la soudaine tension dans la pièce, Penelope tapota ses lèvres avec une serviette et elle se leva.

— Je vais vous laisser à votre réunion, gentlemen. Marion, aimeriez-vous continuer notre broderie ?

Les sourcils haussés de Marion étaient sans doute le résultat de sa connaissance de l'horreur de la jeune femme pour les travaux d'aiguille. Cependant, elle se mit debout et la suivit hors de la pièce.

— Que puis-je pour vous ?

Drake avait un très mauvais sentiment à propos de cette demande de rencontre. Il était certain que cela concernait Penelope et doutait que ce soit à son goût.

— J'ai développé de l'affection pour mademoiselle Clayton au cours des derniers jours.

Joseph plia sa serviette et la déposa à côté de la tasse de thé qu'il n'avait pas touchée.

— Vraiment ?

Drake se cala dans son fauteuil et croisa les bras sur son torse. Si cet homme était ici pour présenter une demande à Penelope, il n'allait pas lui rendre la tâche facile. Pourquoi c'était ainsi, il ne voulait pas s'y attarder.

— Oui. Je constate que je la connais depuis un très court temps seulement, mais je la trouve d'un charme rafraîchissant.

— Vraiment ?

Apparemment inconscient de l'hostilité remplissant soudainement la pièce, Joseph se pencha en avant, les bras arc-boutés sur ses cuisses.

– Oui. Je crois que c'est une jeune femme remarquable. Et je pense qu'elle me trouve elle aussi aimable.

– Et ?

– Bien. J'aimerais lui demander de m'épouser.

Drake se leva en flèche de son fauteuil.

– Épouser ? Êtes-vous sérieux, l'ami ? Vous venez seulement de la rencontrer.

Joseph s'appuya sur son dossier et affronta le regard furieux de Drake.

– Oui. Je sais que nous ne nous connaissons pas depuis longtemps et j'accepterais volontiers une période de fiançailles assez longue si c'est ce qu'elle désire.

– Savez-vous que c'est une scientifique ?

– Oui.

– Savez-vous qu'elle a plutôt tendance à être maladroite ?

Joseph hésita, le regard prudent.

– Oui.

– Et qu'elle n'a aucune intention de se marier un jour ?

– Oui. Nous en avons discuté, mais je crois que je peux la faire changer d'avis.

Drake grogna.

– En tous les cas, je présume que vous n'avez aucune objection ?

Joseph l'observa une minute.

– À moins…

– À moins que quoi ?

Drake gronda.

– Y a-t-il une entente entre vous deux ?

– Absolument pas.

Il se leva et alla à la fenêtre, tournant le dos à Joseph.

– Je compte moi-même choisir une épouse cette année. Quelqu'un qui satisfera à mes exigences. Une véritable dame. Une qui portera le titre de duchesse avec dignité.

– Et vous êtes-vous décidé pour quelqu'un ?

Il se retourna et s'appuya contre le cadre de la fenêtre.

– En fait, il y a une femme à qui j'ai l'intention de présenter une demande. Elle s'appelle lady Daphne ; la fille de lord Sirey. C'est une jeune dame charmante, sophistiquée et bien élevée. Exactement ce que j'ai en tête pour mon épouse. J'ai l'œil sur elle depuis un moment.

– Je suis très heureux de l'entendre. Donc, puis-je supposer que mademoiselle Clayton n'est rien de plus qu'une invitée de votre famille ?

Il étudia Joseph pendant une minute, puis il agita la main dédaigneusement.

– C'est exact. Rien de plus que l'invitée de ma mère.

– Pourquoi ai-je l'impression que vous n'êtes pas trop convaincu de cela ?

– Sottises.

Drake joua avec la cordelette du rideau à la fenêtre, évitant le regard interrogateur de Joseph.

– J'ignore totalement de quoi vous parlez.

La mâchoire de Joseph se décrocha.

– Mon Dieu. Vous êtes amoureux d'elle.

Abasourdi, Drake cria :

– Êtes-vous fou, l'ami ?

Il poignarda l'air avec son index.

— Je ne tomberai jamais amoureux. L'amour ne jouera pas de rôle dans ma décision d'épouser une femme. Et de toute façon, je vous ai confié avoir déjà choisi une femme pour devenir ma duchesse.

— Lui avez-vous fait votre proposition ?

— Non.

— Si elle est parfaite ; pourquoi non ?

— Je le ferai. Quand le moment sera bon.

Après une minute de silence avec les mots de Drake résonnant dans la pièce, Joseph se leva et tendit la main.

— Comme vous dites. Cependant, je vais réfléchir un peu plus à tout ceci. Je vous serais reconnaissant de ne rien dire encore à mademoiselle Clayton.

Drake hésita, puis il serra la main de l'homme.

— Si c'est ce que vous souhaitez, alors je vais respecter votre désir.

Fox pivota et se dirigea vers la porte.

— Bonne chance dans votre quête. Je suis certain que si vous cherchez assez attentivement, vous trouverez la duchesse parfaite.

Au son de la porte se refermant, Drake fixa le plancher, les idées embrouillées. Après un moment, il se reprit et prit la direction de la bibliothèque et d'une bouteille de brandy. Il s'en versa une dose généreuse et en but une gorgée rapide. Il se déplaça à la fenêtre et regarda Joseph lancer sa jambe par-dessus son cheval et reprendre le chemin de son village.

Dès qu'ils reviendraient en ville, il allait demander la main de lady Daphne. Il était temps pour lui de poursuivre sa vie, et épouser la femme parfaite était la première étape. Oui, c'était exactement ainsi qu'il allait agir. Ensuite, il n'y aurait plus de ces visiteurs agaçants lui disant qu'il était amoureux de la femme la moins appropriée de Londres.

« L'amour. Ridicule. »

Il but une grosse gorgée de son brandy et secoua la tête.

CHAPITRE 16

Les robes de soirée colorées des dames virevoltant autour du plancher de danse dans la cohue du bal des Brentwood bloquaient la vue de Drake tandis qu'il cherchait ses sœurs. En quelques minutes, il les avait repérées toutes les quatre, mais où diable était Penelope ? Sa mère bavardait joyeusement avec ses amies, insouciante du fait que l'une de ses protégées avait disparu. Il n'avait pas besoin de cela ; l'heure de sa danse avec lady Daphne approchait. Pourquoi se sentait-il obligé de surveiller mademoiselle Clayton ? Cela le déroutait.

Deux jours plus tôt, peu de temps après que Joseph avait quitté la bibliothèque, Drake avait annoncé à Marion et Penelope qu'ils partaient pour Londres le lendemain matin. Il devait déployer un effort sérieux pour gagner sa fiancée. Sa réticence à poursuivre la décision qu'il avait prise au début de la saison allait prendre fin. Lady Daphne constituait un choix parfait, et le moment était venu d'aller de l'avant.

La dame en question se trouvait actuellement avec un groupe de filles, mais son attention était rivée de l'autre côté de la salle de bal.

Il tourna pour voir ce qui avait attisé l'intérêt de lady Daphne. Lord Shaffer était debout avec lord Beamer, qui se penchait vers lui, à l'évidence pour marquer un point. Shaffer hochait la tête poliment, mais sa distraction était flagrante, et il n'arrêtait pas de jeter des coups d'œil en direction du groupe de filles avec lesquelles lady Daphne conversait.

Il haussa les épaules et se dirigea vers les portes françaises. Il n'était pas impossible que Penelope soit allée prendre un peu d'air. Une fois qu'il aurait vérifié qu'elle ne courait pas aux ennuis, il se détendrait. En fait, il s'assurerait qu'elle resterait près de sa mère jusqu'à la fin de la soirée.

Plusieurs couples flânaient dans la région bien éclairée du jardin. Il ne lui fallut pas longtemps pour la repérer, presque comme si elle était un aimant pour ses yeux. Il descendit les quelques marches jusqu'au sentier de gravier menant au banc de pierre où elle prenait place. Un homme se penchait sur elle, un pied posé sur le banc. Penelope recula, et le type se rapprocha. Le pouls de Drake accéléra lorsqu'il reconnut Smythe.

— Non, monsieur. Je suis réellement désolée de vous avoir déçu, mais je ne souhaite pas vous épouser.

Sa voix parvint à ses oreilles, mais la réponse de Smythe fut perdue, car l'homme lui tournait le dos.

Comment ce dépravé pleurnichard osait-il l'accoster encore une fois ? Le sang bouillant dans ses veines et, la respiration rapide, il se hâta vers eux. Tendant le bras, il attrapa Smythe par l'épaule, le fit pivoter et le cogna sur le nez. Il tomba avec un bruit sourd.

— Je vous ai dit de rester aussi loin que possible de mademoiselle Clayton. Soit vous partez maintenant, soit je m'assure que vous passerez le reste de la saison mondaine à vous remettre sur pied.

Une colère violente l'habitait en voyant ce séducteur encore une fois trop près de Penelope. Il pria pour que l'homme se lève et lui permette de le réduire en pièces.

— Non. Ne faites pas cela.

Penelope tira sur sa manche.

— Les gens commencent à nous dévisager. Je vous en prie.

Prenant de grandes respirations, il se pencha au-dessus de Smythe.

— Je ne vais pas bouleverser mademoiselle Clayton, mais je peux vous garantir que ce n'est pas terminé.

Smythe sortit un mouchoir de sa poche, tapota sa lèvre fendue et fusilla le duc du regard.

— Quel est, au juste, votre intérêt pour cette gamine ?

— Ce ne sont pas de vos foutues affaires. Et lorsque je reviendrai, je m'attendrai à voir l'arrière de votre carrosse.

Redressant sa cravate, il pivota et prit Penelope par le coude.

— Venez.

— Où allons-nous ?

Elle regarda Smythe par-dessus son épaule tandis que Drake l'entraînait à sa suite.

— Nous promener.

Comment cette fille pouvait-elle être assez stupide pour se laisser encore une fois surprendre seule avec Smythe ? Tentait-elle de se faire compromettre ? La terreur sur le visage de la jeune femme alors qu'elle s'éloignait du séducteur provoquait des crampes non désirées dans le ventre de Drake. N'avait-elle rien appris de sa dernière rencontre ?

Penelope avançait de deux pas pour chaque pas de Drake. Après un temps, il constata que la pauvre fille s'était essoufflée en essayant de suivre son allure et il s'arrêta.

– Dieu merci. Mes chaussons étaient sur le point de s'user.

Il baissa les yeux sur elle, et le serrement dans son estomac augmenta. Sa coiffure avait encore une fois glissé, des boucles libérées encadrant joliment ses minces épaules. Ses yeux vert jade aux cils épais derrière ses lunettes à monture dorée le contemplaient. Elle le taquina avec un sourire hésitant, son visage formant une ombre douce sous le clair de lune.

Par le ciel, quel était cet effet qu'elle avait sur lui ? Il agissait de manière illogique. Elle pouvait le mettre en colère avec un simple regard. Au cours de toutes ces années où il avait côtoyé des femmes, il ne s'était jamais senti si peu maître de lui-même qu'avec elle. Une minute, il avait envie de l'étrangler et, la minute suivante, il voulait la prendre dans ses bras et trouver le lit le plus près.

Le léger parfum floral se dégageant de sa peau crémeuse l'attira plus près. Une douce brise taquinait les mèches sur sa nuque, l'appelant à toucher la douceur de ses cheveux.

Cependant, toute son attention était centrée sur ses lèvres. Rien ne le satisferait, sauf couvrir le velours de sa bouche de la sienne. Lentement, il fit courir ses paumes sur ses bras, puis ses épaules. Ensuite, il prit son visage en coupe avec deux mains, ses pouces caressant ses joues.

– Que Dieu me vienne en aide, pourquoi suis-je incapable de rester loin de vous ?

Il se pencha pour un baiser. Ses lèvres étaient chaudes et douces. Il passa sa langue sur elles, l'incitant à les ouvrir. Son petit halètement lui fournit l'occasion dont il avait besoin. Il se glissa dans sa moiteur, effleurant chaque point sensible. Elle se raidit et poussa sur son torse, mais il ne le lâcha pas. Elle rejeta la tête d'un côté ; elle avait la voix essoufflée.

– Non. Je vous l'ai dit, plus jamais.

– Ah, Penelope, mon amour. Je ne peux pas me retenir. Et je sais que vous le sentez aussi.

Elle se pencha en arrière, la poigne solide de Drake l'empêchant de tomber.

– Je vous en prie. Je ne peux pas gérer cette situation. Nous devons rester loin l'un de l'autre.

Il prit délicatement sa tête entre ses mains, l'approchant doucement de lui jusqu'à ce que son visage repose sur son torse.

– Je sais que nous devrions nous tenir loin l'un de l'autre. J'ai essayé. Dieu sait que j'ai essayé. Mais cela ne fonctionne pas, Penelope. Je n'arrête pas de penser à vous. Je veux vous embrasser, vous étreindre. Je veux vous emmener dans mon lit.

Penelope inspira brusquement.

– Non.

Elle secoua violemment la tête.

– Ne dites pas cela.

– Ma petite scientifique. Vous imaginez que si je ne prononce pas ces mots, les sentiments et les désirs disparaîtront ? Cela ne fonctionne pas ainsi. Vous me tenez sur les nerfs depuis des semaines.

Il repoussa doucement une mèche qui s'était échappée de son chignon sur le dessus de sa tête.

– Je ne veux pas seulement vous emmener dans mon lit. Je veux vous emmener au théâtre, au musée, faire des pique-niques et des randonnées dans le parc.

– Que dites-vous ? murmura-t-elle.

– Je ne sais pas.

Il la libéra pour se passer les doigts dans les cheveux.

— Doux Jésus, je ne sais pas.

Elle secoua la tête, les lèvres serrées.

Drake passa ses paumes sur les bras de Penelope, remarquant la chair de poule que son contact provoquait. Elle avait l'air si adorable, si vulnérable. Il avait juste envie de l'envelopper dans ses bras et ne jamais la lâcher. L'éloigner de la saleté et du bruit de la ville et la ramener à la campagne, où l'air était aussi frais et propre qu'elle.

Avant qu'elle puisse s'éloigner et retourner dans la salle de bal, il se pencha et éparpilla des baisers légers sous son oreille et le long de sa mâchoire en lui murmurant des mots d'encouragement. Après une minute, ses muscles se détendirent et, quand elle gémit, il ne lui en fallut pas davantage pour l'attirer plus près de lui, sa main glissant sur les petits muscles de son dos et de sa taille, puis plus bas pour caresser ses fesses rondes.

Elle n'était que courbes et douce chaleur délectable. Il pourrait se perdre en elle pendant des heures. Embrasser chaque centimètre de son corps, puis l'amener vers un orgasme qui les ferait tous les deux exploser. Dans ses bras, elle semblait à sa place, comme si cela avait toujours été.

Sans plus le combattre, elle s'approcha encore davantage, ses mains remontant lentement sur son torse pour entourer son cou. Ses doigts jouaient avec les pointes de ses cheveux, les tortillant. Drake changea de position et déplaça sa main pour caresser son sein, et son sang s'enflamma. Son pouce effleura son mamelon, qui forma une boule dure dans sa paume. La chaleur de son corps le réchauffa encore plus, le poussant vers un pic fiévreux.

Gémissant de plaisir, il s'écarta de ses lèvres et se nicha dans son cou, inspirant son odeur enivrante. Il mordilla son lobe d'oreille, puis passa sa langue autour de la coquille délicate, s'arrêtant pour mordiller, puis légèrement téter le lobe. Il devint dur et gonflé, ayant besoin de cette femme sous lui, nue et se tortillant de plaisir, criant son nom. Son doigt glissa sous la manche de sa robe et la descendit doucement sur son bras, dévoilant le haut de ses seins rebondis. Une légère torsion de sa main, et ses seins explosèrent hors de son corsage, blancs comme l'albâtre, avec un mamelon rose cendré, faisant la moue, le suppliant de le prendre dans sa bouche.

Il tomba presque à genoux devant le spectacle qu'offrait Penelope, avec sa chevelure retombant sur ses épaules et ses seins illuminés par le clair de lune. Sa réaction fut immédiate, et il se perdit dans la passion de son excitation innocente.

– Oh, mon doux !

Le cri perçant féminin lui fit reprendre ses sens. Drake tira pour remonter les manches de Penelope, pivota et l'attira sur son flanc.

Lady Nelson et lady Beauchamp, deux des plus notoires commères de la haute société, et amies intimes de lady Sirey, se tenaient à moins de trois mètres d'eux, l'indignation dans leurs regards furieux.

– Quelle est la signification de ceci, Manchester ?

Lady Nelson se redressa ; son ample poitrine vertueuse tremblait.

Son hésitation fut minime.

– Miladies. C'est si agréable de vous voir ici toutes les deux. Vous arrivez juste à temps pour offrir vos félicitations. Mademoiselle Clayton vient de me faire le grand honneur d'accepter de me donner sa main. Je suis certain que vous allez nous souhaiter du bonheur.

• • •

Penelope sentit le sang quitter son visage tandis qu'elle s'affaissait contre Drake, des points noirs dansant devant ses yeux. Doux Jésus, qu'est-ce qui venait de se passer ? Le bourdonnement bruyant dans ses oreilles n'était pas un bon signe.

— Je pense que je vais m'évanouir.

Drake la regarda vivement et il l'entraîna avec lui vers un banc.

— Tenez, assoyez-vous et mettez la tête entre les jambes.

Il lui baissa la tête et lui frotta le cou.

— Cela passera dans une minute.

Elle secoua furieusement la tête, tentant de prendre de profondes respirations, mais ne réussissant qu'à aspirer le tissu de sa robe. Pourquoi courait-elle toujours le danger de suffoquer lorsque Drake essayait de la secourir ?

Bien qu'elle eût follement envie de rester dans le jardin sombre infiniment, une fois que les points noirs eurent disparu, elle releva doucement la tête.

— Je me sens un peu mieux, à présent.

Il l'étudia un moment, puis il tendit la main.

— Allez, laissez-moi remettre de l'ordre dans votre tenue.

Drake ajusta sa robe, lissa ses cheveux en arrière et redressa ses lunettes, donnant l'impression à Penelope d'être une enfant préparée pour l'église par sa nounou. Lui offrant un sourire d'encouragement, il se leva et lui présenta son coude qu'elle serra comme une bouée de sauvetage.

Les deux matrones étaient restées dehors devant la porte de la salle de bal, comme deux chasseuses qui s'attendaient à ce que leur proie s'échappe.

Penelope se tourna vers Drake.

— Je ne pense pas pouvoir y arriver.

Elle entendit à peine ses propres mots, sa voix tremblante emplie d'une immense peur.

— Vous le pouvez et vous le ferez. Levez le menton, mademoiselle Clayton. Prenez une grande respiration et mettez un sourire sur votre visage.

— Vous plaisantez, bien sûr.

— Il n'y a rien de drôle dans l'allure des gardiennes de la vertu.

Il hocha la tête vers les femmes à la porte.

Quand le petit groupe entra dans la salle de bal, les dames dégagèrent un espace simplement en jetant des regards à ceux qui voulaient se tenir sur leur chemin. Une fois qu'elles eurent attiré suffisamment l'attention, la voix de lady Beauchamp s'éleva par-dessus les bavardages.

— Je crois que Sa Seigneurie a une annonce à faire.

S'éclaircissant la gorge, Drake tira Penelope plus près de lui et il lui décocha un sourire. Malgré le cauchemar qu'ils vivaient, Penelope se réchauffa devant la tendresse et la chaleur dans les yeux de Drake.

L'homme devrait prendre la scène d'assaut. Avec ses talents d'acteur, il irait loin.

— J'aimerais vous présenter ma future duchesse. Mademoiselle Clayton vient juste de me faire l'honneur d'accepter de m'épouser.

Les mères marieuses murmurèrent des félicitations et leurs bons vœux en haletant pratiquement. Le grondement commença près d'eux et continua dans toute la salle de bal, comme une vague sur l'océan. La bile remonta au fond de la gorge de Penelope. Elle lutta pour la ravaler, terrifiée à l'idée de s'humilier encore davantage. Elle serra si fort le bras de Drake que le pauvre homme afficherait probablement une ecchymose le lendemain matin.

— Courage, murmura-t-il.

Sa Seigneurie se hâta vers eux, un grand sourire sur le visage, les bras tendus. Elle enveloppa immédiatement Penelope dans une étreinte.

— Je suis tellement ravie. Je ne peux pas vous dire à quel point cela me rend heureuse.

Puis, elle étreignit son fils.

— C'est sûrement la meilleure décision que vous ayez prise.

Pendant que Penelope tentait d'assimiler tout ce qui s'était produit, elle jeta un regard à sa gauche, directement dans les yeux de lady Sirey. L'éclat dans ces yeux, ainsi que les lèvres retroussées comme dans un grognement la glacèrent davantage que la découverte dans le jardin. Elle se rapprocha de Drake, qui lui serra la main.

— Est-ce que ça va?

Elle hocha la tête, puis elle lui dit :

— Je suis un peu lasse. Croyez-vous que nous pouvons partir?

— Tout de suite.

Il attira l'attention de sa mère, qui parlait à lady Beauchamp.

— Ma fiancée se sent lasse. Si vous souhaitez rester plus longtemps, je vais renvoyer le carrosse pour vous.

— Non, je ne pense pas. Je suis moi-même fatiguée. Pourquoi ne pas envoyer chercher le véhicule pendant que je réunis les filles?

Soulagée de s'éloigner enfin des nombreux commentaires et regards jetés dans sa direction, Penelope garda les yeux baissés tandis qu'ils se frayaient un chemin à travers la salle de bal. Plusieurs fois, ils furent arrêtés pour accepter des félicitations. Cependant, Penelope entendait les grondements à propos de leurs fiançailles surprises. Personne n'était dupe. C'était des fiançailles obligées, et elle en avait la nausée.

CHAPITRE 17

– Vous n'êtes pas obligé de faire cela.

Penelope arpentait le plancher de la bibliothèque, sa robe virevoltant chaque fois qu'elle pivotait. Drake et elle étaient rentrés du bal au milieu des étreintes et des bons vœux de la duchesse et des filles. Et d'une terreur abjecte pour Penelope.

Drake se tenait à l'écart, se penchant sur sa table de travail, les bras croisés.

– Oui, il le faut. Et vous le devez aussi. Si nous ne nous marions pas, vous serez déshonorée.

Elle s'arrêta et ferma les poings sur sa taille.

– C'est ridicule. Vous ne désirez pas m'épouser, et je ne souhaite pas me marier ; jamais.

– Cela n'a pas d'importance. C'est fait. Nous avons annoncé nos fiançailles. Tout le monde est heureux. Mère planifie un mariage, et mes sœurs sont très excitées.

– Donc, nous devrions tous les deux gâcher notre vie pour assurer la joie de tous les autres ?

Elle s'effondra dans le fauteuil à côté du foyer. C'était véritablement un désastre de la pire espèce. Drake, l'homme qui voulait la femme *parfaite* comme duchesse était sur le point de se lier à elle.

— Avez-vous oublié que je suis la femme qui rampe dans la saleté ? Je marche sur les orteils quand je danse et je m'écrase contre les valets de pied portant de la limonade. Je ne peux pas survivre à une contredanse sans me référer aux pas inscrits à l'arrière de mon éventail. J'échappe des miettes partout et…

— Arrêtez !

Il avança pour se tenir debout à côté d'elle, puis il tomba sur un genou et prit ses mains dans les siennes.

— Vous êtes tellement plus que cela. Vous êtes gentille, charitable et… belle.

Elle roula les yeux.

— Il n'est pas nécessaire de me faire de faux compliments. Je me connais très bien.

Il secoua la tête.

— Non. Vous portez sur vous-même un regard autre que celui du monde sur vous. Certainement différent de la manière dont vous êtes à mes yeux.

— Mais vous êtes un duc !

Elle bondit sur ses pieds, tombant presque sur lui alors qu'elle recommençait à faire les cent pas.

— Je ne peux pas vous faire cela.

S'arrêtant brusquement, elle sourit.

— Je sais. Nous patienterons quelques semaines, puis nous annulerons tout. Je rentrerai dans le Devonshire et retrouverai ma science, et vous serez libre d'épouser celle que vous choisirez.

— Non, vous ne ferez pas cela.

Il se releva.

— Vous ne semblez pas comprendre. Vous. Serez. Déshonorée. Et si nous ne nous marions pas, cela ne sera pas très utile à ma réputation non plus. Après tout, à titre de gentleman, il est de mon devoir de vous épouser.

Un léger sourire taquina les lèvres de Penelope.

— Ah. Ce que j'ai toujours voulu être : le devoir d'un gentleman.

Il grimaça et tendit la main vers elle.

— Venez ici. Discutons-en.

À contrecœur, elle prit sa main et le rejoignit sur le sofa. Ses mains chaudes enveloppèrent les siennes, glacées. Dans quoi les avait-elle entraînés ? Drake avait peut-être pris des libertés qu'un gentleman devrait éviter, mais elle le lui avait permis. Ses baisers lui embrouillaient le cerveau, lui faisaient oublier où elle se trouvait et ce qu'elle faisait. Toutefois, aujourd'hui, il devait en payer le prix parce qu'elle n'avait jamais appris à se comporter comme une dame.

Fort probablement, lady Daphne l'aurait giflé et serait rentrée dans la salle de bal avec une belle indignation justifiée. Mais pas Penelope. Non, elle avait tenté de résister, mais elle avait vite été emportée, aimant beaucoup trop ses attentions. Et maintenant, tout ce que Drake avait prévu avait disparu. Au lieu de la duchesse « parfaite », c'est elle qu'il aurait.

— Ah, vous êtes tous les deux ici. Bien.

Sa Seigneurie ouvrit la porte de la bibliothèque, son visage l'image même du bonheur maternel.

— Nous allons devoir partager nos idées et planifier un bal de fiançailles.

— Pas de bal de fiançailles, mère. Nous allons faire un mariage rapide. Je vais prendre les dispositions pour une licence spéciale demain matin.

Les sourcils de la duchesse s'arquèrent.

— Pourquoi, au nom du ciel, feriez-vous cela ?

• • •

Drake ne pensait pas qu'il était nécessaire de faire remarquer à sa propre mère qu'il était peu probable qu'il garde ses mains pour lui pendant de longues fiançailles. Et ce dont il avait besoin maintenant était d'un peu de paix et de tranquillité. Le boucan à la soirée quand les dames les avaient escortés, Penelope et lui, dans la salle de bal, puis qu'il avait annoncé leurs fiançailles résonnait encore dans ses oreilles. Son bras avait entouré sa fiancée non par affection autant que pour éviter qu'elle s'effondre en tas sur le plancher. Elle tremblait si violemment qu'il avait craint pour son bien-être.

À présent, elle était assise sur le sofa sans avoir bien meilleure mine.

— Je suggère que nous nous retirions pour la nuit. Cette soirée a été éprouvante, et je suis certain que nous pouvons en discuter en détail le matin venu.

Il tendit la main à Penelope.

— Ma chère, permettez-moi de vous raccompagner à votre chambre.

Elle leva des yeux débordant de larmes vers lui, et la respiration de Drake connut une ratée. Il avait été tellement occupé à tirer le meilleur de cette situation qu'il avait oublié comment cela devait affecter Penelope.

Voilà une femme qui ne ressentait aucun désir de venir dans la Cité ou de vivre une saison mondaine ou d'avoir un mari. Maintenant, à cause de ses actes, elle était obligée de vivre la vie qu'elle redoutait. *En tant que duchesse.* Quel gâchis il avait fait !

Il repoussa ses pensées troublantes au fond de son esprit. Il verrait à cela au matin.

– Venez.

Penelope se leva, et il prit sa main glacée dans la sienne, la collant contre son corps chaud. Après avoir souhaité une bonne nuit à sa mère, ils montèrent les marches vers l'étage supérieur en silence. Il la sentait trembler et il avait envie de la serrer dans ses bras et lui assurer que tout irait bien. Mais serait-ce le cas ? Même s'il lui avait dit qu'elle était gentille, charitable et belle, il savait que ce ne serait pas la vie pour elle. Ni pour lui.

Mais il ferait contre mauvaise fortune, bon cœur. Ce mariage serait une réussite, même si la fiancée ne satisfaisait pas à ses attentes. Sa plus grande inquiétude était la ressemblance de Penelope avec sa mère. Père était si épris de sa femme qu'il lui avait accordé toutes sortes de libertés inappropriées pour une duchesse. Plus d'une fois, il avait fermé les yeux devant ses bouffonneries parce qu'il l'aimait tellement. Drake allait devoir se surveiller. Ne pas permettre à ses sentiments de se développer au point d'en perdre la maîtrise.

« Il est peut-être déjà trop tard. »

• • •

Penelope rejeta la couverture et fit glisser les tentures du lit vers l'arrière. Bien que le soleil soit à peine passé au-dessus de l'horizon, il ne lui restait aucune raison de continuer à traîner au lit. Elle s'était tournée et retournée toute la nuit, et peu importe le nombre de fois où elle avait essayé de tout bloquer dans son esprit, cela n'avait pas fonctionné. Le duc de Manchester et elle étaient fiancés en vue de se marier. Les mots se répétaient à l'infini dans son cerveau avec un rythme écœurant.

Peut-être qu'une promenade dans le jardin avec la rosée encore sur les plantes et les fleurs la calmerait. Elle sortit de son armoire une robe qui s'attachait sur le devant afin de ne pas devoir réveiller Maguire. Des bas de coton et des chaussures solides complétaient la tenue. Elle se lava rapidement le visage et se brossa les cheveux, puis les noua dans le dos avec un ruban.

La maison était silencieuse, les femmes, sans doute, ne se lèveraient pas avant des heures. Elle attrapa un châle sur un crochet près de la porte et sortit de la maison en refermant doucement la porte. Elle respira profondément l'air extérieur, le seul moment de la journée où elle se sentait à l'aise de le faire en ville.

La brume matinale imprégnait son visage et conférait au jardin une atmosphère irréelle. Elle semblait seule au monde, enveloppée dans un linceul. Serrant le châle autour d'elle, elle marcha d'un pas tranquille, profitant de la fraîcheur du début de matinée.

— Ah. Je vois que je ne suis pas le seul à me lever tôt.

La voix grave de Drake derrière elle lui parvint comme dans un souffle de velours, faisant naître la chair de poule sur ses bras. Son cœur s'accéléra ; parce qu'elle avait été surprise ou à cause de l'interlocuteur lui-même, elle l'ignorait.

— Bonjour. Oui, vous avez raison. À la campagne, j'aime fréquemment me promener dans le jardin avant le lever du soleil.

Drake lui prit la main et la coinça sous son bras.

— Avez-vous bien dormi ?

— Oui.

Elle se tourna vers lui et secoua la tête.

— Non. Je n'ai pas bien dormi, je le crains.

– Des préoccupations ?

– Des inquiétudes, c'est certain. Je ne crois pas encore que le mariage soit la seule solution à ce dilemme.

Drake remit une mèche folle dans le bonnet de Penelope.

– Inquiète d'être obligée de vous marier ? Ou attristée de devoir m'épouser ?

– Oh, non. Cela n'a rien à voir avec mes sentiments sur le mariage avec *vous*.

Elle frissonna, et il l'attira plus près.

– Je suis bouleversée parce que vous ne pouvez plus maintenant avoir la femme que vous voulez.

– Je vous en prie, ne dites pas cela. Nous devons nous marier, et vous ne devez pas penser que je suis malheureux de cela.

Elle se tourna pour le regarder en face, et il prit ses deux mains dans les siennes.

– Et qu'en est-il de votre plan d'avoir la duchesse parfaite ? Une femme qui fera tout comme il se doit ? Vous savez que je ne suis pas celle-là.

– Il y a une attirance certaine entre nous. On pourrait dire que c'est précisément pour cette raison que nous nous retrouvons dans cette situation délicate aujourd'hui. Je pense que nous nous entendrons bien. Vous êtes intelligente et gentille. J'imagine que vous ferez une mère merveilleuse. Assez semblable à ma propre mère.

– Et qu'en est-il de mon travail ?

Il coinça à nouveau le bras de Penelope sous le sien et il reprit la promenade.

– Vous allez abandonner cela, naturellement. Vous serez occupée avec les devoirs d'une duchesse. Ma mère vous aidera.

Il lui tapota la main.

— Tout ira bien.

Elle s'arrêta brusquement et le fusilla du regard, le visage rougissant.

— Je ne désire pas laisser tomber mon travail. Il est très important pour moi. Vous le savez.

Un sourcil s'éleva tandis qu'il la contemplait intensément.

— Ce n'est pas du tout convenable pour une duchesse de fouiner autour des bois.

— Monsieur, vous donnez l'impression que je suis une enfant jouant dans la boue. La botanique est une passion pour moi.

Il se pencha près de son oreille.

— Il se peut que je puisse remplacer une passion par une autre.

La bouche sèche et sans mots, elle cligna plusieurs fois des paupières, puis ils se remirent en route.

• • •

Une fois que Drake eut quitté Penelope, avec le plan de la rencontrer pour un petit déjeuner hâtif une heure plus tard, il se dirigea vers les écuries. Le soleil était bien au-dessus de l'horizon, jetant une lumière pâle sur la campagne verte et luxuriante.

Il salua Abaccus en flattant légèrement son nez velouté. Après l'avoir sellé, il prit la direction de Rotten Row, du côté sud de Hyde Park. Avec le trafic léger de ce début de matinée, il put avancer à toute vitesse. Le vent fouettait sa chevelure et battait son visage quand il pénétra dans le parc. L'équitation lui éclaircissait toujours les idées, et si jamais dans sa vie il en avait eu besoin, c'était aujourd'hui.

Il était sur le point d'épouser une femme complètement à l'opposé de sa duchesse idéale. Quand il comparait mentalement lady Daphne à Penelope… bien, il valait mieux ne pas poursuivre ses réflexions en ce sens. Ce qui était fait était fait. Il avait perdu la tête, compromis la fille et, maintenant, il était lié par l'honneur à redresser la situation.

Pas de doute, sa mère prendrait Penelope sous son aile et l'aiderait à s'adapter à sa nouvelle vie. Évidemment, l'adaptation dont avait besoin la fille pour occuper le lit conjugal relevait de son devoir à lui, et il l'envisageait avec beaucoup d'enthousiasme. Sous l'apparence d'une scientifique timide et réticente, il sentait une femme passionnée. Sa réaction à son contact provoqua un durcissement de son entrejambe juste au souvenir de sa douceur et de son goût sucré. Oui, cette partie du mariage serait très satisfaisante.

— Hé ! Manchester !

Drake se tourna au son de son nom. Avec des amas de terre qui volaient derrière lui, Coventry conduisit son cheval à sa hauteur, un immense sourire sur son visage.

Ils ralentirent au pas, côte à côte.

— Nous avons raté l'affaire Brentwood hier soir, mais déjà, j'entends des rumeurs à propos d'une annonce arrivée comme une surprise totale pour les invités.

Drake grogna.

— J'imagine qu'il n'y a pas de raison de nier ce que vous avez entendu, n'est-ce pas ? Mademoiselle Clayton et moi sommes fiancés.

— Qu'est-il arrivé à l'estimable lady Daphne ? Je pensais qu'elle était numéro un sur votre liste.

— Si vous avez su pour les fiançailles, alors je suis sûr que vous êtes au courant de la partie la plus notoire de l'histoire. Mademoiselle Clayton et moi avons été surpris dans une position compromettante dans le jardin par deux des plus grosses, j'utilise ce terme au sens littéral comme au figuré, commères de la haute société.

— Ah. Oui, j'ai bien entendu cela.

Coventry sourit largement.

— Comment se sent la jeune femme à propos de tout cela?

— Embrouillée. Apeurée. Prête à tout annuler.

— Une fille intelligente, si elle craint le mariage avec vous.

Drake se renfrogna.

— Bien que mademoiselle Clayton n'ait pas été mon premier choix, je suis certain que nous nous entendrons très bien. Elle est beaucoup plus intéressante que la plupart des jeunes dames et elle est au moins capable de tenir une conversation intelligente; en plus, elle aime mieux la vie à la campagne qu'à la ville.

— Et j'imagine que, puisque vous avez été découverts à faire plus que la conversation, vous éprouvez quelques sentiments pour la fille?

— Évidemment. Elle est gentille et charitable et elle a réussi, je ne sais comment, à attirer Marion hors de sa chambre.

— Vraiment? Mais à part qu'elle est gentille, charitable et intelligente en plus, avez-vous des sentiments pour votre fiancée?

— Ne recommencez pas avec ces sottises, Coventry. J'ai affirmé depuis le début que je ne permettrais pas à l'amour d'intervenir dans mon mariage.

Le sourire de Coventry s'élargit.

— J'imagine que seul le temps nous le dira. Si vous avez de la difficulté à retirer vos mains de sur la fille, je prédis des sentiments plus forts quelque part.

Il tira sur les rênes de son cheval et s'arrêta.

— Mais là, je dois rejoindre ma belle femme qui sera, sans doute, prête à partager un petit déjeuner.

— Oui. Moi aussi je dois rencontrer mademoiselle Clayton pour le petit déjeuner. Je vais rentrer avec vous.

Il fit pivoter Abaccus, et ils prirent la direction de la sortie du parc.

• • •

Penelope ajusta les manches de sa robe et arrangea ses cheveux. Elle tenterait une nouvelle fois pendant le petit déjeuner de convaincre Drake que ces fiançailles devaient prendre fin. Particulièrement après qu'il lui eut dit avec tant d'insouciance qu'elle devait abandonner sa science. Cela était inacceptable. La botanique était sa vie, et si elle endossait le rôle de duchesse et qu'elle était capable de s'en acquitter — ce qui avait peu de chance de se produire —, elle avait encore besoin de son travail. Sa résistance à être liée à un mari était toujours bien présente.

— Penelope, je vous en prie, venez me rendre visite.

Marion se tenait à la porte de sa chambre à coucher, les yeux brillants. Elle tendit la main et quand Penelope s'en saisit, Marion l'attira dans une étreinte.

— Je suis si excitée d'entendre que vous allez devenir ma sœur !

— Juste ciel. La rumeur s'est-elle répandue si vite que cela ?

– Venez. Assoyez-vous une minute. Vous devez me raconter comment tout cela s'est produit.

Avant que Penelope puisse formuler une réponse qui ne les présenterait pas sous un mauvais jour, Drake et elle, Marion poursuivit.

– Je peux vous dire à présent que j'ai toujours espéré que mon frère tourne ses attentions vers vous. Je sais dans mon cœur que vous deux ferez un merveilleux mariage. Vous êtes exactement ce dont il a besoin.

– Je ne suis pas convaincue de cela. Il a prévu d'épouser quelqu'un d'un peu plus élevé que moi.

– Sottises. Il a toujours su au fond de lui que vous étiez la bonne femme. C'est pourquoi vous êtes fiancés, tous les deux !

Apparemment, Marion n'avait pas entendu le récit complet de leur disgrâce. Doux Jésus, comment allait-elle se sortir de ce pétrin ? Tout le monde sautait de joie, sauf le couple de fiancés.

Malgré les protestations de Drake, elle savait qu'il n'était pas heureux de la conséquence de leur « promenade » dans le jardin. Et même si l'on pouvait dire qu'elle éprouvait des sentiments tendres à son égard, avoir un mari qui supposait si nonchalamment qu'elle puisse laisser tomber ce qui était le plus important pour elle la blessait dans sa fierté. Comment pouvait-elle abandonner la vie pour laquelle elle avait été formée, qui lui avait donné autant de plaisir ?

– Vous ne l'avez peut-être pas entendu, mais Sa Seigneurie et moi étions seuls dans le jardin au bal des Brentwood hier soir et…

Sa profonde rougeur raconta le reste de l'histoire.

— Oh, mon doux.

Marion rit.

— Mon frère collet monté ? Cela a dû rabattre son orgueil.

Malgré ses doutes à propos de l'affaire, Penelope ne put que sourire. C'était une partie de la débâcle à laquelle elle n'avait pas réfléchi, bien qu'il ait certainement récupéré rapidement. Son annonce avait apparemment apaisé la haute société, mais pendant le reste de cette épouvantable soirée, elle n'avait pas réussi à aligner deux mots et s'était contentée de hocher la tête pour remercier les gens qui lui souhaitaient du bonheur. Si Drake ne l'avait pas maintenue fermement sur son flanc tout ce temps, elle se serait effondrée.

Elle pressa la main de Marion.

— À présent, je dois partir. Je dois rencontrer Drake pour le petit déjeuner.

— Si la compagnie ne vous dérange pas, j'aimerais me joindre à vous.

Ses propres problèmes chassés momentanément de son esprit, elle sourit avec bonheur à Marion.

— Bien sûr. Nous adorerions vous avoir avec nous.

Chapitre 18

Penelope tenta de se cacher derrière Sa Seigneurie quand elles entrèrent dans le salon. La duchesse la traîna dans son sillage, tirant sur ses gants pour les retirer, le visage illuminé tandis qu'elle s'adressait à madame Babineau.

– La future duchesse a besoin d'une robe spectaculaire. C'est pour son mariage.

La couturière se hâta d'avancer en claquant des doigts en direction d'une de ses filles.

– Mais elle doit être cousue rapidement. Mon fils veut un mariage dans seulement trois semaines.

Sa Seigneurie prit une profonde respiration; l'excitation causée par les deux jours précédents était flagrante sur son visage rougi.

– J'ai besoin que vous créiez une robe mémorable dans ce court laps de temps.

– Bien sûr.

Elle se tourna vers Penelope.

– *Merveilleux*[3], mademoiselle Clayton. Quand ces fiançailles ont-elles eu lieu?

– Il y a deux jours, dit la duchesse. Cependant, je suis déterminée à obtenir la plus belle robe que Londres

3. N.d.T.: En français, dans le texte original anglais.

ait jamais vue, ainsi qu'un splendide petit déjeuner de noces.

– Puis-je vous offrir mes meilleurs vœux? murmura madame Babineau.

– Merci.

Penelope s'installa sur la banquette à côté de la duchesse et essuya ses paumes moites sur ses jupes.

– Avec le teint et la jolie silhouette de votre future bru, ce sera un plaisir de créer une telle robe. Maintenant, rafraîchissons-nous avec du thé, et je vais présenter les plus récents dessins de mode arrivés par la poste ce matin seulement. Vous les trouverez *magnifiques*[4]!

La couturière cria des instructions en français à une autre vendeuse, qui se précipita derrière un rideau menant à l'arrière-boutique.

C'était un véritable tourbillon depuis le bal des Brentwood. Aucun argument n'avait réussi à faire changer d'avis à Drake. Ils devaient se marier et ils tireraient le meilleur de cette situation. Penelope se promenait depuis avec la nausée.

Tandis qu'elle était allongée dans son lit la nuit, elle rêvait de la paix et de la tranquillité de son foyer dans le Devonshire. Au fait que les promenades qu'elle avait l'habitude de faire tôt en matinée lui manquaient, à fouiller à la recherche de nouveaux spécimens. Elle pensait affectueusement aux fois où elle volait des biscuits et des pâtés de viande à la cuisine, juste sous le nez de madame Potter. L'odeur de la terre fraîche, la sensation des feuilles sous ses doigts et l'excitation de la classification des plantes qu'elle trouvait lui manquaient.

4. N.d.T.: En français, dans le texte original anglais.

Depuis « l'incident » dans le jardin, sa vie était tout sauf calme. Elle était fiancée à un duc qui avait eu l'intention d'épouser un genre de femme très différent. Son fiancé l'avait nonchalamment informée qu'elle allait sous peu assumer les responsabilités et les obligations d'un rôle pour lequel elle n'avait aucune formation et qu'elle ne désirait pas du tout endosser.

La seule chose positive dans toute cette débâcle était l'homme lui-même. Son cœur battait quand elle pensait à ses baisers, à sa main chaude sur son sein. La chaleur monta lentement de son ventre jusqu'à son visage au souvenir de son corps dur tandis qu'il se pressait contre le sien. Elle n'avait jamais beaucoup réfléchi au lit conjugal, car c'était un endroit où elle ne s'était pas attendue à se retrouver un jour, mais à présent, cela avait changé. Bientôt, elle serait la femme de Drake, et il l'emmènerait dans son lit. Là, ils continueraient ce qu'ils avaient commencé dans les recoins sombres du jardin des Brentwood. Elle frissonna.

— Avez-vous froid, ma chérie ?

La duchesse la contempla avec inquiétude.

— Non. Je vais bien, merci.

— Nous sommes arrivées pour notre rendez-vous.

Lady Sirey et lady Daphne apparurent dans le salon. La femme plus âgée jeta un regard dans leur direction, et ses lèvres se retroussèrent. Elle leva le menton et s'adressa à madame Babineau.

— Je crois que nous nous sommes organisées pour réserver ce temps avec vous, madame.

— Oui, oui, en effet, milady. Si vous voulez bien passer ici, je vais demander à mademoiselle Auclair de vous assister.

Les lèvres de lady Sirey se serrèrent, et sa poitrine se gonfla et se dégonfla.

– Je ne serai pas renvoyée à votre assistante comme une va-nu-pieds, madame Babineau. Mon rendez-vous était prévu pour dix heures, et je m'attends à toute *votre* attention.

Lady Daphne quitta le flanc de sa mère et s'approcha de Penelope.

– Je vous souhaite un joyeux mariage, mademoiselle Clayton. Je suis certaine que votre fiancé et vous serez très heureux.

Avant que Penelope puisse se remettre des mots gentils de lady Daphne, la mère de la fille lui parla si fort qu'elle lui cria presque après.

– Jeune fille, revenez ici. Nous devons nous assurer de vous obtenir une nouvelle robe, et je compte sur toute la considération de madame Babineau. Immédiatement.

La couturière se tordit les mains en promenant son regard entre les deux impressionnantes femmes de la haute société.

Sa Seigneurie se redressa, offrant à madame Babineau un chaleureux sourire.

– Je vous en prie, demandez à votre assistante de nous apporter du thé et les dessins de mode nouvellement arrivés. Mademoiselle Clayton et moi profiterons d'une bonne tasse et parcourrons les illustrations pendant que vous réglez vos affaires avec Sa Seigneurie.

Lady Sirey lui décocha un regard acéré, et les épaules de madame Babineau s'affaissèrent de soulagement.

– Merci. Comme toujours, vous êtes des plus charmantes.

Elle claqua encore une fois des doigts, et une jeune fille sortit en vitesse de derrière le rideau avec un plateau de scones, une théière, des tasses et des soucoupes. Elle les déposa sur une petite table devant le regroupement de chaises confortables.

— Merci, ma chère.

La duchesse s'installa sur le bord de la chaise, le dos droit comme un « i ».

— Si vous pouviez être assez aimable pour apporter les dessins de mode à mademoiselle Clayton, nous pourrions commencer notre recherche de la robe parfaite pour son mariage avec mon fils, le duc de Manchester.

Sa voix et sa déclaration résonnèrent dans la pièce.

Dissimulant un sourire, la jeune fille exécuta une petite révérence et partit chercher les plaquettes. Sa Seigneurie versa le thé et grignota un scone comme si elle se trouvait en présence de la reine. Penelope était stupéfaite. C'était ainsi qu'une duchesse se comportait. Lady Sirey profitait de toute l'attention de madame Babineau, néanmoins Sa Seigneurie avait gagné.

« Il semble que j'aie beaucoup à apprendre. »

• • •

Penelope sourit tandis que Drake exécutait une élégante révérence.

— Je vous verrai à la valse du dîner.

Il hocha la tête en direction de sa mère et de ses sœurs avant de prendre la direction de la salle de jeux.

— Mesdames. Passez une agréable soirée.

Elle l'observa pendant qu'il se frayait un chemin à travers la foule au bal des Simmons. Avec sa chevelure brun pâle aux mèches dorées brillant sous les centaines de bougies et ses larges épaules, il fallut un bon bout de temps avant qu'il disparaisse complètement de sa vue. Plusieurs hommes l'arrêtèrent pour lui offrir leurs félicitations, et plus d'une femme lui jeta des regards par-dessus son éventail papillonnant – au plus grand agacement de Penelope.

La fille du milieu des Simmons, Ophelia, se tenait à côté de ses parents, rayonnante de la fraîcheur et de l'exubérance d'une jeune fille à son bal de débutante. Sa robe blanche, avec son jupon pêche, faisait ressortir la coloration crème de son teint.

Elle était tellement jeune.

C'était peut-être que Penelope se sentait vieille. Et certainement pas à sa place. La duchesse et elle avaient passé des heures plus tôt dans la journée à assembler sa tenue de mariage. Après l'incident avec lady Sirey au salon de la couturière, elles avaient parcouru de nombreuses plaquettes de robes jusqu'à ce que la duchesse trouve ce qu'elle considérait comme la robe parfaite. Les mesures avaient suivies, ainsi que le choix du tissu, et ensuite, elles s'étaient rendues chez le marchand de gants, puis chez Wood's pour une nouvelle paire de chaussons assortis à sa robe.

Enfin, elles avaient visité Harding, Howell & Compagny pour les articles sans lesquels, selon la duchesse, Penelope ne pouvait pas survivre le jour de ses noces – y compris une belle chemise de nuit blanche qui, de l'avis de Penelope, était beaucoup trop transparente. Quand elle avait mentionné ce fait en rougissant à sa future belle-mère, la femme s'était contentée de lui tapoter la joue et de lui dire :

– C'est mon cadeau de mariage à mon fils.

Cela n'avait fait qu'augmenter la chaleur sur le visage de Penelope au point où elle avait cru qu'elle allait s'enflammer.

Elle fut ramenée au présent quand un autre gentleman, qui, supposa-t-elle, elle devrait connaître, s'inclina devant elle.

– Mademoiselle Clayton, je serais honoré si vous consentiez à ajouter mon nom à votre carnet de bal.

Sa moustache couvrait une bonne partie de son visage, mais les pattes d'oie aux coins de ses yeux, créées par son sourire éclatant, amena un léger sourire sur la bouche de Penelope.

– Oh. Oui, bien sûr.

Elle mania gauchement la petite carte et lui permit d'écrire son nom dans le minuscule espace.

« Sir Regis Moreland », lut-elle à l'envers.

– Je vais revenir sous peu pour réclamer ma danse.

Il hocha la tête et fut bientôt englouti par la foule.

– C'est décourageant de ne pas me rappeler ces gentlemen qui, apparemment, me connaissent.

– Ne vous souciez de rien, répondit la duchesse. Vous êtes bien connue maintenant à cause de votre association avec Manchester.

– Mais cela ne sera-t-il pas mon devoir de savoir qui sont tous ces gens ?

– Non, ma chérie. Vous serez la duchesse, et ils sauront qui vous êtes.

Sa Seigneurie agita lentement son éventail fleuri blanc et bleu devant elle.

– C'est tout ce qui comptera.

Quelques heures plus tard, le temps de la valse du dîner approchant, Penelope se rendit dans la salle de repos des dames avant que Drake revienne lui réclamer leur danse. Un des valets de pied des Simmons la dirigea vers la pièce prévue à cet effet au deuxième étage. Rouge et ressentant la chaleur à cause de la cohue, elle s'assit sur un tabouret et se tapota le visage avec un linge en lin humide fourni par la domestique.

— Elle a peut-être évité la ruine parce que Manchester est venu à sa rescousse, mais retenez bien mes paroles, il regrettera d'être coincé avec la gamine. Elle est bien au-dessous de son rang et elle l'embarrassera, ainsi que toute sa famille.

La voix de lady Sirey, qui s'adressait à lady Nelson par-dessus son épaule, porta dans toute la pièce alors qu'elle entrait dans le salon de repos.

Penelope sentit le sang se retirer de son visage et sa respiration se coincer. Plusieurs femmes sur les sofas et les méridiennes dans la pièce se tournèrent vers lady Sirey, puis jetèrent des regards à Penelope. Les éventails voltigèrent immédiatement tandis que des murmures étaient partagés.

Si l'on pouvait disparaître grâce à un souhait, elle ne serait plus là depuis longtemps. Mais au lieu de cela, elle était fermement ancrée au sol, entourée par celles qui, apparemment, étaient d'accord avec lady Sirey. Certaines la regardaient avec pitié, d'autres avec suffisance. Mais personne ne s'éleva à sa défense.

Quelque part, tout au fond d'elle, elle reprit ses esprits et tira du courage d'une source inconnue et précédemment inutilisée. Lissant ses paumes sur ses jupes, elle se leva en tendant le linge en lin à la domestique.

— Merci beaucoup.

Le menton relevé, la colonne vertébrale raide, elle avança silencieusement jusqu'à la porte — des souvenirs du comportement de Sa Seigneurie au salon de la couturière la soutenaient. Elle sourit aux quelques femmes sur un canapé à côté de la porte et tendit la main vers le loquet. Elle fit une sortie digne en sortant de la pièce, puis elle ferma la porte… sur sa jupe.

« Zut ! »

Avec toute la dignité dont elle était capable, elle rouvrit la porte, libéra sa jupe et la referma sèchement. Le son de rires étouffés la suivit dans le couloir jusqu'aux marches.

• • •

Après quelques minutes à chercher Penelope sans succès, Drake se dirigea vers sa mère.

— Avez-vous vu Penelope ? Notre danse commence dans quelques minutes.

— Elle est allée à la salle de repos des dames. Je suis certaine qu'elle sera de retour d'une minute à l'autre.

Au lieu de patienter, il prit le chemin du grand escalier dans le hall d'entrée qui menait aux pièces à l'étage. Penelope descendait les marches, le visage blême, les lèvres serrées. Drake lui tendit la main.

— Qu'y a-t-il ?

Elle secoua rapidement la tête et accepta sa main.

— Rien.

Elle tenta un sourire.

— Est-ce l'heure ?

Il attrapa ses deux mains dans les siennes et l'escorta loin des yeux inquisiteurs dans un coin tranquille.

– Quelque chose ne va pas. Je le vois juste en vous regardant. Malheureusement, vous êtes incapable de dissimuler vos émotions.

– Il s'agit là encore d'une autre façon qui me rend non convenable pour le rôle de duchesse.

Elle tenta de libérer ses mains, mais il les retint, stupéfait par les larmes brillant au coin de ses yeux.

– Venez. Nous allons renoncer à la danse et nous promener dans le jardin.

Penelope ne protesta pas tandis qu'il coinçait son bras sous le sien et manœuvrait pour les faire traverser la salle de bal jusqu'aux portes françaises donnant sur la terrasse. Comme elle arrivait du salon des dames, il était évident que le commentaire d'une harpie l'avait bouleversée. C'était, en effet, dommage que chaque émotion qu'elle expérimentait se retrouve directement sur son visage, aux yeux du monde. Aucun doute que cette vulnérabilité la transformait en proie facile pour les membres de la haute société, qui avaient passé des années à apprendre à cacher leurs sentiments. Il soupira devant cette preuve supplémentaire de sa personnalité inappropriée pour endosser le rôle de duchesse.

Inutile de poursuivre dans cette veine. Penelope était sa fiancée, et chaque jour, il était de plus en plus content de cette idée. Et à présent, son côté protecteur pointait le nez devant sa détresse. Quiconque osait dénigrer sa duchesse se retrouverait vite victime de sa colère.

Étant donné que la plupart des visiteurs du jardin rentraient dans la salle de bal pour la valse du dîner, ils se retrouvèrent assez seuls. Sous le faible clair de lune, Drake la guida vers un banc de pierre où ils s'installèrent. Quand

Penelope frissonna, il mit un bras autour de ses épaules et la rapprocha de sa chaleur.

– Maintenant, je vous prie de me dire ce qui vous trouble autant.

Elle se tourna vers lui, l'obligeant à la libérer.

– Je dois vous demander, encore une fois, de tout annuler, Votre Seigneurie. J'ai la ferme conviction que la disgrâce qui s'ensuivra me touchera moi et pas vous.

– Je pensais que nous avions dépassé les « Votre Seigneurie » ? Nous sommes fiancés. Il n'y a aucune raison de vous adresser ainsi à moi.

– Vous évitez ma requête à dessein.

– Non. Ce n'est pas le cas. Je n'évite pas votre demande et je ne vous l'accorderai pas. Nous avons déjà eu cette conversation, mon cœur. Le mariage aura lieu.

– Je ne suis pas préparée pour cela. Sûrement, je ferai une folle de moi et, par conséquent, je vous embarrasserai, vous et votre famille.

Elle se leva et se tordit les mains.

– Vous finirez par me détester. Votre mère et vos sœurs éprouveront de la rancune à cause des ragots, des remarques méprisantes.

Un léger sourire taquina les lèvres de Drake quand il vit sa sincérité. Que le diable l'emporte ; elle était attirante. Son expression sérieuse, les larmes qu'elle essuyait, les deux mèches qui étaient tombées de son chignon sur le dessus de sa tête, tout cela lui donnait une érection et l'envie de l'attirer plus près de lui, d'amoindrir ses peurs, de la faire sienne.

Il fut stupéfait de prendre conscience pour la première fois de sa vie qu'il voulait une femme, pas simplement pour son plaisir sexuel, mais pour la femme en soi.

La personnalité de Penelope, sa sincérité et son absence de prétention étaient rafraîchissantes et étrangères parmi les jeunes dames de la haute société. En effet, il doutait que son titre et son argent aient un attrait pour elle. Étrange que cela.

— Venez ici.

Il tira sur sa main, la déséquilibrant, de sorte qu'elle atterrit sur ses genoux. Elle haleta et poussa sur son torse.

— Je vous en prie, lâchez-moi. Quelqu'un va nous voir.

Il nicha son nez dans la peau crémeuse et soyeuse de son cou, resserra ses bras autour de sa taille et la rapprocha de lui.

— Tout le monde est rentré pour la valse du dîner. Nous sommes tout à fait seuls, et vous êtes tout à fait délectable, mon cœur.

Les mains le repoussant se calmèrent, et elle les fit remonter sur ses épaules pour entourer son cou. Le mouvement amena ses doux seins contre son torse. Il sentit le resserrement de ses mamelons et il gémit en prenant les somptueuses rondeurs, les pétrissant jusqu'à ce que ses mamelons forment deux boules comme des perles.

Sa bouche couvrit voracement la sienne, donnant de petits coups sur ses lèvres pour que les siennes s'ouvrent à son invasion. N'étant plus timide face à son baiser, elle se servit de sa langue pour explorer sa bouche, faisant accélérer la respiration de Drake. Il s'écarta et tira sur les mancherons de son corsage pour qu'ils descendent sur ses bras jusqu'à ses coudes, libérant ses seins devant ses yeux. Avec sa langue, il lécha les mamelons, puis il attira un mont exquis dans sa bouche.

Sa réaction fut instantanée; son corps se ramollit, elle haleta tandis qu'il déplaçait sa bouche pour lui apporter un maximum de plaisir. Ses mains s'enroulèrent autour d'elle, ses doigts se rejoignant presque dans son dos svelte. L'odeur de sa peau, la sensation de sa douceur soyeuse le rendaient fou, lui donnant envie de la retrouver sous lui entièrement nue, criant son nom.

– Drake. Je vous en prie.

Oui, c'était ainsi qu'il la voulait. Criant son nom et le suppliant. Elle le repoussa.

– Drake. Quelqu'un avance sur le sentier.

Il redressa brusquement la tête au son des pas qui s'approchaient. Qu'est-ce qui clochait chez lui pour qu'il soit incapable de ne pas mettre les mains sur elle en public ? Il ajusta rapidement sa robe et se leva, la laissant presque tomber au sol.

Il semblait que si quelqu'un devait les déshonorer, sa famille et lui, il s'en chargerait.

CHAPITRE 19

Le jour que Penelope ne pensait jamais vivre arriva. Le jour de son mariage. La nervosité qui avait troublé la nuit de son bal de débutante n'était rien en comparaison à l'agitation dont elle souffrait aujourd'hui. Ses mains étaient froides et moites, son pouls battait à un rythme rapide dans sa poitrine, et son estomac menaçait de se vider à tout moment.

Elle contempla la fenêtre, repoussant l'idée fugitive d'attacher des draps ensemble et de s'évader. Déterminé comme l'était Drake, il se contenterait de la pourchasser. Une autre énigme. Il semblait presque heureux de ce mariage désastreux. Il avait chassé du revers de la main ses nombreuses tentatives de le convaincre de tout annuler. Encore plus déroutant était son refus de réfléchir à la possibilité qu'elle rompe leurs fiançailles.

Elle avait pris son bain, lavé et séché ses cheveux, puis elle les avait brossés jusqu'à ce qu'ils brillent. Alors qu'elle était assise au bord de son lit, vêtue de sa seule chemise, attendant que Maguire entre et l'aide à s'habiller, elle pensa à la mère qu'elle n'avait jamais connue. Était-elle excitée et nerveuse le jour de son mariage ? Le mariage de ses parents en était-il un d'amour ? Devait-elle être triste que le sien ne le soit pas ?

Comme elle avait toujours supposé qu'elle ferait son propre chemin dans le monde et qu'elle consacrerait sa vie à l'étude de la botanique, partager sa vie avec un mari serait bizarre, différent. Cependant, comme les plans avaient changé et qu'elle devait se marier, cela vaudrait la peine d'en faire quelque chose de bien. Elle était déjà à moitié amoureuse de Drake. Peut-être que si elle faisait un peu d'efforts, il commencerait à ressentir quelque chose pour elle. Une fois qu'ils s'installeraient dans leur vie commune, elle lancerait sa campagne.

Elle allait également tenter de convaincre Drake que la botanique était plus que de la fouille autour des bois à déraciner des plantes. C'était une science respectée, et elle voulait continuer à la pratiquer. Avec de la chance, cela ne se passerait pas sous le couvert de l'obscurité. Elle pouvait seulement brûler un certain nombre de robes avant que son mari ne devienne soupçonneux.

— Vous voilà, ma chérie.

La duchesse entra d'un pas affairé dans la chambre, interrompant la rêverie de Penelope. Maguire sur ses talons, tenant la robe blanche en soie et en dentelle brodée de points et de nœuds en satin rose avec un ruban rose sous le buste. Penelope retint son souffle quand Maguire l'étendit délicatement sur le lit. Elle n'avait jamais possédé quelque chose de si beau dans sa vie. La femme de chambre portait également les chaussons et les gants assortis.

Un bonnet de paille avec des rubans aussi larges que sa paume à nouer sous son menton et bordé de minuscules roses complétait la tenue.

— Venez vous asseoir ici, près de la fenêtre, Penelope, et laissez Maguire vous coiffer. Il se fait tard, et nous devons partir sous peu pour l'église.

Se déplaçant pour se tenir derrière Penelope, elle posa ses mains sur ses épaules et la contempla dans la glace.

– Qui aurait cru qu'avec toutes les filles que j'ai, vous ne seriez que la deuxième jeune mariée dans notre famille ?

– Mère, je vous en prie, dites-moi que vous ne pleurerez pas pendant toute la cérémonie.

Abigail, suivie de Sybil, Sarah et Mary, entra dans la chambre. Abigail allait être sa demoiselle d'honneur et elle était aussi belle que n'importe quelle mariée.

– Ne soyez pas stupide, dit la duchesse en s'essuyant le nez avant de ranger son mouchoir dans sa poche. Je ne pleure jamais aux mariages.

Les filles échangèrent des sourires et s'installèrent sur le lit pour observer l'activité.

– J'espère que cela ne vous dérange pas que je me joigne aux festivités ?

Marion, vêtue d'une robe démodée rose, mais tout de même jolie, entra dans la pièce en tirant sur ses gants. Toute conversation cessa.

Penelope pivota, forçant Maguire à se précipiter de l'autre côté pour éviter de lâcher les mèches de cheveux qu'elle bouclait au fer.

– Vous avez décidé d'assister à la cérémonie !

Marion s'enfonça plus loin dans la chambre.

– Oui, en effet. Il m'était impossible de rater le mariage de mon frère aîné, particulièrement parce qu'il épouse ma bonne amie.

Elle marcha jusqu'à Penelope et la serra dans ses bras.

La duchesse s'essuya encore une fois le nez et remit son mouchoir dans sa poche. Les filles bondirent sur le lit et étreignirent leur sœur tour à tour et s'exclamèrent sur sa présence au mariage.

Sa chevelure coiffée en boucles artistiques cascadant dans son dos, Penelope se leva, et Maguire lui passa précautionneusement le jupon, puis la robe de mariage par-dessus la tête.

— Juste ciel, je ne sais pas ce qui cloche chez moi. Nous aurions dû demander à Maguire de vous aider à enfiler la robe avant qu'elle arrange vos cheveux.

La duchesse s'agita autour de Penelope, ajustant la manche de sa robe, lissant sa chevelure vers l'arrière.

— Ça va, Votre Seigneurie. Nous sommes un peu énervées ce matin.

La duchesse prit les joues de Penelope en coupe.

— Ma chérie, vous allez être ma fille. Vous devez vous dispenser de ces histoires de « Votre Seigneurie » et m'appeler « mère ».

Des larmes surgirent dans les yeux de Penelope.

— J'aimerais cela. Je n'ai jamais pu appeler quelqu'un ainsi.

— Oh, mon doux.

Encore une fois, la duchesse tendit la main dans sa poche et en sortit son mouchoir, puis se tapota les yeux.

— Mère, il est temps pour nous de nous en aller avant que vous nous noyiez toutes. Drake use pratiquement la moquette de l'église à l'heure qu'il est en rendant tout le monde fou.

Sibyl se leva et secoua ses jupes.

— Oui.

Sa Seigneurie frappa dans ses mains.

— Partons, mesdames.

Maguire ajusta le bonnet sur la tête de Penelope et forma une boucle coquine sous son menton.

— Vous êtes belle, mademoiselle.

Elle recula et la contempla avec un grand sourire.

— La prochaine fois que je m'adresserai à vous, ce sera en disant « Votre Seigneurie ».

Une vague de panique et de nausée submergea Penelope avec tant de violence qu'elle dut s'agripper au poteau de lit.

— Est-ce que vous allez bien ?

Maguire la regarda avec inquiétude.

— Il n'y a rien pour s'inquiéter. Les nerfs, tout simplement.

Penelope prit une profonde respiration et leva le menton.

— Ça ira.

• • •

— Si vous ne cessez pas d'arpenter le sol, je vais vous ligoter à une chaise.

Coventry croisa les bras sur son torse et s'appuya contre le mur tandis qu'il regardait Drake faire les cent pas dans le petit espace du sanctuaire du St. George's Hanover Square.

— Et si elle ne venait pas ?

— Pourquoi ferait-elle cela ?

Drake se pinça l'arête du nez.

— Elle a essayé plus d'une fois de tout annuler et, même encore pire, de *me* faire tout annuler.

Il passa un doigt à l'intérieur de sa cravate amidonnée.

– Ma fiancée a dans l'idée qu'elle n'est pas assez bonne pour devenir une duchesse. Qu'elle faillira d'une façon ou d'une autre et embarrassera la famille.

– Et, bien sûr, vous l'avez éloignée d'une telle supposition ?

– J'ai essayé. Plus d'une fois, je lui ai dit que mère la prendrait sous son aile, qu'elle l'aiderait, lui faciliterait les choses, l'empêcherait de commettre des erreurs.

– Ah. En d'autres mots, vous avez laissé entendre que vous n'avez pas confiance en elle, alors Sa Seigneurie doit superviser la vie quotidienne de votre femme.

– Bon sang. Je n'ai pas dit cela.

– Peut-être pas. Cependant, cela peut très bien être ce que votre fiancée a entendu.

Il cessa d'arpenter le sol et contempla son ami.

– Malgré toute l'affection que j'ai pour elle, elle n'est pas celle que j'aurais choisie librement.

– C'est ce que vous avez dit… plusieurs fois, en fait. Toutefois, je crois que vous l'avez bel et bien choisie… quoiqu'indirectement. Ce qui explique pourquoi nous sommes debout ici aujourd'hui, à discuter pour savoir si oui ou non elle nous honorera de sa présence.

Une agitation à la porte de l'église empêcha Drake de commenter. Penelope était arrivée dans un tourbillon de blanc. La lumière derrière elle avant que la porte se referme jetant sur elle un éclairage angélique. Elle paraissait fragile et morte de peur. Il pouvait presque la sentir trembler de l'endroit où il se tenait.

Elle hésita, ne semblant pas savoir comment agir tandis que la mère et les sœurs de Drake prenaient leurs places. Heureusement, elle n'essaya pas de reculer. Pour éviter cet embarras, il descendit l'allée à grands pas. Au moment où il la rejoignit et lui prit le bras, les genoux de Penelope semblèrent céder sous elle, et il souhaita avoir emporté des sels au cas où elle s'évanouirait. Il n'était sûrement pas venu à l'idée de sa fiancée d'en apporter. Au moins, elle avait eu le bon sens de porter ses lunettes.

— Vous êtes belle, mon cœur.

Ses yeux s'arrondirent quand elle se tourna vers lui, et elle se lécha les lèvres.

Il pouvait sentir la froideur de ses doigts à travers ses gants et son corps trembler quand il l'attira plus près de lui et la guida jusqu'au pasteur. Sa fiancée était terrifiée. Ils devaient en finir avec cela avant qu'elle s'effondre à ses pieds.

— Nous sommes prêts.

Abigail s'avança à côté de Penelope, et Coventry rejoignit Drake. Le révérend Michael Jones ouvrit le *Livre de la prière commune* et commença la cérémonie.

Pas plus de quinze minutes plus tard, Drake prononça les mots qui les unissaient tout en glissant une bague en or sertie d'un rubis à son doigt.

— Je vous donne cette alliance, en signe de ma fidélité, et avec tout ce que je suis et tout ce que je possède, je veux vous honorer au nom du Père, et du Fils, et du Saint-Esprit. Amen.

Après avoir signé le registre des mariages et reçu les étreintes et les félicitations, ils prirent le chemin de la sortie de l'église pour revenir à la résidence Manchester. Bien que la cérémonie n'ait été que pour la famille proche, un imposant petit déjeuner de noces avait été prévu où étaient attendus tous les membres importants de la haute société.

Une fois que Penelope et lui furent montés dans le carrosse et installés l'un en face de l'autre, Drake reprit ses mains encore froides entre les siennes.

– Vous sentez-vous mieux, maintenant que la cérémonie est terminée ?

– Oui. Un peu.

– Je sais que vous n'aviez pas souhaité vous marier, mais je promets d'essayer d'être un bon mari pour vous. Si cela est possible, votre bonheur sera toujours prioritaire pour moi.

– Cela signifie-t-il que je peux poursuivre ma science ?

Il se cala dans son siège et poussa un soupir.

– Tâter de la science n'est pas un passe-temps approprié pour une duchesse. Vous aurez des devoirs à accomplir, une maisonnée à diriger, des domestiques à superviser. Et, poursuivit-il en tendant la main pour lui caresser la joue, ses yeux s'assombrissant de passion, avec le temps, il y aura des enfants qui auront besoin de votre attention.

Ignorant la décharge électrique ressentie dans ses entrailles en entendant son commentaire sur les enfants, elle fixa son attention sur une autre partie de sa déclaration.

– La science n'est pas un *passe-temps*. C'est mon travail.

Elle raidit l'échine.

– J'ai passé la majeure partie de ma vie à « tâter » la botanique, comme vous le dites si nonchalamment... un domaine reconnu de la science.

– Ne nous disputons pas à ce propos maintenant.

Il jeta un coup d'œil par la vitre.

– Nous sommes arrivés à la maison.

• • •

Le petit déjeuner de noces fut joyeux et amusant. Sa Seigneurie – mère, comme elle souhaitait être appelée – avait passé des heures avec la cuisinière à décider du menu : une variété de pains, chauds et froids, des rôties beurrées, de la langue, du jambon et des œufs. Une soupe blanche, différents fruits et des trempettes diverses ajoutaient aussi à cette occasion festive. Des pots de chocolat étaient déposés de chaque côté des tables de buffet et au centre de la table principale se trouvait un charmant gâteau de noces.

Avant son départ, tante Phoebe avait entraîné Penelope à l'écart et l'avait félicitée pour son excellente union, puis avait terminé en lui murmurant ces instructions : « Restez allongée sans bouger, ma chérie, et tout sera fini rapidement. »

Ne sachant pas trop au début de quoi parlait sa tante, elle fut bien vite envahie par une chaleur, convaincue que son visage allait s'enflammer. Oh, mon doux. Sa parente faisait allusion au lit conjugal. Espérant que cela marquait la fin de ses conseils, Penelope serra la femme dans ses bras et s'enfuit dès la minute où la dame atteignit la porte.

Chacune des sœurs de Drake s'était fait un point d'honneur de s'adresser en privé à Penelope et de l'accueillir dans la famille. Tout le monde exprimait son bonheur devant cette union. Si seulement elle en était aussi sûre que tous les autres semblaient l'être.

Elle jeta un regard à son mari, assis à côté d'elle, conversant avec Coventry. Il lui touchait occasionnellement le bras pour attirer son attention ou lui serrait la main. Chaque effleurement provoquait des frissons qui naissaient sur la main de Drake et se rendaient jusque dans le ventre de Penelope, provoquant de légers battements qui ressemblaient beaucoup à ceux de minuscules papillons.

– Votre Seigneurie, dit lady Coventry, nous devons prévoir un après-midi d'équitation dans Hyde Park très bientôt.

Penelope se tourna vers la duchesse douairière. Celle-ci lui sourit. Elle lui sourit en retour. Le silence s'éternisa. Le sourire de sa belle-mère s'élargit. Penelope commença à gigoter, soudainement consciente que tout le monde la regardait. Elle se tourna vers Drake, inclinant la tête d'un air interrogateur.

– Ma chère, lady Coventry s'adresse à vous.

Elle recula.

– À moi ?

Il sourit largement.

– Oui. Vous êtes dorénavant « Votre Seigneurie ».

Sa bouche forma un cercle.

– Oh.

Le groupe éclata de rire. Drake lui pressa la main, l'humour dans ses yeux la réchauffant.

• • •

Plus tard ce soir-là, Penelope se dévisagea dans la glace. Plusieurs bougies étaient allumées sur des surfaces cirées dans la pièce et éclairaient le papier peint rayé pêche et blanc derrière elle. Même si son regard se promenait sur les brosses, les peignes et les bouteilles de parfum familières devant elle, cela ne lui semblait pas possible que cette chambre soit maintenant la sienne. La chambre qui ouvrait sur celle du duc de Manchester. Son mari. Qui se préparait en ce moment à la rejoindre.

Elle fit courir ses paumes de haut en bas de ses bras. Si seulement elle pouvait arrêter de trembler. L'attente était terrible.

Avant que cette pensée se soit complètement formée dans son esprit, la porte joignant sa chambre à celle de Drake s'ouvrit. Il hésita un instant tout en l'observant, puis il croisa les bras et s'appuya contre le chambranle. Bonté divine, avait-il toujours été si imposant ? Ses épaules remplissaient presque toute l'ouverture. Même sous la faible clarté, les papillons dans son estomac revinrent pendant qu'elle s'imprégnait de ses cheveux bruns d'une longueur démodée et ses mèches blondes frôlant son front. Les traits angulaires de son visage lui conféraient un visage sévère, qui s'adoucit quand il la contempla.

— Puis-je entrer ?

— Oui, bien sûr. Je vous en prie.

Il s'éloigna de la porte d'une poussée et sourit largement en s'avançant vers elle, les rabats de son peignoir indien s'écartant pour dévoiler des jambes solides et musclées parsemées de poils bruns. Sa respiration s'accéléra quand elle prit conscience qu'il ne portait rien dessous. Elle lutta contre le désir de fuir.

Il lui retira ses lunettes et les déposa à côté de sa brosse.

— Avez-vous peur, mon cœur ?

Peur ? Elle était terrifiée. Mais après sa conversation avec la duchesse et Marion, qui avaient détrompé les propos de tante Phoebe, elle était également curieuse. Et les baisers qu'ils avaient partagés jusqu'ici lui avaient laissé un étrange sentiment de rater quelque chose. Pas de doute que dans quelques minutes, elle découvrirait ce qu'était ce « quelque chose ».

Elle secoua la tête.

— Bien… oui. Peut-être un peu.

Stupéfaite de réussir à aligner autant de mots, elle inspira profondément pendant qu'il la fixait du regard, l'odeur de son bain récent flottant entre leurs corps rapprochés

— Ma mère vous a-t-elle parlé de ce qui va se passer ce soir ?

— Oui, mais ce n'était pas nécessaire, car dans mes travaux de croisements, j'ai découvert que pour se reproduire, on doit prendre deux espèces différentes. Bien, en fait, pas des espèces différentes en tant que telles, mais…

Elle s'interrompit quand dans un mouvement en avant, il l'attira dans ses bras et baissa la tête. Son baiser fut d'abord lent, mais il devint vite brûlant et exigeant.

S'il ne l'avait pas tenue serrée par la taille, elle aurait sûrement fondu en flaque sur le plancher. Elle fut abasourdie par sa propre réaction enthousiaste à ses lèvres sur les siennes. Elle se rapprocha de sa dureté et de sa chaleur et sentit un grondement dans le torse de Drake et le resserrement de sa poigne sur son dos.

Elle serra les manches de son peignoir indien, le tissu soyeux formant un tas dans ses poings. Toute pensée s'évapora alors que la chaleur envahissait son ventre et remontait jusqu'à son visage, s'arrêtant en chemin pour faire battre son cœur plus fort. Elle écarta les lèvres, invitant une exploration plus approfondie de sa langue aromatisée au brandy.

Elle ne pouvait pas s'approcher assez à son goût, savait qu'il y avait quelque chose qui les rapprocherait encore plus, qui ferait d'elle une partie de lui. Le désir d'en avoir plus, d'avoir ce que son corps appelait avec intensité la mit dans tous ses états tandis que la chaleur continuait de s'accumuler jusqu'à ce qu'elle ait l'impression d'être sur le point de s'enflammer.

— Drake.

Ses larges mains prirent son visage en coupe et le tinrent délicatement pendant qu'il s'écartait de ses lèvres et éparpillait de petits baisers sur ses paupières, son nez, ses joues, sa mâchoire, puis le long de son cou.

— Oui, mon cœur. Dites-moi ce que vous voulez.

— Je ne sais pas. C'est bon, mais je me languis aussi.

Elle déplaça la tête d'un côté pour lui offrir un meilleur accès, dont il se prévalut avec enthousiasme, repoussant lentement sa chemise de nuit de son épaule avec sa bouche.

— Vous allez vous sentir beaucoup mieux bientôt. Je vous le promets.

Il descendit doucement son corsage sur ses coudes, libérant ses seins pour ses yeux. Ses mains couvrirent délicatement les rondeurs, les pétrissant avec douceur.

— Mon Dieu, vous êtes belle, gémit-il.

La tête de Penelope retomba en arrière en entendant ses paroles et sous la sensation de ses paumes caressant ses mamelons, les faisant durcir, l'amenant à se pousser plus avant vers ses mains. Frustrée de ne pas pouvoir le toucher avec la robe coinçant ses bras sur ses flancs, elle murmura :

— Je vous en prie, je veux vous sentir aussi.

• • •

Ses mots prononcés à voix basse faillirent le déséquilibrer. Comment une vierge innocente pouvait-elle le passionner ainsi ? Ne pas être capable de retirer ses mains de sur elle les avait déjà mis dans le pétrin. Le parfum des roses de son bain, la douceur de son corps contre le sien et le goût de ses lèvres menaçaient sa capacité à familiariser sa femme avec le lit conjugal sans s'embarrasser lui-même. Il devait reprendre sa maîtrise et les emmener tous les deux dans le lit proche.

– Et vous allez me sentir, ma douce.

Il l'enleva dans ses bras, comme si elle pesait une plume, et se dirigea vers le lit.

Il fit glisser son corps sur le sien et il s'empara de sa bouche dans un baiser possessif, s'étonnant lui-même de l'intensité sauvage de sa réaction. Des mains tremblantes tirèrent sur les manches de la chemise de nuit, faisant glisser le tissu doux sur ses courbes jusqu'à ce qu'il tombe en flaque à ses pieds. Ses boucles brunes et cuivrées retombèrent pêle-mêle sur ses épaules, cascadant dans son dos. Le ventre de Drake se serra en voyant sa peau ivoire, lisse, crémeuse et désirant ardemment sa caresse.

Ses yeux verts, à présent de couleur jade, assombris par la passion, fixèrent son visage, un lent sourire de sirène taquinant ses lèvres. Elle effleura son torse de ses mains délicates, passa sous les rabats de son vêtement indien et le repoussa en bas de ses épaules. En inspirant profondément, elle fit courir ses paumes sur son torse, laissant filer les poils rêches entre ses doigts.

Déchirer entre l'envie de lui permettre de l'explorer à son rythme et le besoin de retarder les choses un peu, il prit ses mains en coupe dans les siennes, puis lui embrassa le bout des doigts.

– Mon cœur, ce sera terminé avant même de commencer si nous ne ralentissons pas.

– Que voulez-vous dire ?

– Venez.

Il s'empara de sa main et la fit avancer jusqu'au lit en reculant lentement, son corps penché sur le sien. Ses mains coururent sur son corps, pinçant les mamelons durcis, puis glissant sur son ventre jusqu'aux bouclettes couvrant son mont de Vénus. Il lui écarta doucement les jambes et il gémit en apercevant l'humidité devant sa grotte.

— Pourquoi ne retirez-vous pas votre peignoir ?

La voix rauque de Penelope murmura dans son oreille.

— Je ne veux pas vous alarmer. La vue du membre complètement en érection d'un homme peut être intimidante pour une demoiselle vierge.

Elle secoua la tête.

— Néanmoins, je suis votre femme et je veux vous voir.

La stupéfaction l'envahit encore une fois. Bien que timide en public, il était évident que sa nouvelle épouse n'avait pas la même réticence en privé, avec lui. Son enthousiasme nourrit davantage son excitation. S'il n'était pas inapproprié de rendre grâce à sa propre mère pour avoir décrit les délices du lit conjugal à sa femme, il le ferait dans la matinée.

Il se leva et retira son peignoir en l'observant avec attention. Les yeux de Penelope s'agrandirent, et son regard bondit sur son visage tandis qu'elle reculait. Un peu de son enthousiasme s'était évanoui. Avant qu'elle puisse battre en retraite davantage, il monta sur le lit et s'allongea à côté d'elle. Il la prit dans ses bras et l'emporta dans un baiser brûlant.

Ses mains vagabondèrent sur son corps, le long de sa colonne vertébrale jusqu'à son somptueux derrière, qu'il pétrit, arrachant un gémissement à Penelope. Bien vite, elle l'embrassait en retour, faisant courir ses paumes chaudes sur son corps. Doucement, il prit sa main et la guida vers son érection. Avec hésitation, elle le toucha.

— Oh, mon doux. Il est si dur, si gros.

Puis, elle le serra légèrement, et il inspira à travers ses dents.

— Cela vous a-t-il fait mal?

— Oui. Non, je veux dire, cela n'a pas fait mal. Pas tout à fait.

Il déplaça ses lèvres sur son cou, sa poitrine, puis s'accrocha à un mamelon durci, qu'il téta, faisant tourner sa langue sur la perle. Ses doigts descendirent lentement au-delà des bouclettes de son entrée pour en faire le tour, puis plongèrent dans le liquide chaud. Il caressa le bouton distendu, et elle changea de position, donnant des coups de jambes, gémissant. Dieu qu'il avait besoin de la prendre maintenant.

Le sang battait dans ses veines, bloquant tout ce qui n'était pas le son de leurs halètements et des mots d'encouragement murmurés qu'il lui offrait. Il donna de petits coups pour écarter davantage ses jambes avec son genou, et il déplaça son corps par-dessus le sien, enfouissant son visage dans l'odeur parfumée de son cou.

— Cela vous fera peut-être mal au début, mais je vais essayer de faire le plus vite possible.

Elle hocha la tête pour marquer sa compréhension alors qu'il la pénétrait, se frayant un chemin en glissant dans sa chaleur jusqu'à ce qu'il frappe une barrière. Ses lèvres exigeantes caressèrent les siennes quand il poussa en avant, avalant son cri de surprise. Il resta immobile un instant, la mâchoire contractée tandis qu'il gardait sa maîtrise.

Enfin, il sentit le corps de Penelope se détendre et il bougea légèrement. Il baissa un regard admiratif sur elle et il déplaça son pouce sur la petite larme pointant de son œil.

— Je suis désolé, mon cœur. Je déteste vous faire du mal.

— Ça va, murmura-t-elle.

Puis, elle prit sa tête en coupe pour attirer ses lèvres sur les siennes.

Le corps de Drake prit le dessus, bougeant à un rythme si familier, pourtant si différent avec cette femme sous lui. Toutes les autres femmes disparurent dans le néant tandis qu'il fixait son visage doux rougi par la passion, ses yeux à demi fermés. Sa femme.

La sueur perla sur son front tandis qu'il tentait de se retenir. Sous peu, cela lui devint impossible alors que les doux murmures de Penelope le captivaient, le poussant en avant jusqu'à ce qu'il rejette la tête en arrière et se vide en elle.

Secoué jusqu'à l'âme, il s'effondra à côté d'elle, attirant son corps humide contre le sien. Jamais auparavant, même avec les courtisanes les plus talentueuses, il n'avait eu autant de difficulté à se maîtriser. Sa femme timide et réservée l'avait transformé en une personne qu'il ne connaissait pas.

Après quelques minutes pour reprendre sa respiration, il se tourna vers elle.

— Je suis désolé que vous n'ayez pas atteint votre plénitude.

— Que voulez-vous dire, au juste ?

— Mon cœur, c'était merveilleux. Pour moi. La prochaine fois, je vais m'assurer que vous ressentirez autant de plaisir que j'en ai eu.

— Mais j'ai eu du plaisir. Voulez-vous dire que cela peut être meilleur ?

— Oh oui, mon amour. Absolument.

— Bonté divine.

— En effet.

CHAPITRE 20

Penelope roula sur le flanc et grimaça à cause de la douleur entre ses jambes.

— Êtes-vous endolorie, mon cœur ?

Elle ouvrit les yeux pour voir droit dans ceux de Drake.

Son mari.

Dans son lit.

Où il avait passé la nuit.

Plus d'une fois, il l'avait réveillée pour faire l'amour. Non qu'il l'ait véritablement arrachée à son sommeil ; mais il commençait par embrasser sa nuque ou caresser ses seins. Et il avait certainement eu raison. Il y avait plus à cette histoire de lit conjugal que ce qu'elle avait expérimenté la première fois. Le simple souvenir de la façon dont elle l'avait attiré à elle, pendant que des vagues de plaisir la submergeaient, les unes après les autres, provoquait encore des papillons dans son ventre et une rougeur sur son visage.

Le petit rire de Drake lui indiqua qu'il connaissait ses pensées.

— Je vais ordonner à Maguire de vous préparer un bain chaud. Cela aidera à soulager votre douleur.

Penelope couvrit ses yeux et grommela.

— Qu'est-ce qu'il y a ? dit-il en abaissant ses bras. Sûrement, vous n'êtes pas embarrassée ?

Cette fois, elle tira les couvertures par-dessus sa tête.

— D'accord. Je vous laisse, à présent. Je vais demander à Maguire de s'occuper de vous.

Le lit s'inclina quand il se leva. Il marcha à pas silencieux vers la porte de communicante menant à sa chambre à coucher.

— Je vous verrai au petit déjeuner.

Elle hocha la tête au son de son rire tandis que la porte entre leurs chambres se refermait. Elle baissa lentement les couvertures et jeta un coup d'œil par-dessus. Il était parti. Elle rejeta la tête en arrière sur l'oreiller, fixant le ciel de lit. Et elle se fendit d'un sourire.

Après un bain très apaisant, avec Maguire s'agitant autour d'elle, un léger coup à la porte attira l'attention de Penelope alors qu'elle attachait une boucle d'oreille.

— Entrez.

Drake s'exécuta, propre et habillé d'une culotte beige, d'un manteau bleu foncé et d'une cravate d'un blanc éclatant autour du cou et, sur les pieds, des bottes d'Hesse très cirées.

— Je suis venu vous escorter pour le petit déjeuner, Votre Seigneurie.

Elle serra les mains sur sa poitrine.

— Oh, mon doux. Cela résonne si étrangement à mes oreilles. Je doute de m'y habituer un jour.

Il tendit son bras, et elle avança jusqu'à lui.

— Mais agréablement étrange, on espère.

Le jour pluvieux jetait un éclairage faible sur le salon du petit déjeuner, même avec les rideaux ouverts par les valets de pied devant les fenêtres couvrant tout le mur. Drake tint une chaise pour Penelope alors que sa mère entrait dans la pièce.

— Bonjour, les enfants. C'est une journée tellement agréable, n'est-ce pas ?

Drake contourna la table et tint une chaise pour la duchesse douairière.

— Certainement pas sur le plan de la température.

Elle secoua la tête.

— Peut-être pas. Mais mon fils s'est marié hier à une merveilleuse jeune femme, et je suis extrêmement ravie.

Elle sourit grandement à Penelope, ce qui amena une nouvelle rougeur sur le visage de la jeune dame.

— Quand partez-vous pour votre voyage de noces ?

Drake se glissa sur sa chaise et posa sa serviette sur ses genoux.

— Comme la fin de la saison mondaine est si proche, j'ai décidé de renoncer à un voyage. Nous allons avoir notre lune de miel une fois que nous serons rentrés à la campagne.

La duchesse douairière fronça les sourcils.

— Pourquoi feriez-vous cela ? Un voyage de noces est une merveilleuse façon pour un mari et une femme d'apprendre à mieux se connaître. Votre père et moi avons passé deux semaines extraordinaires à Bath après notre mariage.

— Ma femme doit apprendre son rôle, à accomplir ses devoirs. Elle doit saisir des choses que la plupart des jeunes dames maîtrisent déjà. L'aquarelle, le piano, le français. J'espère que vous la guiderez afin qu'elle comprenne comment se conduire en tant que duchesse.

— Je parle français.

Penelope déposa sa tasse de thé et posa les mains sur ses cuisses, les yeux baissés. Même après l'intimité qu'ils avaient partagée la nuit dernière, il ne lui faisait pas encore confiance pour ne pas faire une folle d'elle ou de lui. Précisément ce contre quoi elle l'avait prévenu.

La duchesse regarda Penelope et lui sourit joyeusement.

– Nous pouvons poursuivre cette conversation plus tard. Maintenant, j'ai un potin scandaleux concernant la haute société que Maguire a appris de l'une des domestiques des Sirey.

– Vraiment. Et quelle « nouvelle scandaleuse » peut bien produire la maisonnée des Sirey ? Peut-être lady Daphne n'est-elle pas contente de sa plus récente robe de bal ?

Abigail entra dans la pièce, un petit sourire suffisant sur les lèvres. Elle fit un signe de tête aux autres à table avant de prendre place.

– Il s'agit d'une affaire sérieuse. Apparemment, lady Sirey a trouvé un mot ce matin de lady Daphne l'informant qu'elle s'était enfuie pour épouser lord Shaffer. Ils ont pris la direction de Gretna Green.

La fourchette de Drake tomba avec fracas sur son assiette.

– Ne me dites pas que la jeune dame a fait quelque chose d'aussi stupide ?

– Oui, elle l'a fait. D'après ce qu'a appris Maguire, la note indiquait que la fille pourrait être enceinte.

La main d'Abigail vola à sa bouche.

– Oh, non.

Drake blêmit et essuya un peu de sueur sur sa lèvre supérieure. Il jeta un regard rapide à Penelope et il l'observa pendant une minute.

– Je souhaite bien du bonheur à lady Daphne et à lord Shaffer.

Penelope se tapota la bouche.

— Elle a été courtoise envers moi chez madame Babineau, même alors que sa mère se montrait un peu pénible.

Drake s'éclaircit la gorge, apparemment étonné par les commentaires compatissants de Penelope sur une personne qui, il le savait, lui avait un jour causé de la douleur.

— Bien, oui. Je leur souhaite aussi d'être heureux. Cependant, j'imagine que lady Sirey ne prend pas bien la chose.

— Maguire dit que la femme s'est mise au lit derrière des portes closes et ne veut parler à personne.

— Qui reste derrière des portes closes ?

Marion entra silencieusement et s'installa à côté d'Abigail. Ces quelques derniers jours, elle s'était jointe à la famille pour les repas, pour leur plus grande joie.

Abigail raconta l'histoire de lady Daphne à sa sœur pendant que Penelope réfléchissait aux commentaires de Drake sur le fait que la duchesse douairière devait l'assister. Évidemment, elle voulait toute l'aide qu'elle pouvait obtenir, mais il semblait que son nouvel époux pensait que cela valait la peine de renoncer à une lune de miel simplement pour qu'elle « apprenne son rôle ».

• • •

— Non, chérie. Vous devez toujours vous asseoir comme s'il y avait une tige de fer cousue dans votre robe.

La duchesse douairière regarda affectueusement Penelope. Elle essayait si fort, mais toutes les petites choses que les jeunes filles de la haute société apprenaient depuis le berceau avaient manqué à son éducation, et elle avait de la difficulté avec les détails plus pointus. La douairière dit à Penelope qu'elle était très bien comme elle était, mais il semblait que Drake veuille la transformer en autre chose.

— Pourquoi êtes-vous assise là avec un livre sur votre tête ?

Drake entra dans le boudoir de la douairière, vêtu d'une tenue d'équitation.

— C'est pour m'assurer de m'asseoir correctement.

Tandis que Penelope répondait, le livre glissa sur son visage et atterrit sur ses cuisses. Avant qu'elle puisse l'attraper, le livre rebondit contre le bord de sa tasse de thé en l'envoyant valser de l'autre côté de la table, renversant son liquide sur elle, la douairière et le tapis.

— Que le diable l'emporte, marmonna-t-elle.

La douairière bondit de son siège en s'emparant d'une serviette pour essuyer le devant de sa robe. Drake fronça les sourcils en redressant la tasse.

— Ma chère, peu importe la situation, vous ne devez jamais vous prévaloir d'un langage osé.

— Désolée, grommela-t-elle.

— Pourquoi ne demandez-vous pas à Maguire de vous aider à enfiler votre tenue d'équitation, puis nous monterons ensemble.

Un sourire compatissant sur le visage, la douairière lui dit :

— Allez-y vite, chérie. Je pense qu'une promenade à cheval est exactement ce qu'il faut. Vous avez besoin de sortir de cette pièce étouffante.

— Merci.

Elle partit en hâte, se cognant le genou contre la table basse.

— Penelope, marchez plus lentement et vous ne serez pas toujours en train de vous écraser contre des objets.

L'impatience dans la voix de Drake était évidente.

— Oui, Votre Seigneurie.

— Et cessez de m'appeler « Votre Seigneurie ».

— Oui… .onsieur.

• • •

Drake secoua la tête et s'affala dans le fauteuil à côté du foyer.

— Je ne comprends pas pourquoi elle doit se déplacer partout à toute vitesse. Ce n'est pas étonnant qu'elle ait toujours ces accidents.

— Et, mon cher fils, je ne comprends pas pourquoi vous ressentez le besoin de changer cette fille en quelqu'un qu'elle n'est pas.

— C'est faux. Je souhaite seulement qu'elle adopte le comportement d'une duchesse. Quand nous évoluerons au sein de la bonne société, elle sera jugée, et je ne veux pas qu'on la voie comme une personne qui n'est pas à la hauteur.

— Avec votre soutien, personne ne la jugera. Et elle est loin d'être issue des classes inférieures. À mesure qu'elle se sentira plus à l'aise, elle comprendra les choses qu'elle doit savoir. C'est une femme intelligente, vous savez.

— Évidemment que je le sais.

Il se leva en redressant son manteau.

— Je préfère ne pas discuter de cela. Ma femme ne semble pas malheureuse, alors je ne vois pas le mal qu'il y a à augmenter ses attentes sur ce qu'elle peut accomplir.

— Je vous demande seulement de vous montrer un peu plus patient avec elle.

Un hochement de tête brusque fut la seule réponse que put trouver Drake.

• • •

Penelope scella l'enveloppe adressée à la Linnean Society avec de la cire et elle sonna Maguire. La tristesse s'abattit sur elle, et son cœur battit la chamade pendant qu'elle attendait l'arrivée de la femme. Malgré l'insistance de Drake pour qu'elle abandonne sa science, elle devait au moins envoyer le rapport final sur les quelques points sur lesquels elle avait travaillé avant sa venue dans la Cité. Son mari ne le saurait jamais, et elle aurait à tout le moins apporté une dernière contribution au domaine qu'elle aimait tant.

Elle se leva et marcha jusqu'à la fenêtre, fixant le regard sur le jour morne. Assez semblable à son moral. Sa vie avait tellement changé depuis son arrivée en ville.

Elle ne se sentait plus dépassée par la haute société, mais elle se languissait tout de même de la paix et de la tranquillité de la campagne. Pendant la chevauchée la veille, Drake l'avait informée qu'une fois que le parlement serait suspendu, ils rentreraient au manoir Manchester où, après un court voyage de noces, ils resteraient jusqu'à la prochaine session.

Elle avait rapidement exprimé son enthousiasme pour le retour à la campagne, et il avait paru content. Dommage qu'elle ne semblait pas le contenter dans la plupart des autres branches. Sauf pour leurs nuits ensemble. Si ce qu'il lui murmurait pendant qu'ils faisaient l'amour était vrai, il ne la trouvait pas incompétente du tout dans ce domaine. La chaleur lui monta au visage tandis qu'elle se rappelait les activités de la nuit précédente.

Il avait aussi pris l'habitude de rester avec elle dans son lit toute la nuit, ce qui, d'après sa compréhension, n'était pas une pratique normale parmi les gens de qualité. Se réveiller avec ses mains sur des parties intimes de son corps était nouveau et excitant.

Ses pensées furent interrompues par l'arrivée de Maguire.

– Vous avez besoin de quelque chose, Votre Seigneurie ?

– Oui, s'il vous plaît. Pourriez-vous apporter cette lettre au bureau de poste afin qu'elle soit expédiée ? Voici l'argent pour payer le timbre.

Elle tendit la lettre et les pièces.

– Sa Seigneurie peut affranchir votre lettre ; il n'y a donc aucune raison de payer.

Elle croisa les doigts derrière son dos.

– Il s'agit d'une surprise pour mon mari, alors je ne veux pas qu'il le sache.

Elle tenta un sourire.

– Garderez-vous le secret ?

– Bien sûr, Votre Seigneurie.

Maguire tendit la main vers la lettre et les pièces.

– Je vais m'en charger immédiatement.

– Merci.

Elle détestait vraiment mentir à la domestique et agir à l'insu de son mari, mais elle devait envoyer ce dernier rapport avant de mettre complètement fin à ses contributions. Elle soupira et recommença à fixer la pluie légère qui tombait sur les feuilles de l'arbre à l'extérieur de sa fenêtre. L'eau s'accumulait et dégoûtait sur l'herbe. Presque comme si le ciel pleurait pour elle.

• • •

Une semaine plus tard, Drake se versait un brandy en attendant que Penelope le rejoigne dans la bibliothèque. Il l'accompagnait au théâtre, ainsi que sa mère.

— J'avais espéré que Marion se joindrait à nous ce soir, mais elle ne se sent pas d'attaque pour cela. Elle continue à se réadapter lentement à la bonne société.

La duchesse douairière entra dans la pièce dans un tourbillon mauve. La modestie de la coupe du corsage de sa robe mettait très joliment en valeur son collier d'améthystes. Une toque mauve couvrait sa chevelure, avec sa coquine plume d'autruche oscillant gracieusement quand elle marchait.

— Marion a fait beaucoup de progrès. Je suis sûr qu'elle se joindra bientôt à nous pour de nombreuses excursions.

— Au moins, elle reçoit maintenant les invités avec nous les jours de visite à la maison.

— Comment Penelope s'en sort-elle avec cette activité en particulier ?

— Très bien. Elle est amicale, affable, et les dames de la haute société sont de plus en plus enchantées par elle.

— Excellent. Il y a encore de l'espoir pour qu'elle devienne convenable.

Les yeux de sa mère brillèrent de colère.

— Mon cher, j'aimerais que vous cessiez de vous inquiéter de la façon dont votre femme se comporte.

Décontenancé par la véhémence de sa voix, il se raidit.

— Je ne sais pas trop si je comprends ce que vous voulez dire.

— Je parle de cette obsession que vous semblez entretenir envers la charmante jeune femme que vous avez épousée, qui ne vous a donné absolument aucune raison d'avoir honte.

— Et je souhaite que cela demeure ainsi.

— Que souhaitez-vous qui demeure ? demanda Penelope en entrant dans la pièce.

Le souffle de Drake se coinça dans sa gorge en la voyant apparaître. Sa robe de mousseline pêche faisait ressortir sa peau crémeuse et la douceur de ses yeux verts derrière ses lunettes à monture dorée. Sa bouche s'assécha alors que le désir l'envahissait. Ses mains lui démangeaient de l'envie de l'emporter jusqu'à la chambre et de passer la soirée à examiner chaque parcelle de cette peau soyeuse.

Penelope baissa les yeux sur elle-même.

— Est-ce qu'il y a quelque chose qui cloche ?

Il secoua la tête pour s'éclaircir les idées.

— Rien du tout, ma chérie. Vous êtes belle.

En la voyant rougir, son bas-ventre se serra. S'il ne les faisait pas immédiatement passer la porte, il pourrait bien réaliser ses pensées. Il tendit un bras à chaque femme.

— En route ?

• • •

Attachant son bonnet serré sous son menton, Penelope était sur le point de quitter la maison le lendemain matin pour sa promenade quotidienne, quand Maguire lui tendit une missive.

– Votre Seigneurie, il y a une lettre pour vous.

– Oh, merci.

Elle tendit le bras et prit le papier dans la main de la domestique.

Maguire sourit largement.

– J'ai cru que vous la voudriez tout de suite. Elle vient des gens à qui vous avez posté une lettre la semaine dernière.

– Oh, bonté divine. Sa Seigneurie l'a-t-elle vue ?

– Non. Je l'ai retirée du reste du courrier sur son bureau.

Elle lui décocha un petit clin d'œil.

Impatiente de lire ce que la Linnean Society pensait de son rapport, Penelope changea d'avis pour sa promenade et remonta en hâte à l'étage, la précieuse dépêche serrée contre son cœur.

Derrière des portes closes, ses mains tremblantes déchirèrent le message. Elle s'avança à la fenêtre pour profiter d'un meilleur éclairage et lissa le papier. Puis, ses yeux s'arrondirent avec horreur en le parcourant.

Londres, Angleterre
11 juin 1814

Mon cher Monsieur L. D. Farnsworth,

Je vous écris au nom de la Linnean Society of London, en Angleterre.

Nous sommes très impressionnés par votre plus récent rapport concernant vos dernières découvertes. Une fois encore, vous avez prouvé à la société que vous êtes un scientifique dévoué qui a contribué à l'étude de la botanique de nombreuses façons.

Par conséquent, c'est un immense plaisir pour moi de vous informer que le Comité des prix de la Linnean Society vous a nommé « Contributeur scientifique de l'année ». Un dîner en votre honneur aura lieu le vendredi vingt-deuxième jour de juillet, à compter de vingt heures en l'an de grâce mille huit cent quatorze.

Nous sommes tous très impatients de vous rencontrer et de vous accorder la reconnaissance bien méritée pour votre travail au cours de ces dernières années.

Votre réponse est attendue impatiemment.

Je vous prie d'accepter l'expression de nos sentiments distingués.

Monsieur Maxwell Lovelace, président

Le cœur de Penelope battit violemment, et son estomac se noua. Elle prit une profonde respiration et, après avoir relu le mot, elle fit les cent pas dans la chambre, la lettre écrasée dans ses mains. Par le ciel, dans quoi s'était-elle embarquée ? Que diraient les membres de la société ? Pire que tout, que dirait son mari ?

« Je suis dans les ennuis jusqu'au cou. »

CHAPITRE 21

Londres, Angleterre
12 juin 1814

Mon cher Monsieur Lovelace,

C'est avec beaucoup de reconnaissance et d'humilité que j'ai lu votre missive. Je suis honoré et béni d'être considéré pour un tel prix. Cependant, le vingt-deuxième jour de juillet, je serai à l'extérieur du pays, car je dois partir en exploration en Inde le 10 juillet. Je suis convaincu que la société a de nombreux autres membres respectés tout aussi dignes de recevoir cet honneur.

Je vous offre mes meilleurs vœux et, encore une fois, je vous remercie pour votre bonté.

Je vous prie d'accepter mes sentiments les plus distingués,

L. D. Farnsworth

• • •

Drake et Penelope marchaient bras dessus, bras dessous dans le jardin. La pluie des jours précédents s'était enfin calmée, et le soleil faisait un retour. Malgré l'humidité sur le adressé à elle en remontant ses lunettes brusquement sur son nez. Plusieurs mèches de cheveux s'étaient échappées de son chignon sur le crâne et lui avaient caressé la joue. Sa poitrine s'était soulevée sous ses efforts, ses joues étaient rougies, et ensuite, elle avait commis l'erreur de se lécher les lèvres.

À son grand chagrin, au lieu de réprimander son comportement, il l'avait prise par la main et l'avait entraînée avec force jusqu'à sa chambre à coucher où il lui avait fait l'amour tout l'après-midi. Elle était assurément une distraction.

Il l'avait surprise à offrir des miettes de nourriture à un bâtard à la porte arrière de la résidence ducale et à consoler une domestique, qui pleurait sur son épaule parce que son jeune amoureux l'avait abandonnée. Elle semblait n'avoir aucun sens des convenances, mais sa mère, ses sœurs et l'ensemble du personnel l'adoraient. La plupart du temps, elle lui donnait l'impression d'être sous son emprise.

Penelope et lui, ainsi que lord Johnstone et mademoiselle Priscilla Avery, complétaient les pas compliqués de la danse, et sa femme n'avait commis que quelques erreurs mineures. Au moins, Johnstone n'avait plus à se frotter le menton après que la tête de Penelope l'eut frappé quand elle était censée plier les genoux et ne l'avait pas fait.

— Aimeriez-vous un verre de limonade, mon cœur ?

— Ce serait très agréable. Je me sens un peu déshydratée.

Il prit son bras sous le sien, éprouvant une grande satisfaction quand plusieurs gentlemen jetèrent des coups d'œil à Penelope tandis qu'ils traversaient le plancher de danse et qu'elle les ignora.

Il ne savait pas du tout pourquoi il ressentait cela.

– Manchester.

Avant qu'ils aient atteint la table des rafraîchissements, une voix rauque attira son attention. Drake se tourna au moment où la duchesse douairière Wynddare s'avançait lentement vers eux en s'appuyant lourdement sur sa canne.

– Prenez mon bras, jeune homme, et aidez-moi à rejoindre cette chaise.

Elle agita sa canne en direction de la chaise de salon en brocart rouge à côté d'une plante démesurée.

Les trois se déplacèrent jusqu'à l'endroit plus calme, la duchesse douairière fermant brièvement les yeux tandis qu'elle s'installait sur la chaise. Elle tourna le regard vers Penelope.

– Jeune fille, allez me chercher un verre de limonade.

– Je serais enchanté de vous apporter un rafraîchissement, Votre Seigneurie, dit Drake.

Une fois encore, la vieille femme agita sa canne.

– Non, je veux discuter un peu avec vous. Je veux des nouvelles de votre famille. Chaque fois que je vois votre mère, elle est entourée d'un troupeau de femmes.

Drake regarda Penelope s'en aller faire ce qu'on lui demandait. La duchesse douairière Wynddare était un personnage craint de la haute société. Bien connue pour ses opinions franches, c'était l'une des rares femmes qui pouvaient assurer ou compromettre le succès d'une fille pendant sa saison mondaine. Un seul commentaire bien placé, et une jeune demoiselle pouvait être réduite à faire tapisserie.

La duchesse douairière suivit Penelope des yeux, puis elle se tourna vers Drake.

– Vous avez enfin pris votre titre au sérieux et avez épousé une duchesse.

Mal à l'aise devant son visage sérieux, il se contenta de hocher la tête. Il tenta de lutter contre le poids glacial de la terreur dans son estomac en attendant ce qu'allait dire la harpie.

– Je vois par votre expression que vous pensez que je vais probablement passer un certain type de jugement sur la jeune fille.

Drake se raidit, prêt à défendre sa femme, même s'il devait se mettre cette virago reconnue à dos. Cependant, avant qu'il puisse parler, la femme rit et frappa sa canne sur le plancher, attirant l'attention de plusieurs personnes conversant à proximité.

– Vous ressemblez beaucoup à votre père.

Ne s'étant pas attendu à un tel commentaire, il arqua un sourcil.

– Vraiment ?

– Oui. Je me rappelle quand il a épousé votre mère.

Elle se pencha en avant, le regardant droit dans les yeux.

– Il avait peur d'elle, lui aussi, vous savez.

– Peur de ma mère ? Je suis certain de ne pas vous comprendre.

Elle se cala dans sa chaise, les yeux brillants de malice.

– Elle était un peu dérangeante, comme votre propre femme.

Elle gloussa encore une fois.

– N'ayez pas l'air si surpris, jeune homme ; j'ai vu votre façon de surveiller votre duchesse, avec ce regard de terreur en attendant de voir ce qu'elle pourrait faire.

Il pouvait sentir le rouge lui envahir les joues. Qu'avait vu cette femme qui jetterait une autre lumière sur sa femme ?

— Elle est parfaite, vous savez, dit la douairière.

Drake secoua la tête en signe de perplexité.

— Je suis certaine qu'à un moment donné, comme votre père, vous avez cru avoir besoin d'une personne aussi rigide que vous. Cependant, cela aurait été un désastre. Votre duchesse vous gardera en alerte et apportera un peu de rires dans votre vie.

Elle lui lança un clin d'œil et remua la tête en direction de Penelope se frayant un chemin à travers la pièce avec un verre de limonade.

Le cœur de Drake se remplit de tendresse tandis qu'il regardait sa duchesse sourire et hocher la tête vers différentes personnes en marchant lentement vers eux, ses yeux revenant au liquide qu'elle transportait.

Elle les rejoignit sans en perdre une goutte, l'éclat de bonheur sur son visage le réchauffant de l'intérieur et lui tiraillant le cœur. Non, elle n'était peut-être pas la duchesse parfaite, mais elle pouvait très bien être la duchesse parfaite pour lui.

Drake lui retira le verre et le tendit à la douairière.

— Si vous voulez bien nous excuser, Votre Seigneurie, je vais maintenant ramener ma femme à la maison. Elle semble lasse.

La vieille femme rejeta la tête en arrière et rit.

— Allez-y. Oui, très lasse. Et vous ressemblez beaucoup à votre père.

• • •

Londres, Angleterre
15 juin 1814

Monsieur Lovelace,

En ce qui a trait à votre charmante note, j'ai omis de mentionner dans mes lettres précédentes que je n'ai pas de carrosse à ma disposition. Comme j'ai quelques problèmes avec mon dos depuis un certain temps maintenant, je suis dans l'impossibilité de louer un cheval.

Des amis m'enverront un fiacre avec de bons amortisseurs pour mon voyage hors du pays. Comme il m'est impossible d'assister à votre dîner – et d'accepter ce prix prestigieux –, je souhaite offrir mes félicitations à celui des gentlemen de valeur que la société jugera digne de recevoir cette distinction.

Encore une fois, je vous remercie pour cet honneur.

Je vous prie d'accepter mes salutations distinguées.

Monsieur Farnsworth

• • •

Drake pénétra dans le boudoir de sa mère et fit presque un tour complet sur lui-même. Au lieu d'y trouver simplement sa femme et sa mère, avec qui il avait prévu de prendre son thé, trois de ses sœurs et une autre jeune femme remplissaient l'espace en bavardant joyeusement tout en sirotant du thé.

– Le voici maintenant, mesdames.

Sa mère agita la main et lui fit signe de s'installer sur une chaise entre Penelope et elle. Il gémit intérieurement.

– Mère, je ne m'étais pas rendu compte que vous aviez de la compagnie. Je ne veux pas déranger.

— Vraiment ?

Sa mère haussa les sourcils.

— La seule visiteuse est mademoiselle Marsh, et je vous assure qu'elle ne sera pas offensée qu'il y ait un gentleman parmi nous. N'est-ce pas exact, mademoiselle Marsh ?

La fille prit une jolie teinte rouge, avala, puis hocha la tête, tout cela en gardant les yeux collés sur sa tasse.

— Tenez, vous voyez ? Notre visiteuse est ravie que vous vous joigniez à nous.

Cela l'étonnait de voir sa mère débiter des mensonges aussi flagrants tout en ayant l'air aussi innocente qu'un nouveau-né. À contrecœur, il s'installa et accepta la tasse tendue par Penelope. Il la regarda brièvement, amusé d'apercevoir l'humour dans ses yeux. Parfois, c'était déconcertant de constater comment ils pouvaient communiquer sans parler.

L'avantage de prendre le thé avec autant de femmes était qu'il pouvait remettre de l'ordre dans ses idées, car aucune d'elles ne cessait jamais de bavarder. Et personne ne semblait vouloir l'inclure. Il perdit le compte du nombre de conversations se déroulant simultanément. En fait, il lui semblait que sa mère participait actuellement à trois d'entre elles. Et ne ratait jamais une réponse.

Des créatures étonnantes, ces femmes.

Il tendit la main vers une tartelette au citron et, du coin de l'œil, un léger mouvement attira son attention. Il regarda de plus près et, avec horreur, il vit une souris grignoter une miette qu'avait laissé tomber une des dames. La créature était presque montée sur le pied de sa sœur Sarah. Doux Jésus. Si une des femmes voyait la souris, il s'ensuivrait un chaos total.

Il évalua vite la situation, prêt au combat. Aucune des femmes n'avait conscience de leur visiteuse inattendue. Il tapa sa chaussure trois fois sur le sol rapidement, dans l'intention d'effrayer et de faire fuir la petite chose. Toute conversation s'interrompit, et six paires d'yeux se tournèrent vers lui. Cependant, la maudite souris ne leva même pas la tête.

– Désolé. Mon pied était engourdi.

Il secoua sa jambe.

– Je vous en prie, mesdames, poursuivez.

La souris le contempla depuis sa place à côté de son festin, et Drake aurait pu jurer que la créature sourit. Il changea de position sur sa chaise en essayant de trouver un moyen de la chasser quand elle s'éloigna du groupe de femmes et commença à manger une autre miette. Sybil déplaça son pied, donna un coup à la souris, et elle traversa en vitesse le cercle de femmes.

La description de la fin du monde exposée de manière si terrifiante dans l'Apocalypse n'était pas de taille avec les cris, les sauts, l'agitation des bras et la mêlée générale qui s'ensuivit. Des femmes sautèrent sur des chaises en hurlant avec assez de force pour réveiller les morts. Mademoiselle Marsh donna l'impression de s'évanouir et atterrit sur son derrière sur le plancher, où elle demeura, car aucune des femmes n'était prête à s'aventurer en bas de son perchoir.

Sauf Penelope. En un éclair, il constata que sa femme était la seule personne calme du lot. Elle se déplaça lentement dans la pièce en faisant des petits bruits de bouche, signalant à la souris avec ses doigts.

– Que diable faites-vous, Penelope ?

Elle se tourna vers lui, l'expression sur son visage ne lui laissant aucun doute sur ce qu'elle pensait de sa question.

— J'essaie d'attraper la souris.

Les dames recommencèrent à pousser des cris.

— Ôtez-vous de là. Je vais sonner pour que quelqu'un apporte un balai et je vais l'assommer.

— Quoi ? Non. Absolument pas. C'est un pauvre animal sans défense.

Que comptait-elle faire ? Attraper la chose et la transformer en animal de compagnie ? Secouant la tête de dégoût, il contourna la chaise où ils avaient vu la souris la dernière fois et il tomba à genoux. Il regarda dessous juste au moment où la souris sortait en courant, et elle se cogna sur son nez.

Les dames recommencèrent à hurler.

— Oh, regardez, la voilà ! cria Penelope.

Comment diable une souris aussi petite pouvait-elle provoquer une telle douleur sur son nez ? Les yeux larmoyants, il se remit debout juste à temps pour voir Penelope soulever la souris comme un exterminateur professionnel. Elle mit ses mains en coupe et les leva, un immense sourire sur le visage.

— Je l'ai.

Les dames reprirent leur concert de cris.

Drake éclata de rire devant son expression. On pouvait compter sur Penelope pour prendre la défense d'une souris. Il la regarda tandis qu'elle quittait la pièce en murmurant en direction de ses mains refermées. Pendant que les autres femmes descendaient de leurs perchoirs et se réinstallaient sur leurs chaises, les paroles de la duchesse douairière Wynddare résonnèrent dans sa tête. *Votre duchesse vous tiendra en alerte et apportera du rire dans votre vie.*

• • •

Londres, Angleterre
17 juin 1814

Farnsworth,

Un des membres de notre comité a gracieusement offert de vous envoyer son carrosse le soir de la cérémonie de remise des prix le 8 juillet, à dix-neuf heures précises. Il fournira le confort de coussins pour votre dos.

Respectueusement,

Lovelace

Penelope écrasa la lettre dans sa main. Les dés étaient jetés, donc. Elle avait tenté d'éviter cette catastrophe, en vain. La meilleure solution était pour elle de préparer un sac et de prendre véritablement la direction de l'Inde.

Elle s'assit au bout de son lit et fixa la ville nuageuse à travers la fenêtre. Incapable de rester immobile, elle bondit sur ses pieds et arpenta le sol. Évidemment, elle ne pouvait pas quitter le pays. Elle se montrait stupide. Cependant, par le ciel, que pouvait-elle faire maintenant, à ce stade ?

La société serait scandalisée de se découvrir bernée pendant tout ce temps. Que feraient ses membres ? Pouvait-elle être arrêtée pour cela ? Serait-elle jetée en prison ? Y avait-il une loi interdisant de se faire passer pour un homme ?

La sueur perla sur son front alors que les horribles conséquences lui venaient en tête, les unes après les autres. Il lui fallait parler à quelqu'un, prendre un peu de recul par rapport à tout cela.

« Tu sais qu'il n'y a qu'une personne. »

Avec détermination, elle lissa sa chevelure en arrière, leva ses mains et son visage et raidit les épaules. Elle quitta la chambre et prit le chemin de la bibliothèque, la lettre serrée dans sa main.

Un léger coup à la porte et on lui dit d'entrer.

Elle leva le menton et entra dans la pièce. Drake était assis derrière sa table de travail, une pile de papiers à sa gauche. Un léger sourire orna ses lèvres quand il la regarda.

— Bonjour, mon épouse.

Son sourire disparut quand il constata son agitation.

— Y a-t-il quelque chose qui ne va pas, mon cœur ?

— Oui. J'ai de sérieux ennuis, mon mari. Et je ne peux me tourner vers personne d'autre.

Puis, elle se couvrit les yeux avec ses mains tremblantes et éclata en sanglots.

CHAPITRE 22

Drake contourna la table et enveloppa Penelope dans ses bras.

— Quel est le problème ? Êtes-vous souffrante ?

Elle se contenta de secouer la tête, d'agripper ses avant-bras avec plus de force qu'il l'en aurait cru capable, et elle continua de brailler. Il posa un bras autour de ses épaules et l'entraîna vers son propre fauteuil. Il s'y installa, puis l'attira sur ses genoux en lui appuyant la joue sur son torse. En décrivant de petits cercles dans son dos, il l'étreignit jusqu'à ce que ses sanglots se transforment en gémissements frissonnants.

— Maintenant, quel est ce problème qui vous bouleverse autant ?

Il lissa ses mèches folles loin de son front avant de lui tendre un mouchoir.

— Vous allez être extrêmement fâché contre moi.

L'estomac de Drake tomba dans ses talons. Par l'enfer, qu'avait fait cette fille ? Réduit l'orangerie en cendres ? Détruit une des babioles chères à sa mère ? Adopté un nid de souris ? Il déplaça ses jambes et leva son menton avec deux doigts.

— Qu'avez-vous fait, mon amour ?

Ses yeux gonflés rencontrèrent les siens. Après avoir ouvert et fermé la bouche plusieurs fois comme un poisson, elle lui fourra un morceau de papier vélin froissé dans les mains.

— Tenez, lisez cela.

Elle glissa en bas de ses genoux et commença à faire les cent pas en se tordant les mains.

La courte lettre ne lui fournit absolument aucun indice sur ce qui se tramait. Il leva les yeux vers elle et lui tendit le papier.

— Qu'est-ce que cela signifie et qui est ce Lovelace et, dit-il en baissant les yeux, ce Farnsworth ?

— Moi.

— Pardon ?

— C'est moi.

Elle agita la main.

— Je suis lui.

— Qui ?

— Farnsworth.

Il passa ses doigts dans sa chevelure et prit une profonde respiration.

— Vous feriez peut-être mieux de commencer par le début. J'ai le sentiment que j'entre en scène à la toute fin de cette histoire.

— Je suis L. D. Farnsworth, et ils veulent me remettre un prix à ce dîner, mais je ne peux pas y aller parce que je suis une femme et qu'ils croient que je suis un homme, et ils seront très en colère et je me retrouverai possiblement en prison.

Il secoua la tête pour s'éclaircir les idées après ce discours essoufflé.

— Ralentissons un peu, mon cœur, et commençons par le début. Pourquoi ce, demanda-t-il, marquant une pause, Lovelace pense-t-il que vous êtes un homme ?

— Parce que j'ai fait semblant.

— Semblant de quoi ?

— D'être un homme.

— Pour quelle raison ?

— Parce que je suis une femme.

Fermant les yeux, il se pinça l'arête du nez entre le pouce et l'index.

— Penelope, vous êtes totalement incompréhensible. Pourquoi Lovelace veut-il vous remettre un prix et pourquoi pense-t-il que vous êtes un homme ?

Elle tordit le mouchoir détrempé et s'essuya le nez.

— C'est une longue histoire.

— J'ai tout le temps qu'il faut. Et, je crois que c'est une histoire que je dois entendre… même si je tremble dans mes bottes en attendant ce que vous êtes sur le point de me dire.

Elle tira une chaise devant sa table de travail et s'assit au bord. Malgré le tumulte dans son cerveau, il remarqua à quel point elle ressemblait à une duchesse. Le dos droit, le menton levé, les yeux lançant des éclairs. Il ressentit une vague de fierté.

— Quand mon père est décédé il y a plusieurs années, il a laissé ses travaux derrière lui.

— Sans doute. Je ne crois pas que l'on permette à qui que ce soit d'apporter quelque chose quand on part pour notre récompense finale.

Elle se renfrogna devant sa tentative pour alléger la situation.

– J'étais la partenaire de papa depuis des années. À l'époque, j'avais tout juste dix-huit ans, et mon tuteur, lord Monroe, a insisté pour que je vienne en Angleterre, puisqu'il semblait qu'il y aurait sous peu une guerre entre l'Amérique et l'Angleterre. Une fois installée ici, j'ai poursuivi mes travaux de botanique. Chaque fois que je découvrais quelque chose de nouveau et d'excitant, je l'envoyais à la Linnean Society of London.

– Très bien.

– Il s'agit de l'organisme actif le plus ancien du monde. La société a établi un lieu de rencontre pour l'avancement de la science de l'histoire naturelle, dont fait partie la botanique. Elle est extrêmement respectée.

Il hocha la tête.

– Poursuivez.

– Mon père y a aussi envoyé quelques-uns de ses rapports donc, naturellement, quand j'ai découvert des choses nouvelles et excitantes, je les ai envoyées.

– Naturellement.

– Cependant, la Linnean Society n'admet pas de femmes dans ses rangs.

– Évidemment.

Elle lui décocha un regard acéré.

– Allez-vous continuer à m'interrompre ?

– Non. Je suis désolé. Je vous en prie, poursuivez.

– Ils n'auraient jamais accepté mes découvertes, si je m'étais présentée comme une femme. Comme ils savaient que mon père était décédé, j'ai inventé un nom et expédié mes rapports sous le pseudonyme de « L. D. Farnsworth ».

– Et ils croient qu'il s'agit d'un homme.

– J'imagine… bien, oui, ils ont supposé cela.

– Je pense me souvenir que, le jour de votre arrivée, vous avez dit quelque chose sur le fait de ne pas pouvoir leur envoyer de l'information parce que les femmes n'étaient pas admises dans la société ? Ai-je raison ?

– C'est exact.

– Si mes souvenirs sont exacts, Abigail s'est offensée de la nécessité de votre perfidie.

Elle acquiesça d'un signe de tête.

– Qu'est-ce que tout cela a à voir avec vos larmes ?

– La société veut organiser un dîner en mon honneur et me présenter un genre de prix pour mon travail. Et je ne peux pas y aller, car ils attendent un homme.

Il tapota ses doigts collés sur ses lèvres.

– Dites-leur non ; que vous désirez quitter la Linnean. Vous n'avez pas expédié de rapport depuis votre départ du Devonshire ; tout cela sera vite oublié.

– Hum. Ce n'est pas tout à fait vrai.

Il haussa un sourcil.

– Qu'est-ce qui n'est pas tout à fait vrai ?

– J'ai bien envoyé un dernier rapport. À propos du spécimen que j'ai trouvé avant de quitter le Devonshire. Et… il a pu y avoir un autre rapport final récemment.

– Je crois qu'il y a eu une conversation entre nous pendant laquelle je vous informais de mon désir de vous voir cesser tout cela. Avez-vous envoyé ce rapport après cette discussion ?

Son menton trembla, et une unique larme glissa lentement sur sa joue.

– Oui.

La mâchoire de Drake se contracta. Des souvenirs de sa mère faisant exactement ce qu'elle voulait après une interdiction de son père lui revinrent en mémoire. Au fil des années, malgré les objections de son père, elle avait secouru une série d'animaux hideux.

Le manoir s'était transformé en ménagerie tandis qu'elle tentait de dissimuler leur présence à son mari. Il se rappelait encore le rugissement de son père quand il avait découvert un écureuil blessé avec une jambe bandée dans son lit un soir. Et les larmes que sa mère avait versées qui avaient retenu son père de bannir l'animal blessé.

Elle s'était ébattue avec les enfants du village, elle avait remonté ses jupes pour patauger dans l'étang sur leur propriété et une fois, elle avait même lancé une balle de neige au visage de son père quand il avait insisté pour qu'elle entre et arrête de faire des cabrioles dans la neige comme une enfant.

Bon sang. Il voulait une femme docile, qui ferait ce qu'il lui disait. Il pensait que les choses progressaient bien, avec Penelope acceptant la place qu'elle devait occupée. Apparemment, il avait eu tort.

— Dites-leur que vous serez à l'extérieur de la ville.

— Je l'ai fait. Ils ont changé la date.

— Dites-leur que vous êtes trop frêle pour voyager.

— Je l'ai fait. Ils enverront un carrosse spécial pour me transporter.

Drake s'affala dans son fauteuil et il se frotta les tempes.

— J'ai une suggestion.

Il cessa de remuer les doigts pour la dévisager sous ses sourcils froncés.

— J'ai peur de l'entendre.

— Vous pourriez prétendre être moi.

Muet de stupeur, il la regarda la bouche ouverte.

– Madame, ai-je bien compris ? Ce que vous suggérez est que moi, en tant qu'homme, je prétende être une femme qui prétend être un homme ?

– Cela pourrait fonctionner si nous laissons tomber la partie du milieu.

– Quoi ?

Elle s'avança sur sa chaise, l'excitation brillant dans ses yeux.

– Si vous prétendez être L. D. Farnsworth et allez au dîner, puis acceptez le prix.

Il releva brusquement la tête, sous le choc.

– Je ne peux pas faire cela. C'est malhonnête.

Les épaules de Penelope s'affaissèrent, entraînant un serrement dans le ventre de Drake.

– Ils pourraient me poser des questions pour lesquelles je n'ai pas la réponse.

– Je vous accompagnerai. Je peux vous murmurer les réponses.

Elle prit une respiration tremblante.

– Avez-vous la moindre idée du ridicule de cette proposition ?

Il repoussa son fauteuil et se leva, puis marcha à grands pas jusqu'à la fenêtre. Il semblait que sa vie ne serait qu'un pétrin après l'autre. Comment pouvait-il conserver sa dignité ducale avec une femme ayant une propension pour les ennuis ? Il prit une profonde respiration pour se calmer. Apparemment, ce qu'il ferait était exactement ce qu'avait fait son père. À répétition. Cependant, son père avait beaucoup aimé sa mère. L'amour n'était pas quelque chose qu'avait prévu Drake. Ni voulu.

La colère se pointa encore une fois tandis que la frustration d'être dans cette situation rugissait en lui.

– Je ne ferai pas une chose aussi stupide et malhonnête que faire semblant d'être un autre. De plus, vous allez immédiatement abandonner toutes ces absurdités scientifiques!

Malgré les larmes bordant à présent le coin de ses yeux, il poursuivit.

– Une véritable duchesse ne s'implique pas dans le subterfuge et la discorde. Il est temps pour vous de comprendre votre rôle et de commencer à agir avec suffisamment de dignité.

Avec un cri de douleur, Penelope se couvrit le visage des mains et sortit de la pièce en trébuchant.

Drake frappa le cadre de la fenêtre du poing et prit plusieurs profondes respirations pour reprendre sa maîtrise de soi. Cela ne fonctionnerait jamais, et il se sentit soudainement piégé dans une situation dont il lui était impossible de se dépêtrer.

– Par le ciel, qu'avez-vous dit à Penelope?

La voix de la duchesse s'interposa à son exaspération.

– Cela ne vous regarde pas, madame.

Il rejoignit son fauteuil d'un pas raide et s'assit droit comme un «i», pianotant sur sa table avec ses doigts.

– Je suis en désaccord.

Le bras de sa mère s'élança vers la porte.

– Cette charmante fille vient de quitter cette pièce en larmes. Et vos cris ont résonné jusque dans le couloir. Que s'est-il passé?

– Si vous devez le savoir, et je ne doute pas que vous ne sortirez pas de cette pièce avant que ce soit le cas, ma femme, *la duchesse de Manchester*, a fait semblant d'être un homme!

Quelques instants de silence suivirent sa tirade tandis que sa mère le dévisageait avec des yeux ronds.

– Je vous demande pardon ?

Drake repoussa son fauteuil et fit les cent pas derrière sa table de travail.

– Penelope envoie des rapports à la Linnean Society of London sous un pseudonyme. Le nom d'un homme.

Il la fusilla du regard.

Elle donna une chiquenaude dans les airs avec ses doigts.

– Continuez.

– Apparemment, ils ont été tellement impressionnés par son travail qu'ils ont décidé d'accorder un genre de prix à cette… cette… cette personne. Qui n'existe pas !

– Oh, mon doux.

– En effet.

Il se rassit.

– Ma femme veut que j'assiste à ce dîner, que je fasse semblant d'être cet homme sous le nom duquel elle écrit des rapports et que j'accepte ce prix.

À sa plus grande horreur et avec agacement, il vit sa mère éclater de rire.

Il se pinça l'arête du nez et attendit qu'elle s'essuie les yeux avec son mouchoir et reprenne son sang-froid.

– Je ne vois pas l'humour dans tout cela.

– Oui. J'imagine bien que non.

Elle soupira et rangea son mouchoir à sa place dans sa poche.

– Et quel mal y aurait-il à ce que vous fassiez cela pour elle ?

– Elle est ma femme.

– Précisément.

– Ma duchesse.

– Encore une fois dans le mille.

– Vous ne comprenez pas.

– Peut-être que si. Je pense que vous, vous ne comprenez peut-être pas.

– Que voulez-vous dire, au juste ?

Sa mère se leva et arrangea ses jupes.

– Réfléchissez. Ne jetez pas aux orties ce que vous avez, Penelope et vous. Parfois, il est difficile de voir la forêt parce qu'on est trop centré sur les arbres.

• • •

Penelope observa Drake depuis sa place devant la glace tandis qu'il congédiait Maguire. Il ferma doucement la porte et avança silencieusement dans la pièce sans jamais la quitter des yeux. Il prit la brosse qu'elle avait oubliée dans sa main.

– Permettez-moi.

Il passa la brosse dans sa chevelure, augmentant le rythme du cœur de Penelope.

– Vos cheveux sont comme de la soie, murmura-t-il.

Sous la lumière des bougies, il semblait presque dangereux, la lumière dansante jetant des ombres sur son visage.

Les yeux de Penelope se fermèrent lentement, le nœud qui s'était installé à demeure dans son estomac depuis leur désaccord commençant à se détendre. Elle prit une profonde respiration, profitant de ses soins.

– J'ai décidé d'assister à votre dîner et d'accepter le prix.

Les yeux de Penelope se rouvrirent brusquement, et un sourire remplaça les traits tirés de son visage.

— Merci.

Il posa les mains sur ses épaules et la contempla dans la glace.

— Simplement parce qu'il n'y a rien d'autre à faire à ce stade.

Elle hocha la tête.

Il mit la brosse de côté, puis il se pencha, déplaçant sa chevelure pour lui embrasser le cou. Elle émit un doux gémissement de contentement. Il fit délicatement descendre sa chemise de nuit sur ses épaules, le tissu glissant se rassemblant à sa taille. Les yeux levés pour croiser les siens, il sourit.

— Si belle.

Ses mains glissèrent sur ses seins, pétrissant, reformant, caressant ses mamelons avec les pouces.

Elle frissonna, des picotements partant de ses mains expertes pour rejoindre son entrejambe, où elle sentit qu'elle se ramollissait et s'humidifiait. Il libéra un sein et caressa son menton, le soulevant tandis que ses lèvres s'unissaient lentement aux siennes. Elle soupira devant son baiser lent et enivrant, se perdant dans sa chaleur et son plaisir. Le velouté de sa langue taquinait ses lèvres, l'incitant à s'ouvrir pour lui.

L'air chaud entre leurs corps enflammés était rempli de l'odeur de Drake, ce léger arôme de brandy et du parfum épicé du savon de son bain. Elle glissa les mains dans ses cheveux encore humides, entremêlant ses doigts dans les vagues, tirant, l'approchant d'elle.

En un seul mouvement rapide, il encercla son corps et la souleva sur ses pieds, la chemise de nuit tombant doucement au sol. Sa peau sensible frottait contre son vêtement indien tandis qu'il l'écrasait contre lui. Une main large la retenait bien confortablement contre lui pendant que l'autre s'égarait sur sa peau, la touchant, l'effleurant, puis il prit ses fesses en coupe en la pressant contre sa longueur qui se durcissait.

Peu importe à quel point elle le serrait contre elle, ce ne serait jamais assez près. Pendant ces moments, elle avait envie de ramper sous sa peau, de devenir une partie de lui. Sous peu, il allait la pénétrer, et elle se sentirait complète comme jamais elle ne s'était sentie auparavant dans sa vie.

Ce qu'elle ressentait pouvait-il être de l'amour ? Était-elle tombée amoureuse de son mari ? Si seulement il lui donnait un signe qu'il ressentait la même chose pour elle, ses inquiétudes pour l'avenir disparaîtraient.

Un halètement essoufflé s'échappa de ses lèvres quand il libéra sa bouche pour éparpiller de légers baisers sur son cou et le mordiller juste sous son oreille. Il gémit et la souleva rapidement dans ses bras comme une enfant avant de se diriger vers le lit. Il l'allongea avec délicatesse sur les couvertures, sans jamais quitter ses yeux de vue pendant qu'il tirait sur la ceinture de son peignoir indien et le retirait d'un coup d'épaule.

Son érection s'élevait fièrement dans toute sa grosseur, enflammant davantage Penelope. Elle tendit la main vers lui alors qu'il grimpait sur le lit, et elle saisit son doux membre dur comme l'acier.

— C'est cela, mon cœur. J'adore quand vous me touchez.

Il fit glisser sa paume dans les boucles humides sur son front, ses yeux brûlant de désir.

• • •

Drake ferma les yeux pendant que Penelope faisait courir sa main délicate sur son membre érigé, son contact hésitant se raffermissant tandis qu'elle le caressait. La paume de Drake s'égara lentement sur sa peau soyeuse, plongeant dans la courbe à sa taille, se soulevant sur sa hanche. Il se servit de sa langue pour lécher ses mamelons, le rose cendré se contractant, durcissant comme des cailloux.

Elle déplaça ses jambes, un léger gémissement se transformant en souffle coupé.

– Oui.

– Comme cela, n'est-ce pas, mon amour ?

Il téta avec force, lui arrachant un halètement qui fit battre le sang dans ses veines et ses oreilles.

La lueur dansante des bougies éclaira le lit, jetant des parties du corps de Penelope dans l'ombre, l'excitant avec des délices cachés. Il libéra son sein et descendit, passant sa langue sur son ventre, puis il lécha son nombril.

La respiration de Penelope connut un raté quand il se déplaça plus bas, écartant ses genoux d'une poussée, agrandissant l'espace entre ses jambes. Avant qu'elle puisse l'en empêcher, il couvrit ses poils rêches avec sa bouche, la tentant, la savourant, tétant son bouton. Elle goûtait le miel et les épices, l'odeur de son excitation le poussant presque au-delà de sa limite.

Elle serra sa tête, tordant des mèches de ses cheveux dans ses doigts.

– Drake, oh, mon doux. Je vous en prie. Non, non… arrêtez.

Il sourit devant sa chaleur liquide et l'empêcha de battre l'air avec ses jambes tandis qu'elle donnait des coups de hanche et que le son doux du désir lui emplissait les oreilles.

Une fois que ses mouvements ne furent plus que de légères secousses, il se leva au-dessus d'elle et la pénétra en un seul coup de reins agile.

Sa tête reposait contre la sienne tandis qu'il agrippait ses épaules et s'enfonçait en elle, leurs corps glissants se cognant l'un contre l'autre en cadence. L'accueil moelleux de sa chaleur humide était aussi près du paradis qu'un homme pouvait espérer atteindre.

Elle enroula ses jambes autour de sa taille, et sa réaction étonna encore une fois Drake. Sa femme avait une passion innocente et naturelle qui ne cessait de l'ébahir. Beaucoup trop vite, son corps se raidit, et il l'attira près de lui, déversant son essence en elle quand il atteint sa libération.

Après quelques minutes, il reprit ses esprits et roula sur le côté, puis il ramena le corps de Penelope contre le sien. Le son des respirations lourdes et des cœurs battant la chamade les entraînèrent dans un sommeil de plomb.

Il ouvrit les yeux, le froid de l'air sur sa peau humide l'ayant réveillé. Il s'écarta avec douceur de Penelope et la quitta, puis il fit le tour de la chambre pour souffler les bougies. Elle murmura son nom quand il revint dans le lit. Il tira sur la couverture et les couvrit tous les deux. Son corps chaud se colla immédiatement contre lui, et elle laissa retomber un bras sur son torse puis installa sa tête sur son épaule. Il lissa ses boucles entremêlées et observa son visage sous la lumière pâle du clair de lune.

Ses longs cils formaient des croissants sur sa peau ivoire. Une légère rougeur causée par leurs ébats restait sur ses joues. Il se pencha et l'embrassa doucement sur le front, arrachant un léger sourire à ses lèvres gonflées par les baisers.

La tendresse l'étreignit à la vue de Penelope blottie contre son flanc. Elle essayait avec une telle détermination d'apprendre les détails les plus délicats de son rôle de duchesse que sa mère lui enseignait. Il rigola en se souvenant du livre sur sa tête qui avait glissé et causé un incident.

Elle ne serait jamais la duchesse « parfaite » qui, l'avait-il supposé, serait sa partenaire de vie. La femme enroulée confortablement autour de lui commettrait des erreurs, le défierait et, fort probablement, continuerait à consoler les servantes de maison désemparées et à nourrir les animaux errants. Et elle poursuivrait sans doute ses projets scientifiques, malgré ses ordres.

Exactement comme sa mère. Que son père avait aimée de tout son être, amenant Drake à se demander si ce destin planait aussi dans son horizon.

Lentement, une idée germa dans son esprit, amenant un sourire sur ses lèvres.

CHAPITRE 23

Le jour du dîner de la Linnean Society arriva. Penelope avait passé la dernière demi-heure au-dessus de son pot de chambre. Ses nerfs étaient tellement en boule qu'elle était malade depuis des jours maintenant. Une fois qu'elle se fut rincé la bouche et qu'elle eut trouvé son chemin jusqu'au rez-de-chaussée, Drake était déjà dans le salon du petit déjeuner. Il se leva quand elle entra et il tira une chaise pour elle.

– Bonjour, mon cœur.

– Bonjour.

Elle avala quelques fois, inquiète de devoir remonter en flèche à l'étage. Il fronça les sourcils.

– Toujours pas mieux ?

Elle secoua la tête.

– À quelle heure avez-vous dit que le carrosse qu'ils vous envoient arrive pour vous emmener au dîner ?

– Je les ai prévenus il y a deux jours que vous n'auriez pas besoin des services de leur fiacre.

Il fit signe au valet de pied de s'approcher.

– Tenez, prenez un peu de thé, ma chérie. Il va peut-être calmer votre estomac.

– Je crains que la seule chose qui l'apaise soit que ce maudit dîner soit derrière moi.

Elle hocha la tête en direction du domestique quand il posa la tasse fumante devant elle.

— Oh, Penelope, je vous en prie, ne soyez pas bouleversée, tout ira bien.

Marion s'installa sur la chaise en face d'elle, un sourire compatissant sur le visage.

— D'ailleurs, nous serons tous présents pour vous soutenir.

Bien que Penelope ait planifié de garder toute cette affaire entre Drake et elle, cela avait été difficile de cacher quelque chose à son amie. Marion avait réussi à lui arracher son secret pendant l'une de leurs promenades et, quelques minutes seulement après leur retour à la maison, elle l'avait confié aux autres filles et à leur mère. Les femmes s'étaient ralliées autour d'elle, insistant pour dire qu'elles allaient assister elles aussi au dîner.

— Je souhaite toujours que votre mère et vous toutes reveniez sur votre décision et ne soyez pas là pour être témoins de ma disgrâce.

— Cela suffit, dit Drake. Tout ira très bien. Je vais accepter le prix, les remercier, et nous allons partir. Tout le monde n'y verra que du feu.

— Votre Seigneurie, un gentleman requiert une audience.

Stevens présenta une carte de visite à Drake.

— Si tôt ?

Drake fronça les sourcils en lisant la carte à voix haute.

— « Maxwell Fletcher, journaliste —*The Times of London.* »

Il se tourna vers Stevens.

— Demandez-lui de patienter. Je vais venir tout de suite.

La main de Penelope trembla quand elle leva sa tasse de thé. Elle savait que cela avait quelque chose à voir avec le dîner. Pourquoi, oh pourquoi s'était-elle embrouillée dans ce subterfuge en premier lieu ? Elle s'éclaircit la gorge.

— Cela concerne peut-être la cérémonie de ce soir ?

— Possible. Lorsque vous aurez terminé, ma chérie, nous irons tous les deux rencontrer monsieur Fletcher.

Drake s'essuya la bouche et mit sa serviette de côté.

— Vous savez, Penelope, même si c'est Drake qui recevra le prix en votre nom, c'est véritablement un grand honneur qu'ils vous confèrent.

Marion se pencha en avant avec des yeux brillants.

— J'en prends conscience et je ne veux réellement pas paraître ingrate. Je me découvre à souhaiter que toute cette affaire n'ait jamais eu lieu. Ou bien qu'il ne soit pas devenu nécessaire de tous vous mêler à cela.

Elle repoussa sa tasse, son estomac se soulevant. Elle regarda Drake.

— Je suis prête.

Ils s'avancèrent jusqu'au cabinet de Drake. Monsieur Fletcher était un petit homme rondelet avec une grande moustache et presque chauve. Il se leva quand ils entrèrent dans la pièce, ajustant ses lunettes.

— Votre Seigneurie.

Drake hocha la tête et installa Penelope sur le canapé.

— Puis-je vous présenter mon épouse, Sa Seigneurie la duchesse de Manchester ?

Une autre révérence, un peu plus profonde ; l'homme reprit ensuite sa place après que Drake se fut assis à côté d'elle, entremêlant leurs doigts ensemble.

— Comment puis-je vous être utile ?

— En fait, je suis venu interviewer un monsieur L. D. Farnsworth, qui, on m'a informé, réside à cette adresse, mais lorsque je l'ai demandé, votre homme à la porte m'a dit que je devais m'adresser à vous.

Penelope gémit. Drake lui pressa la main.

— À quel sujet désirez-vous voir monsieur Farnsworth ?

Avec un air perplexe le journaliste ouvrit son cahier de notes et l'étudia un instant.

— Mon rédacteur m'a affecté à cette entrevue avec lui, car l'homme doit recevoir un genre de prix ce soir, à la Linnean Society.

Il leva la tête, l'air d'attendre quelque chose.

— C'est vrai. Cependant, je crains que monsieur Farnsworth ne soit pas libre pour une entrevue en ce moment, répondit Drake avec aisance.

Fletcher referma son livre.

— Bien, je dois représenter *The Times* au dîner ce soir. J'ai cru pouvoir en terminer d'abord avec cette partie de l'histoire.

Il haussa les épaules.

— J'imagine que je pourrai discuter avec monsieur Farnsworth à ce moment-là.

Drake se leva et désigna la porte d'un geste.

— C'est exact. Vous pourrez l'interviewer ce soir. Maintenant, si vous voulez bien nous excuser, ma femme et moi avons un autre rendez-vous.

L'homme se releva en hâte et se précipita vers la porte.

— J'ai été un peu surpris de découvrir Votre Seigneurie en résidence. Monsieur Farnsworth est peut-être un parent ?

— Toutes vos questions trouveront leurs réponses ce soir.

Drake tint la porte ouverte.

Sans autre recours, le journaliste passa la porte où il fut accueilli par Stevens, qui lui tendit son chapeau et ses gants, puis l'accompagna le reste du chemin vers la sortie.

— *The Times* dépêche un journaliste au dîner ?

Penelope gémit et enroula les bras autour de son ventre.

— Qu'allons-nous faire ?

— Venez. Nous allons prendre le phaéton et profiter de la belle température et discuter de notre prochain déménagement à la campagne.

— Pouvons-nous partir aujourd'hui ?

Même si elle essaya, son sourire parut à peine.

• • •

Plusieurs heures plus tard, Drake aida Penelope à monter dans le carrosse qui les emmenait à la Linnean Society, et il s'installa en face d'elle. Sous la lumière de la lampe d'intérieur, ses yeux étaient immenses dans son visage blême, et des perles de sueur décoraient son front. Elle se tordit les doigts sur ses genoux et prit de profondes respirations.

— Mon cœur, arrêtez. Tout ira bien.

— Ce que je ne comprends pas, c'est à quel point vous êtes calme. Toute cette affaire pourrait devenir un désastre. Nous allons tous être déshonorés. Ce sera ma disgrâce. Là. Voilà, je l'ai fait. Enfin. Je vous ai tous humiliés.

Des larmes surgirent dans ses yeux.

Assise à côté d'elle, la duchesse douairière prit les mains de Penelope entre les siennes.

— Ma chérie, vous devez vous calmer. Rien de terrible ne se produira. Drake se présentera sous le nom de « Farnsworth ». Vous vous assoirez avec lui pendant l'entrevue pour l'assister. Le prix sera remis, et nous rentrerons à la maison.

— L'entrevue se déroulera après le prix.

La douairière et Penelope tournèrent le regard vers lui.

– Comment savez-vous cela ? demanda sa mère.

– J'ai envoyé un mot au *Times* aujourd'hui.

– Pourquoi ?

Il agita la main.

– Peu importe. Vous faites trop d'histoires de cela. La chose sera simple. Maintenant, parlons de quelque chose qui apaisera les nerfs trop tendus de ma femme.

Environ une demi-heure plus tard, la Linnean Society apparut. Le bâtiment s'élevait majestueusement devant eux, des centaines de bougies éclairant tout son entourage. La file de carrosses attendant de laisser descendre ses passagers s'allongeait sur tout un pâté de maisons.

Lentement, ils s'avancèrent. Le carrosse s'arrêta une nouvelle fois, et un valet de pied ouvrit la portière. Drake sortit le premier, puis il pivota pour aider sa mère et Penelope. Ses sœurs occupaient le véhicule derrière le leur.

– Bonté divine. Regardez cet endroit !

Marion passa son bras sous celui de Penelope.

– C'est tellement impressionnant. Et de penser qu'ils sont ici ce soir pour vous rendre hommage.

– Chut.

Penelope jeta un coup d'œil autour d'elle.

Drake prit le bras de sa mère sur un flanc et celui de Penelope sur l'autre, puis ils procédèrent en haut des marches tandis que les filles formaient une file derrière eux. Un valet de pied se tenait à la porte, demandant les noms.

– L. D. Farnsworth et sa famille, annonça Drake.

Le visage de l'homme s'éclaira en signe de reconnaissance.

– Oui, monsieur. Je vous en prie, par ici.

Il fit signe à un autre homme de le remplacer à la porte et il les escorta jusqu'à une vaste pièce où des tables avaient été placées. Drake et le valet de pied tirèrent les chaises pour les femmes et installèrent tout le monde.

Drake survola la salle du regard, puis il regarda Penelope. Elle était assise, des étoiles dans les yeux, assimilant les membres à l'air guindé et les différentes illustrations de plantes sur les murs. Malgré son angoisse, elle inspecta le nombre grandissant de scientifiques avec une expression d'envie évidente sur le visage.

Les muscles de Drake se tendirent en constatant à quel point cela devait être frustrant pour elle. Être si talentueuse dans son domaine, néanmoins interdit d'accès.

« L'ai-je bien mieux traitée en lui défendant de poursuivre ? »

— Je vais prévenir le comité de votre arrivée, monsieur.

Le valet de pied s'inclina, puis il partit en vitesse.

Les tables commencèrent à se remplir une après l'autre. Uniquement des hommes. La plupart d'entre eux annonçant par leur maniérisme et leurs habits qu'ils étaient de l'acabit des érudits. Des scientifiques se donnaient des claques dans le dos. Plusieurs jetèrent un coup d'œil à leur table, ayant à l'évidence été informés de l'arrivée de L. D. Farnsworth.

— Farnsworth !

Trois hommes s'approchèrent d'eux. Drake se leva et tendit la main.

— Bonsoir, gentlemen.

Il se tourna vers les dames présentes.

— Puis-je vous présenter ma famille ? Ma mère, la duchesse douairière de Manchester, mes sœurs, lady Tunstall, lady Abigail, lady Sybil, lady Sarah et lady Mary.

Il prit la main de Penelope et l'entraîna debout.

— Et voici ma femme, la duchesse de Manchester.

— Votre Seigneurie ! s'exclama l'un des hommes en serrant la main de Drake. Nous ignorions totalement que vous étiez L. D. Farnsworth.

Drake admit la surprise de l'homme en inclinant légèrement la tête.

— Puis-je vous présenter notre comité des prix, Votre Seigneurie ?

Un autre homme corpulent au visage rougeaud désigna les deux autres de la main.

— Voici lord Melbourne et monsieur Aimsley. Et je suis sir Addison.

— Je suis ravi de vous rencontrer, messieurs.

— Je dois dire que nous sommes impatients de vous voir plus souvent, peut-être, à présent que nous avons enfin fait votre connaissance. Vos rapports n'ont été rien de moins que brillants, et nous pourrions certainement utiliser votre expertise sur une base régulière.

Sir Addison rayonnait.

— Bien, voilà quelque chose, en effet, à prendre en considération, dit Drake.

— Nous devons y aller, Votre Seigneurie. L'heure du prix approche. Nous voulions nous assurer de rencontrer un scientifique tenu en si haute estime avant que vous ne soyez emporté sous les félicitations.

Lord Melbourne hocha la tête en direction des femmes.

— Avec de la chance, les activités de la soirée ne paraîtront pas trop ennuyeuses aux dames.

— Oh, je doute beaucoup qu'elles s'ennuient.

Drake s'assit et serra la main de Penelope sous la table. Puis, il se tourna et lui décocha un clin d'œil.

• • •

Penelope était tellement excitée qu'elle pouvait à peine rester assise sur sa chaise. Elle se trouvait enfin dans le bâtiment de la révérée Linnean Society. Tout autour d'elle, il y avait des hommes dont elle avait lu les noms encore et encore dans le bulletin de nouvelles publié par l'organisme chaque trimestre. Oh, si seulement elle pouvait les rencontrer, discuter avec eux, mettre un visage sur leur nom. Ensuite, elle se morigéna. Aucune femme ne s'était autant approchée d'eux. Elle devait en être reconnaissante.

Comme les présentations s'étaient si bien passées quand le comité était venu à leur table, elle se détendit un peu. Drake avait l'air calme, et sa réticence initiale à assister à ce dîner semblait tout oubliée. Sa main serrait encore fermement la sienne tandis qu'il parlait à un ou deux gentlemen qui s'arrêtaient à leur table. Qui aurait cru que son mari rigide serait aussi doué pour la duperie ?

Enfin, les hommes s'assirent, et lord Melbourne se leva de sa place et s'avança devant tout le monde.

– Ce soir, nous avons le grand honneur d'accueillir dans notre groupe un scientifique dont l'étude de la botanique a été extraordinaire. Ses rapports n'ont aucun égal.

» Depuis la publication, l'an dernier, du plus récent volume de notre collègue franco-suisse de sa célèbre encyclopédie des plantes, rien n'a autant excité notre société que la découverte de Farnsworth d'une plante non classifiée qui a mené à ce prix.

» C'est donc avec un grand plaisir que je vous présente monsieur L. D. Farnsworth, le récipiendaire de cette année du prix du meilleur accomplissement de la Linnean Society.

Il fit signe à Drake, qui se leva et s'avança pour venir se tenir à côté de Melbourne au son des applaudissements polis.

Son pas était déterminé et assuré. Ses épaules larges dans un manteau de soirée bien ajusté, ainsi que sa culotte serrée et ses chaussures étroites, ressortaient à côté de la stature trapue de Melbourne. Il repoussa la mèche de cheveux qui était tombée sur son front. Ses yeux noisette cherchèrent les yeux de Penelope, et il sourit, faisant danser les papillons dans son ventre.

Les hommes se serrèrent la main, et Melbourne lui tendit une plaque, puis il dit que Drake devait s'adresser à la foule.

— Bonsoir, messieurs. Et mesdames.

Il hocha la tête en direction de sa table. Plusieurs hommes dans la salle pivotèrent sur leur chaise pour contempler les femmes, certains ne les ayant à l'évidence pas remarquées avant et semblant étonnés de voir leur sanctuaire violé par des femelles.

Penelope reconnut le journaliste, monsieur Fletcher, écrivant dans son cahier de notes. Drake s'éclaircit la gorge.

— Je suis honoré et enchanté de ce prix que la société a jugé bon d'accorder à monsieur Farnsworth. Vous ne pouvez pas savoir à quel point je suis fier.

Les yeux de Penelope se remplirent de larmes tandis qu'il la regardait ostensiblement.

— Cependant, je ne suis pas digne de cette reconnaissance et je ne suis pas simplement humble. Je dis seulement la vérité.

Pendant qu'il parlait, il se dirigea lentement vers leur table jusqu'à ce qu'il ait rejoint Penelope et, lui prenant la main, il la fit se lever.

Elle tenta de tirer pour dégager sa main.

— Que faites-vous ? siffla-t-elle.

Il enroula un bras autour de sa taille et la fit gentiment avancer pendant qu'il poursuivait d'une voix forte.

— Voyez-vous, je ne suis pas le L. D. Farnsworth que vous êtes tellement excités de rencontrer ce soir. La personne que vous avez choisie pour cet honneur, qui est estimée à vos yeux et qui a mené à bien des réalisations extraordinaires dans le domaine de la botanique n'est autre que ma belle et brillante épouse, Sa Seigneurie, la duchesse de Manchester.

Un rugissement de mécontentement s'éleva de la foule. Des têtes se tournèrent les unes vers les autres, des hommes s'interpellant en criant, alimentant le vacarme. Fletcher était assis avec la mâchoire décrochée, puis il referma brusquement la bouche et commença à écrire furieusement dans son cahier de notes. Penelope se couvrit la bouche d'une main, des larmes montant à ses yeux. Que faisait-il ? Ne prenait-il pas conscience du déshonneur que c'était ?

— Drake ?

Elle réussit à peine à prononcer le mot.

Il déposa la plaque dans ses mains et il la prit par les épaules.

— Je n'ai jamais de ma vie été aussi fier de quelqu'un que je le suis de vous. Pas seulement ce soir, mais tous les soirs et tous les jours. Vous êtes ma duchesse parfaite, et je vous aime énormément.

Comme si Dieu avait provoqué un déluge avec ses larmes, elles coulèrent librement sur ses joues.

– Et je vous aime énormément aussi. Vous êtes mon duc parfait.

Et là, devant tous les membres respectés de la Linnean Society of London, le duc de Manchester l'attira dans ses bras, sa duchesse parfaite, et il l'embrassa à lui faire perdre l'esprit.

– Votre Seigneurie, je vous en prie. Votre Seigneurie, puis-je vous dire un mot ?

Le journaliste tapait sur l'épaule de Drake.

Il arracha ses lèvres à celles de Penelope, puis il se retourna et contempla l'homme.

– Oui. Qu'y a-t-il ?

– J'aimerais parler à votre femme. C'est une histoire importante. Elle a dupé de nombreuses personnes, et je suis certain qu'il y aura quelques conséquences.

Drake accola Penelope à son flanc.

– Mon épouse sera ravie de discuter avec vous chez nous.

Puis, il s'arrêta et pivota vers Penelope.

– Est-ce que cela vous convient, mon amour ? Après tout, c'est vous, la lauréate du prix.

Penelope leva un sourire rayonnant vers lui.

– Cela sera tout à fait convenable.

Elle se tourna vers le journaliste.

– Vous pouvez me rendre visite dans la matinée. Disons, dix heures ?

– J'y serai. Merci.

Fletcher ferma son cahier d'un coup et sortit en hâte de la salle.

Les femmes occupant la table dans le coin observèrent Drake et Penelope avec des expressions déroutées tandis que la duchesse douairière fouillait dans son réticule pour trouver son mouchoir.

• • •

En sueur et haletant après leurs récents ébats amoureux, Drake attira Penelope sur son torse et repoussa doucement ses cheveux en arrière.

– Comment se sent-on lorsqu'on est une scientifique reconnue ?

– Je n'arrive toujours pas à croire que vous ayez fait cela.

Elle dessina paresseusement des cercles autour de son nombril.

Il posa deux doigts sous son menton et lui releva légèrement la tête.

– Et c'est dommage qu'ils n'acceptent pas encore de vous admettre au sein de la société.

Elle haussa les épaules.

– Mais, grâce à vous, j'ai au moins pu conserver la plaque.

– Seulement parce qu'il m'a presque fallu livrer un combat pour nous sortir, ainsi que la plaque, du bâtiment.

Elle soupira.

– Je vous aime, Votre Seigneurie.

– Je vous aime aussi, Votre Seigneurie.

ÉPILOGUE

Novembre 1814
Northampton, Angleterre

– Mon cœur, je pense que nous devrions oublier la danse de l'assemblée et passer une soirée tranquille à la maison.

Drake observa les cernes sombres sous les yeux de Penelope tandis qu'elle caressait son ventre légèrement rebondi.

– Vous me paraissez très fatiguée.

– Non. Je vais bien. Le docteur a dit qu'un peu d'exercice est bon pour le bébé et moi.

Il l'enveloppa dans ses bras par-derrière et se pencha vers son oreille.

– Je peux penser à d'autres moyens de nous divertir si nous demeurons à la maison. Et fournir de l'exercice également.

Il fit glisser sa main pour prendre un sein en coupe, puis le pétrit délicatement.

Elle ronronna en appuyant le dos contre sa rigidité.

Une fois qu'ils étaient rentrés au manoir Manchester à la fin juillet, avec sa mère et ses sœurs dans leur sillage, son estomac était resté fragile, et sa fatigue inhabituelle avait augmenté.

Enfin, la duchesse douairière avait pris à part la femme de Drake et l'avait éclairée. Après quoi, Penelope n'avait pas perdu un instant à le lui annoncer. Il deviendrait père quelque part en mars.

Bien qu'il se soit radouci et ait, en fait, encouragé Penelope à poursuivre ses études scientifiques, il avait mis sa limite : elle ne devait pas ramper dans la saleté dans son état. Donc, maintenant, il la suivait plusieurs fois par semaine, transportant son journal et sa loupe et creusant dans la terre à sa place. Son enthousiasme était contagieux, et il se surprit à attendre leurs sorties avec impatience.

Même si c'était quelque peu honteux, il avait également insisté pour qu'elle porte des pantalons d'homme quand ils travaillaient dans les bois. L'idée qu'elle trébuche et tombe sur ses longues jupes le terrifiait.

Il déposa un rapide baiser sur la peau douce de son cou et la libéra en entendant sa mère arriver dans le couloir. Elle entra dans la pièce dans un tourbillon de soie mauve et se dirigea immédiatement vers Penelope. Il l'observa pendant qu'elle se tenait bras dessus, bras dessous avec sa femme, partageant des confidences et rigolant d'un commentaire humoristique qu'elle avait fait.

Comment il avait pu penser un jour que quiconque sauf Penelope pouvait convenir pour devenir sa duchesse, cela l'étonnait continuellement. À un moment donné, il avait vraiment prononcé une prière silencieuse de remerciements envers lady Nelson et lady Beauchamp parce qu'elles les avaient surpris dans le jardin.

— Sommes-nous tous prêts ?

Marion entra silencieusement dans la pièce vêtue d'une robe bleu céruléen avec des chaussons assortis et une plume d'un bleu plus foncé dans les cheveux.

Il savoura la joie d'avoir sa sœur aînée revenue parmi eux. Grâce à Penelope – un autre miracle que sa femme avait offert à sa famille. Marion s'était mise à se joindre à eux pour les activités poursuivies par la famille. Elle avait également perdu son air émacié et triste, et il espérait qu'un jour, elle trouverait un nouvel homme à aimer.

L'amour. Une chose dont il ne se moquait plus.

Drake tendit le bras à Penelope, et ils rejoignirent les autres à la porte.

• • •

La danse était bien en train quand Penelope arriva avec le reste de la famille. C'était sa première danse à la campagne et, dès son entrée, elle remarqua la différence avec les bals de Londres. Même si tout le monde était habillé convenablement, les femmes vêtues de robes et de coiffes semblables à celles dans les rassemblements plus officiels dans la Cité, l'atmosphère dégageait quelque chose de plus cordial. La conversation était plus bruyante, et l'interaction entre les invités était plus amicale.

Drake l'avait informée que les restrictions des convenances étaient tout aussi puissantes qu'à Londres et, dans un certain sens, davantage même puisque la valse n'était pas permise ici. Il semblait que les campagnards jugeassent encore cette danse scandaleuse. Les filles étaient également plus jeunes à cette danse, car les parents mettaient à profit les réunions de campagne pour familiariser leurs filles à la vie sociale plusieurs mois avant qu'elles effectuent leurs débuts officiels.

— Je vais vous installer sur une chaise près d'une fenêtre et, ensuite, j'irai vous chercher un verre de limonade.

Drake s'adressa à elle par-dessus le bruit de la foule et il les poussa en avant, agrippant son coude et se servant de son bras pour ménager un passage entre les corps serrés ensemble. Elle sourit largement à voir comment il était devenu attentionné depuis qu'ils avaient découvert qu'elle était enceinte.

Apparemment, le mot s'était répandu dans la campagne aussi, car ils furent arrêtés et félicités encore et encore jusqu'à ce qu'ils aient enfin traversé la salle de bal. En raison de l'absence de formalité de la duchesse douairière, ici, à la campagne, la famille était bien aimée, en plus d'être tenue en haute estime. La plupart des camarades de jeux d'enfance de Drake le saluèrent avec chaleur et comme un des leurs.

— Je vais m'asseoir avec vous un moment. Mes sœurs commencent déjà à remplir leurs carnets de bal.

Marion lissa ses jupes tandis qu'elle s'installait sur le banc de bois à côté de Penelope. La duchesse douairière avait rejoint un groupe de femmes le long d'un autre mur et bavardait joyeusement. D'après les regards que lui lançait sa belle-mère, il n'y avait pas de doute que le sujet de sa conversation concernait le petit-enfant attendu.

— Voici votre boisson, mon cœur.

Drake était revenu et lui tendait un verre d'un liquide jaune.

— Puis-je aller vous chercher quelque chose, Marion ?

— Non, merci.

Penelope but une gorgée de sa limonade et fronça les sourcils.

— Elle est chaude.

Drake s'assit à côté d'elle et balaya la salle des yeux.

— Je vois que Mary danse déjà.

Il regarda plus loin et plissa le front.

— Qui est ce gentleman qui parle à Abigail ? Je ne le reconnais pas.

— Moi non plus.

Marion bougea la tête pour mieux les apercevoir.

— Il semble se montrer plus que légèrement amical avec elle.

Il les observa une minute, puis il se leva.

— Je vais revenir sous peu.

Il contourna une ligne de danseurs et se dirigea droit vers sa sœur. Marion et Penelope échangèrent des regards amusés. Drake prenait très au sérieux ses responsabilités envers sa famille.

— Comment vous sentez-vous ? demanda Marion.

— Bien. Au moins, la nausée matinale a cessé. Et je n'en suis pas certaine, mais je pense avoir senti le bébé bouger l'autre jour.

— Comme c'est excitant !

— Oui, ce l'est. J'aimerais seulement que votre frère renonce à me suivre en tout temps. Cela ne me dérange pas trop quand j'accomplis mon travail dans les alentours du jardin, mais il me surveille de près partout où je vais.

— Il vous aime.

Penelope hocha la tête, le sentiment d'être aimée de Drake l'enveloppant dans sa chaleur. Quelle étrange tournure sa vie avait prise ! Elle était arrivée à Londres comme une jeune fille terrifiée qui manquait de confiance en elle. Une fille qui comptait bien ne jamais se marier, qui n'avait qu'une envie : rentrer en vitesse à la campagne pour retrouver sa science.

Au lieu de cela, elle était une femme mariée, aimée par son mari, néanmoins de retour à la campagne et poursuivant son amour de la botanique. Sous peu, il y aurait un enfant pour ajouter à leur bonheur.

L'amour. Elle regarda de l'autre côté de la salle pour voir Drake très engagé dans une conversation avec le jeune homme se tenant à côté d'Abigail. Le pauvre gentleman semblait un peu mal à l'aise. Comme elle aimait ce duc qui avait juré de ne jamais se marier par amour.

« Oui, la vie est remplie de surprises. »

Sa main vola sur son ventre alors qu'un léger papillonnement attirait son attention, et un sourire apparut sur son visage.

NOTES DE L'AUTEURE

La Linnean Society of London est la société biologique active la plus ancienne du monde. Fondée en 1788, elle tire son nom du naturaliste suisse Carl Linnaeus (1707-1778), dont les collections botaniques, zoologiques et de bibliothèque sont conservées depuis 1829[5].

Beatrix Potter a écrit un article scientifique en 1897, qui a été présenté à la Linnean en son nom par un homme ; en tant que femme, Beatrix elle-même n'avait pas le droit de présenter son article ou même d'assister à sa présentation[6].

Bien que les femmes ne fussent pas admises comme membres à l'époque où se déroule ce roman, c'est en 1905 qu'elles ont enfin pu prendre la place qui leur revenait aux côtés des hommes[7].

---

5. http://www.linnean.org/The-Society

6. http://www.linnean.org/The-Society/societynews/ Beatrix_Potter

7. http://query.nytimes.com/mem/archive-free/pdf?res=F2

REMERCIEMENTS

Un immense merci à mon éditeur, Erin McCormack Molta, qui rend mes livres tellement meilleurs que lorsqu'ils atterrissent sur sa table de travail.

Des éloges pour mon partenaire et critique génial, Char Chaffin.

Enfin, je ne peux pas suffisamment remercier les charmantes dames du groupe Beau Monde RWA d'avoir répondu à mes innombrables questions sur l'époque de la Régence anglaise. Et à la vitesse de l'éclair, qui plus est.

À PROPOS DE L'AUTEURE

Callie invente des histoires depuis l'école primaire, et écrire est sa façon de faire taire les voix dans sa tête. Elle a publié un certain nombre d'articles et d'entrevues au fil des ans, et elle a enfin décidé de mettre à l'épreuve ses talents d'auteure en écrivant des romans.

C'est en Oklahoma qu'elle a élu domicile avec son mari, leurs deux enfants adolescents et leurs trois chiens.

Vous pouvez communiquer avec elle sur Facebook, Twitter-@Callie-Hutton et sur son site Web au www.calliehutton.com. Passez y faire un tour et dire bonjour.